Un Nouveau Départ

Un Nouveau Départ

par Keira Andrews

Mentions Légales

Gay Romance Newsletter

La lettre d'information mensuelle de Keira vous tiendra informé de ses dernières sorties et des nouvelles sur le monde de la romance MM. Vous aurez également accès à des extraits exclusifs, des lectures gratuites et bien plus. Rejoignez sa liste aujourd'hui et vous serez automatiquement inscrit pour l'un de ses concours mensuels.

Inscrivez-vous ici !

www.keiraandrews.com/contact

Dédicace

À Anne-Marie, Becky et Mary pour leur enthousiasme, et leur excellent travail de béta, et à Rachel d'avoir corrigé ce livre comme il devait l'être, et de le faire avec amour, comme toujours. Merci encore aux ex-Amish qui ont partagé leurs histoires et qui ont répondu à toutes mes questions alors que j'écrivais cette série, et à Heidi Cullinan pour son soutien, et d'avoir présenté Isaac et David à tant d'autres lecteurs.

Note de l'auteur

La chose la plus surprenante que j'ai apprise pendant mes recherches pour ce livre a été les variations qu'il y avait dans l'univers Amish. La communauté de Zebulon est fictive, mais basée sur les pratiques des Amish Swartzentruber, l'un des plus conservateurs sous-groupes de l'Ancien Ordre. Bien qu'il y ait beaucoup de similitudes, j'ai découvert que, parmi les Swartzentruber, chaque communauté a ses propres règles. Ce qui peut être vrai pour une communauté Amish ne veut pas dire que ce soit le cas pour une autre.

Partie
Une

LE MONDE SE réveillait.

Un petit oiseau qui chantait au-dessus de la fenêtre était le seul son familier que David pouvait distinguer parmi le bourdonnement des moteurs et le bruit distant d'une cloche. Son estomac papillonna alors qu'il ouvrait les yeux et réalisait que c'était toujours réel... Isaac était avec lui dans le lit de la chambre d'amis à San Francisco. *San Francisco* !

De sa place alors qu'il étirait son dos, David pouvait s'apercevoir au-dessus d'Isaac dans le miroir de la porte du placard, en entier, et si vaniteux. Dans le reflet, il pouvait voir le visage d'Isaac, détendu avec ses lèvres entrouvertes alors qu'il respirait profondément, l'épaisse couverture presque tirée sur épaules nues. David résista à peine à l'envie de caresser les cheveux châtains et ébouriffés d'Isaac.

Ils s'étaient endormis dans les bras de l'autre, nus et humides de leur douche rapide. David se demanda s'il pouvait attirer Isaac près de lui à nouveau sans le réveiller. Probablement pas, et son amant avait besoin de se reposer. Cependant, il ne put s'empêcher de faire planer sa main sur la tête de son amant.

Cela n'avait pas été un rêve. Ils l'avaient vraiment fait. Ils avaient laissé Zebulon derrière eux.

Ici, dans la maison d'Aaron, c'était si délicieusement chaleureux. David s'était toujours réveillé après minuit pendant les hivers afin de rajouter du bois au feu. Il détestait dormir avec des chaussettes, et il parcourait le sol froid dans la nuit, ajoutant plus de bois dans le poêle-cheminée, acceptant les étincelles qui effleuraient ses orteils.

Alors que plus de lumière grise pénétrait à travers les persiennes qui couvraient la fenêtre au-dessus du lit, David regarda la grande photo en noir et blanc qui représentait le Golden Gate, et qui était accroché sur l'élégant dressing. Le cadre d'argent de la photo brillait.

Le lit en lui-même était ce que les Anglais appelaient queen-size, et il avait l'impression que le matelas était épais de cinquante centimètres. David n'avait jamais rien connu d'aussi confortable. Ils n'avaient aucune chaise, ou siège avec un sommier à Zebulon, et pourtant ici, la tête de lit était rembourrée.

De l'excitation bourdonna en David avec chaque battement de cœur. Il était en *Californie* ! C'était un endroit qu'il avait vu dans les films quand il faisait ses balades secrètes au drive-in. Il se demanda s'ils pouvaient aller voir le pont, et il savait qu'Isaac voudrait plonger dans l'eau. Ils étaient finalement près de l'*océan*. Après tous ces rêves sans espoir, et désespérés, ils l'avaient enfin fait.

En fin de compte, Isaac et lui étaient partis avec seulement ce qu'ils avaient sur le dos. Un sifflement fit écho dans sa tête, lui rappelant qu'il n'avait pas seulement quitté l'église. Il avait laissé Mère, et les filles seules. La douce Mary, Anna, Sarah, et…

Stop ! Ce qui est fait est fait.

Pendant une minute, David pouvait seulement se concentrer sur sa respiration alors que la vague de panique refluait. À côté de lui, Isaac murmura quelque chose et remua avant de se rendormir, toujours en boule sur son côté. David écouta la berceuse qu'était la respiration de son amant.

Bus après bus, du Minnesota à la Californie, Isaac et lui s'étaient assis pressés l'un contre l'autre, des épaules aux genoux, leurs doigts entrelacés alors qu'ils parcouraient les kilomètres. Les étendues plates avaient laissé place à des collines et des montagnes, et puis au désert. David n'avait jamais vu à quel point le monde était réellement vaste, et l'Amérique n'était juste qu'une petite partie.

Le temps avait passé, et il avait imaginé que c'était à cela que ressemblait le purgatoire. Ils avaient regardé la route défiler à travers les vitres sales, s'arrêtant seulement quand ils entraient dans les stations de bus, étouffées par les gaz d'échappement et le bourdonnement des engins. Dans les ténèbres de longues nuits, brisées seulement par la dure lueur des lampadaires de stations, David avait eu l'impression qu'ils n'allaient jamais arriver à San Francisco. Cela lui avait paru être comme une sorte de rêve. Mais maintenant, ils étaient là. C'était *réel*.

Isaac ronfla et roula vers lui avant de devenir silencieux à nouveau, ses lèvres toujours entrouvertes. Avec un sourire, David replia ses mains derrière sa tête, et le contempla. Il voulait tracer de ses doigts les taches de rousseur qui parsemaient le nez d'Isaac, et le haut de ses joues, et embrasser les coins de ses yeux pour sentir le papillonnement de ses jolis cils. Frotter son menton contre le léger chaume sur son visage tandis qu'ils s'embrasseraient, et voir l'ambre des yeux d'Isaac alors qu'ils s'ouvriraient.

David jeta un coup d'œil à l'horloge électrique avec des chiffres brillants et rouges sur la table de chevet à côté de lui. Il était sept heures passées, mais ils n'avaient pas beaucoup dormi. Même si David voulait Isaac tout contre lui, avoir simplement la liberté de le regarder dormir était plus qu'il n'avait pensé possible. La seule autre fois où ils avaient partagé un lit, ils n'avaient pas eu le temps de se reposer.

Aussi rapide qu'une morsure de serpent, la culpabilité familière fut de retour, des images de ce jour-là défilant dans son esprit. *Les feuilles rêches et des draps jaunes au Wildwood Inn, Isaac et lui, en sueur et collants, dans leur propre monde. La blancheur aveuglante de la neige, et le sang rouge. L'hôpital austère, et...*

Il ferma les yeux. Peu importait ce que tout le monde disait, l'accident avait été de sa faute. S'il avait résisté à l'envie égoïste de passer un moment seul avec Isaac, sa mère n'aurait jamais été blessée. Même s'il lui avait donné toutes ses économies pour l'hospitalisation, comment allait-elle se débrouiller avec les filles, seule ?

Cela faisait trois jours maintenant. Il essaya d'imaginer ce qu'elles faisaient en ce moment même. Passaient-elles leurs journées normalement, en lavant, cuisinant et nettoyant ? Et si Mary et Anna avaient besoin d'aide avec le verrou rouillé sur la porte du garde-manger ? Et la grange, et les chevaux ? Kaffi pouvait être difficile, tôt le matin quand il était tout grincheux et têtu.

David repensa à la note inappropriée qu'il avait écrite sur un bout de papier, et qu'il avait laissée sur la table de cuisine.

Isaac et moi allons dans le monde extérieur. Je vous écrirai bientôt, et s'il vous plaît, dîtes à ses parents qu'il le fera également. June Baker a de l'argent pour vous. Kaffi est là-bas. Je suis désolé.

Il savait que Mère ne comprendrait pas son choix. Il pourrait écrire des milliers de lettres, que cela n'aurait jamais d'importance. Il entendait encore l'écho de son gémissement dans l'église, le dimanche avant qu'Isaac et lui ne quittent Zebulon.

«—Pourquoi Dieu me punit-il de la sorte ? »

C'était la seule fois où sa mère avait montré une quelconque émotion, même quand son frère et son père étaient morts. L'avoir entendu remettre en question le Seigneur le faisait toujours frissonner.

Elle méritait une explication, mais David ne pourrait jamais lui avouer la vérité à propos de son amour pour Isaac. Il était une abomination aux yeux du Seigneur et de l'église. Il repensa au monde Anglais dont il avait entendu parler dans les films… gays. Mère ne pourrait jamais le comprendre. Qu'il ait rejeté la vie simple était déjà un déchirement pour sa famille. S'il leur disait qui il était vraiment…

Sa poitrine se serra. Elles ne pourraient jamais comprendre. C'était impensable. Il l'imaginait, ayant deux réactions… soit elles allaient tout faire pour le convaincre de se repentir et de vivre une belle vie Amish, ou elles l'auraient évité. Même s'il n'était pas officiellement *Meidung* à Zebulon puisqu'il n'avait pas suivi l'église, sa famille l'aurait tout aussi bien chassé.

À côté de lui, Isaac marmonna et bougea avant de se rendormir avec un petit bruit qui n'était pas vraiment un ronflement. De la bave s'écoula sur son oreiller. David sourit, résistant à nouveau à l'envie de l'étreindre.

Nous sommes vraiment là.

Contemplant Isaac, David refoula profondément ses pensées. Peu importait à quel point il se détestait d'avoir abandonné Mère et les filles, il aurait été obligé de partir. Il n'avait aucun doute qu'il irait en enfer, puisque sans avoir rejoint l'église, le paradis serait hors de sa portée. Peu importait ses autres péchés. Mais c'était la seule voie qu'il pouvait prendre.

Pendant longtemps, il avait essayé d'être un bon Amish. Mais quand le temps était venu pour lui de prêter serment à Dieu, et de rejoindre l'église, il s'était retrouvé face à la vérité. Sur ses genoux, devant l'évêque Yoder et tout Zebulon, David avait dit la seule chose qu'il pouvait : *non*. Dire oui aurait été une trahison, pas seulement envers son cœur et son honneur, mais envers Isaac.

Et il ne trahirait jamais son Isaac. Le regardant, David résista à l'envie de l'attirer à lui et de l'embrasser jusqu'à le réveiller afin qu'il puisse le voir sourire. Après l'accident, David lui avait causé tellement de souffrance alors qu'Isaac ne méritait que du bonheur.

Même avant qu'ils ne deviennent amants, travailler côte à côte, chaque jour avait donné à David une nouvelle sensation de paix. Une autre forme d'appréciation de la charpenterie. Isaac avait été le seul qui lui avait montré ce qu'étaient le vrai bonheur et l'amitié. Un sentiment d'euphorie l'emplit à la pensée que, bientôt, ils allaient travailler ensemble. Il ne savait pas comment ni où, mais ils le feraient. Ils se construiraient une vie avec de nouveaux outils, pièce par pièce.

Alors qu'il étirait ses bras au-dessus de sa tête, David se demanda si Aaron était déjà réveillé. La maison était silencieuse, donc, il ne le pensait pas. Le bus n'était pas arrivé avant une heure trente du matin, mais Aaron était quand même venu les chercher à la gare. Isaac et son frère s'étaient étreints l'un l'autre pendant un long moment près de la voiture, sous la pluie froide.

La ville leur avait paru fantomatique dans les petites heures du matin, presque vide, mis à part les lumières des vitrines et des bâtiments. David s'était assis à l'arrière de la voiture, étirant le cou afin de voir toutes les ombres représentant les structures qui se profilaient au-dessus du brouillard. Il pouvait à peine croire que cet endroit soit réel. C'était de loin bien différent des petites villes du nord du Minnesota.

Ils n'avaient pas beaucoup parlé sur le chemin vers la maison d'Aaron – qu'il avait appelé maison de ville – située dans un endroit appelé Bernal Heights. Il y avait tellement à dire, et David avait supposé qu'ils ne savaient pas par quoi commencer. C'était toujours dur d'imaginer qu'Aaron les acceptait, les bras grand ouverts, sans même connaître la vérité sur leurs péchés.

Alors que la chambre d'amis s'illuminait petit à petit, David se demanda ce que ce serait de voir son frère à nouveau. Pendant une minute, il se laissa à imaginer que Joshua avait été perdu pour le monde extérieur tout comme Aaron. Il pouvait toujours entendre les derniers mots que son frère avait dits quand il était sorti par la fenêtre de leur chambre, cette nuit-là, avec un clin d'œil et un sourire.

« Ne m'attends pas ! »

David ne l'avait pas attendu, et il s'était dit que cela ne ferait aucune différence… que même s'il était entré dans la chambre de Père et Mère pour murmurer la vérité, Joshua et ces pauvres filles seraient déjà morts, emportés par le courant la rivière Ragman. Il s'était dit qu'il n'avait pas failli à son devoir envers son frère avec sa loyauté déplacée et sa lâcheté.

Il aurait voulu avoir une photo de Joshua pour se souvenir de lui. Cela faisait plus de sept ans, et le sourire brillant de son frère faiblissait dans l'esprit de David. Le souvenir de sa mère et ses sœurs disparaîtrait-il aussi ?

Après un autre long regard à Isaac, David se leva et marcha sur la pointe des pieds, se dirigeant vers le grand miroir. Il ne s'était pas rasé depuis des jours, et il frotta ses joues rêches de sa main. Il supposait qu'il pouvait se laisser pousser la barbe s'il voulait. Une moustache, même. Il n'y aurait aucune barbe Amish sous son menton maintenant qu'il avait refusé son baptême. Ou il pourrait simplement se raser chaque jour comme il l'avait toujours fait.

Il avait le choix et il sourit faiblement à son reflet. Ses yeux bleus lumineux avaient été rouges, la dernière fois qu'il s'était regardé dans un miroir – sale avec une fissure dans le coin – dans les toilettes d'une station de bus à Reno. David fixa son reflet à présent. Il était pâle, et ses cheveux marron foncé étaient ébouriffés après les avoir laissés humides quand il avait sombré dans le sommeil. Il les arrangea inutilement. Ils étaient longs sur ses oreilles dans le style Amish, mais il était libre de les couper aussi court qu'il le voulait. Peut-être qu'il pourrait aller dans un vrai salon de coiffure.

Son regard continua vers le bas de son corps. Bien qu'il ait vu son visage plusieurs fois dans le miroir de la salle de bain de June, il ne s'était jamais vu sans habits. Cela lui procura un étrange frisson alors qu'il passait un doigt sur sa poitrine et sur les poils sombres qui clairsemaient ses tétons roses.

Il y avait plus de poils qui foisonnaient de son ventre jusqu'à son sexe, qui était à moitié dur, comme à chaque réveil. Il tira sur son prépuce pour regarder légèrement le bout, et un frisson parcourut sa colonne vertébrale. Après quelques coups, il poursuivit son exploration.

Plus de poils parsemaient ses cuisses, et lorsqu'il tourna son dos vers le miroir, et jeta un coup d'œil par-dessus son épaule, il fut content de voir que ses fesses étaient rondes et fermes, et dans l'ensemble, il était musclé et mince. Le fait d'admirer son propre corps était diaboliquement vaniteux, et contre les règles Amish, bien sûr. Mais il n'y avait personne pour l'arrêter ou le ridiculiser ici. Ni sur les miroirs, la vanité ou *quoi que ce soit*.

Maintenant qu'il pouvait faire tout ce qu'il voulait, David ne savait pas par quoi commencer. Il regarda le reflet d'Isaac à nouveau, souriant alors que son amant faisait un petit bruit de bouche et s'étendait sur le dos. Chaque fois que David s'était réveillé dans le bus, Isaac regardait par la fenêtre avec son front appuyé sur la vitre. Il aurait voulu prendre l'un des trains qu'aimait Isaac pour la Californie, mais le bus avait été plus facile.

Il avait mémorisé tous les noms de tous les endroits qu'ils avaient traversés sur leur chemin pour San Francisco… Fargo, Bismarck, Miles City, Butte, Rexburg, Idaho Falls, Salt Lake City, Battle Mountain,

Sacramento, et une douzaine d'autres petites villes et avant-postes. Il voulait y retourner et les voir tous un jour. Il voulait tout voir.

« Va voir le monde. »

La poitrine de David se serra au souvenir de June, qui les conduisait à Grand Forks, cette nuit-là. Elle n'avait posé aucune question et avait souri largement, le soutenant sans jugement comme elle l'avait fait quand ils s'étaient rencontrés. Il avait toujours remercié le Seigneur qu'une si bonne chose lui soit arrivée en ce jour terrible.

Courant à travers les champs vers son père, les tiges de maïs le frappant. Serrant Kaffi de ses cuisses alors qu'ils galopaient à travers les bois pour aller chez June. Le porche baigné de soleil de la maison de June sous lui tandis qu'il luttait pour essayer de respirer, sa voix calme parlant à la personne qui avait répondu au 911, sa main posée fermement sur l'épaule de David.

Il ne savait pas comment ses visites à June étaient passées de prendre une limonade à installer un atelier là-bas et emprunter son pick-up pour connaître le monde extérieur. Pendant des années, il avait réfréné sa curiosité, surtout après Joshua. Mais petit à petit, plus il rendait visite à June, plus quelque chose en lui se relâchait. Elle ne l'avait jamais poussé ni jugé.

Et à présent, il était là, à des kilomètres de la maison, plus qu'il ne l'avait cru possible. Dans le miroir, il aperçut la valise violette de June sur le sol. Il avait eu quelques vêtements Anglais dans son atelier secret à la ferme de son amie, qu'il avait revêtus avant de partir.

Ils avaient laissé leurs chapeaux à l'église quand ils étaient partis, mais à l'intérieur de la valise se trouvaient leurs vêtements simples. Habits que leurs mères avaient faits. David se regarda, nu et libre. Non. Ils ne pourraient jamais y retourner.

Alors que le bus s'engageait dans le vent froid de janvier, June l'avait serré contre elle et lui avait dit qu'elle l'aimait. De toute sa vie, il n'avait jamais entendu ses parents le lui dire, ni son frère ni aucune de ses sœurs de toute sa vie. Ça ne se faisait pas de parler de ce genre de choses. Il savait que Mère l'aimait, mais l'entendre de la part de June l'avait réchauffé, même si la neige leur était tombée dans les yeux.

Il cilla en regardant son reflet. Il s'attendait toujours à ce qu'il se retrouve seul, dans son lit, à Zebulon… sa mère et ses sœurs discutant en bas, allumant les lanternes. Il y avait deux heures d'avance au Minnesota, et à cet instant, il serait dans la grange, à sa table de travail, et une des filles lui aurait amené un petit en-cas… une tarte aux pommes ou des cookies au sucre.

Le vieux Eli Helmuth aiderait-il avec le travail réservé aux hommes dans la maison ? Allait-il épouser Mère et prendre soin des filles ? Comment feraient-ils pour avoir assez d'argent ? Auraient-ils tout ce dont ils auraient besoin ? David devait demander à Aaron un stylo et du papier pour leur écrire. Mais quand il pensait à ce qu'il leur dirait, son esprit se vidait.

Il entendit un bruit étouffé qui était étrangement familier et après un moment, il réalisa que c'était de l'eau qui coulait dans les conduits. À travers une porte, à côté des placards avec les miroirs, se trouvait la salle de bain. Dans la baignoire, il y avait un pommeau de douche en argent que vous pouviez lever dans votre main et le bouger tout autour de votre corps pendant que l'eau coulait en continu comme une cascade. Plus besoin de réchauffer l'eau de pluie dans la grange, ou trébucher dans la nuit pour aller aux dépendances.

Souriant, David écouta le bruit distant de l'eau qui coulait et pensa aux matins qu'il avait l'habitude de passer dans leur maison à Red Hills, quand Joshua était jeune et heureux. Quand un *rumspringa* était une notion lointaine, et que leur famille était entière.

En tant que les deux seuls garçons, Joshua et lui avaient dormi dans des lits étroits dans la plus petite des chambres. Les conduits étaient du côté de la tête de David, et chaque matin – avant même que le coq ne chante – il se réveillait au son de l'écoulement de l'eau alors que ses parents entamaient une nouvelle journée. Joshua restait enfoui sous la couverture aussi longtemps que possible, pouvant dormir même si un troupeau de vaches avait brisé leur clôture et tonnait.

Après qu'ils aient déménagé à Zebulon et que leur monde ait changé au point d'utiliser des dépendances et des baignoires remplies d'eau pour se laver dans la cuisine, pendant des mois, le clapotis de l'eau lui avait manqué les matins. Finalement, il avait arrêté d'y penser. C'était comme avec chaque chose, supposa-t-il. Avec le temps, on l'oubliait.

Très vite, des pas firent craquer les marches, et David mit un jean et un tee-shirt. Il allait devoir porter des sous-vêtements, s'il mettait des pantalons avec des fermetures éclairs, tous les jours.

Après un autre long regard en direction d'Isaac, il ferma silencieusement la porte de la chambre derrière lui et s'arrêta sur le palier. Il pouvait entendre quelqu'un dans la cuisine, et l'odeur du café frais embaumait déjà l'air. Il n'y avait aucun bruit à l'étage du dessus, là où Aaron et sa femme dormaient. Jen avait travaillé tard à l'hôpital, et David ne savait pas si elle était rentrée ou pas.

Il fit un pas et s'arrêta brusquement. *Je n'ai pas dit mes prières.* Les prières du matin étaient une partie tellement automatique de sa routine à Zebulon… s'agenouiller devant son lit avant qu'il soit complètement réveillé. À présent, il se tenait debout en haut des marches, ne sachant pas où il devait se tourner.

Le Seigneur allait-il même l'écouter maintenant que David avait tourné le dos à l'église ? Au Seigneur Lui-même ? Pire encore, il venait juste de se réveiller à côté de son amant. Bien qu'il sache qu'il devait implorer le pardon pour leurs péchés, il ne pouvait pas. Il ne s'était pas vraiment repenti dans son cœur, et il allait pécher à nouveau – volontiers – avant la fin de la journée. Alors, à quoi bon ?

Pourtant, c'était mal de ne pas prier du tout. Après avoir jeté un coup d'œil autour de lui, David s'agenouilla rapidement sur le sol. Fermant les yeux, il pria pour l'avenir, et le bien-être de Mère, des filles, d'Isaac et de la famille de celui-ci.

David faisait attention à ne pas faire de bruit sur les marches de bois poli sous ses pieds nus. Le soleil était haut à présent, bien que la journée soit grise et humide. Il jeta un coup d'œil à travers la grande fenêtre à côté de la porte, et vit un peu de brouillard. Un petit escalier menait vers la rue, et les lumières rouges d'une voiture illuminèrent l'obscurité.

Le rez-de-chaussée de la maison avait le même parquet pâle, et les meubles l'étaient également, avec des coussinets verts et violets ici et là. De grandes fenêtres constituaient un côté du salon, avec une énorme télévision accrochée sur le mur tout près.

La plus grande partie de la pièce était dominée par un divan magnifique, dont il pensait, qu'on appelait canapé, d'un beige clair. Il avait des repose-pieds similaires nommés ottomanes, supposa David. Il fit courir ses doigts sur la large table, qui était constituée de ce que les Anglais appelaient du bois recyclé. Du bois de pin, peut-être ?

— C'est rustique.

David sursauta, puis se tourna, pour trouver Aaron de l'autre côté du comptoir blanc qui séparait la salle à manger de la cuisine. Il sourit nerveusement, son cœur ratant un battement.

— Ça me plaît.

Il savait qu'Aaron avait dit à Isaac qu'il se fichait bien qu'il soit gay et que David était le bienvenu. Mais c'était encore dur à croire. Aaron n'avait-il *vraiment* rien contre le fait que David pèche avec son frère ? Alors qu'il essayait désespérément de penser à quelque chose d'autre à dire, il aurait souhaité avoir réveillé Isaac après tout.

— Merci. Nous voulions ajouter une touche moderne. Tu pourrais sûrement faire quelque chose comme ça, j'en suis sûr.

Il leva ensuite son mug.

— Café ?

— Oui, je vous remercie.

David le rejoignit dans la cuisine, regardant les appareils électroménagers en acier immaculé et les placards blancs. Des carreaux verts couvraient le mur près du grand évier sous la fenêtre qui offrait une vue sur un jardin étroit, et une terrasse en bois avec une table ronde et quatre chaises empilées les unes sur les autres. Il toucha timidement les carreaux. Du verre, pensa-t-il.

Aaron se mit à rire alors qu'il versait le café.

— C'est probablement la cuisine la plus vaniteuse que tu n'as jamais vue, pas vrai ?

— Oui, répondit David. Mais ça me plaît.

Il prit le mug qu'Aaron lui tendait, et essaya de ne pas trop le regarder. La nuit dernière, il avait fait sombre et tard, et il avait été trop fatigué pour prêter attention. Mais maintenant, il examina Aaron à la lueur du jour.

David se souvenait vaguement de lui durant ses années à Red Hills, et il ne l'aurait pas reconnu si ce n'était son large sourire qui lui rappelait tant Isaac. Aaron était blond et plus vieux que dans ses souvenirs – probablement un mètre quatre-vingt-dix ; un peu plus grand que David – et il paraissait si… *Anglais.* Il portait un pantalon gris avec une chemise boutonnée et une cravate rose qui s'accordait avec des petits points sur ses chaussettes. Sa ceinture brillait autour de sa taille mince.

David devait dire quelque chose.

— Euh… comment avez-vous fait le café si vite ?

— Il y a un minuteur. Là, je vais te montrer.

Aaron hocha la tête vers une machine sur le comptoir où il avait posé la tasse en verre à sa place.

— Tu vois ces boutons ? demanda Aaron. Tu peux les régler pour qu'il infuse à l'heure que tu veux. C'est agréable de se lever, et le trouver prêt.

— Je suppose que je suis habitué à ce que Mère se lève tôt pour le préparer. Je ne sais rien faire dans une cuisine. J'ai vu des choses dans les films, mais…

Aaron sourit.

— Ouais, il y a beaucoup à apprendre. Mais tu y arriveras. Oh, tu veux l'essayer avec du lait ou du sucre ? Je le bois toujours noir.

— Non… ça va.

David prit une gorgée, soupirant alors qu'il avalait le liquide amer. Il était frappé de voir combien Aaron paraissait heureux et rayonnant à présent. Après avoir rejoint l'église, le frère d'Isaac avait été si sombre. Il entendait encore la voix de Joshua dans sa tête.

« Si je finis aussi misérable qu'Aaron Byler, écrase-moi avec la charrue ».

Puis Joshua avait éclaté de rire devant son expression scandalisée.

— J'ai pensé que vous dormiriez la plus grande partie de la matinée après ce voyage. Je dois aller travailler jusqu'au déjeuner, mais j'ai trouvé un remplaçant pour mes classes de cette soirée et de demain.

— Je ne sais pas pourquoi je me suis réveillé. Mais Isaac dort encore.

Il avala une gorgée de son café. *Aaron sait qu'il n'y a qu'un seul lit, là-dedans.*

Mais Aaron poursuivit comme si tout était normal.

— As-tu faim ? Sers-toi ce que tu veux.

Il ouvrit une boîte en bois sur le comptoir.

— Il y a des bagels et du pain là, et ça, c'est le grille-pain. Sais-tu comment l'utiliser ? Il est déjà branché, donc, tu dois juste mettre le pain dans la fente, et presser ce bouton, là, indiqua Aaron.

— Ça me paraît assez facile. J'en sais quelque chose, je suppose. J'utilisais un réfrigérateur chez mon amie June.

— Je lui ai parlé l'autre nuit après qu'elle vous ait déposés à la station de bus. Je suis si content qu'elle ait pu vous aider, les gars. Tu peux l'appeler si tu veux. Je lui ai envoyé un mail ce matin pour lui faire savoir que vous êtes arrivés sains et saufs.

Pour une raison quelconque, David hésita. Ce serait génial d'entendre la voix de June, mais la pensée de parler à quelqu'un se trouvant près de Zebulon fit accélérer son pouls.

— Je vais le faire, bientôt. Je veux juste m'installer avant.

— Prends tout le temps dont tu as besoin. Crois-moi, je sais que c'est une dure transition, dit Aaron, puis il prit une autre gorgée de son café. Donc, tu aimes les films ?

— Euh… oui. Il y a un drive-in près de Zebulon dans lequel j'allais souvent. J'ai emmené Isaac une fois.

David fit courir sa main sur le comptoir brillant en pierre, ses oreilles rougissant alors qu'il se remémorait comment cette nuit-là avait fini.

Isaac était sous lui, sur le sol, David se trouvant entre ses jambes comme si c'était là qu'il était supposé être. La chaleur humide des baisers d'Isaac le brûlait et ses doigts se serraient sur les cheveux de David, son murmure chaud.

— Oui…

Aaron sourit.

— Je vais te montrer comment utiliser Netflix, et tu pourras voir tous les films que tu veux. Si tu as des questions, demande. Je sais à quel point c'est écrasant au début.

Il jeta ensuite un coup d'œil sur l'heure affichée sur le micro-ondes.

— Jen est rentrée, il y a quelques instants. Elle va dormir jusqu'au soir, mais ne t'inquiète pas à propos du bruit. C'est l'avantage d'avoir une maison de ville. En plus, je jure qu'elle pourrait dormir même s'il y avait une guerre nucléaire. Les médecins ont tellement l'habitude de rester éveillé durant l'internat que dès qu'ils en ont l'occasion, ils sombrent comme une masse.

— D'accord. Merci.

Il ne savait pas ce qu'était l'internat, et il ne pouvait s'empêcher d'être émerveillé par le fait que la femme d'Aaron soit médecin. Non seulement elle allait travailler, mais à temps plein également. Il se demandait si cela dérangeait Aaron, mais il supposait que non. Quand il essaya d'imaginer Mère ou ses sœurs travaillant quelque part, il échoua complètement.

— Isaac dort toujours ?

Les joues rougies, David fixa son mug.

— Euh… il n'a pas beaucoup dormi durant le voyage.

— Tu n'as pas à être embarrassé. Que vous dormiez ensemble Isaac et toi ne me dérange nullement. Ou Jen. Je t'assure.

David risqua un coup d'œil vers le visage d'Aaron.

— Mais comment cela ne peut-il pas vous déranger ? Je sais qu'Isaac est votre frère, mais vous me connaissez à peine, et lui et moi sommes… et c'est…

— Quoi ? demanda Aaron en appuyant sa hanche contre le comptoir, sa voix tranquille. Qu'y a-t-il ?

David essaya en vain de penser au mot juste, mais tout ce qu'il put trouver fut :

— … mal.

— Tu le penses ?

Aaron prit une autre gorgée comme s'il parlait du beau temps.

— Non, répondit David en rougissant, regardant ses orteils nus sur le bois pâle. Je sais que c'est un péché, mais je ne peux m'en empêcher.

— Je ne crois pas du tout que c'est un péché, dit Aaron en riant sèchement. Et je pense que la Bible n'a aucun sens et que les hommes l'utilisent pour dominer les autres.

Cillant, David ouvrit la bouche et la ferma à nouveau, s'attendant presque à ce qu'un éclair lumineux les frappe là, dans la cuisine. *N'a aucun sens ?*

— Désolé… je ne voulais pas te bouleverser, dit Aaron en souriant tristement. Je sais qu'Isaac et toi êtes croyants, et il n'y a pas de mal. Jen croit en Dieu aussi. Donc, ne sois pas mal à l'aise.

David essaya de trouver ses mots.

— Que voulez-vous dire ?

— Je ne crois pas en Dieu. J'avais la foi en grandissant bien sûr. Je n'ai jamais pensé que ça pouvait être autrement.

— Je…

David ouvrit la bouche et la referma comme un poisson.

— Comment pouvez-vous ne pas croire en Dieu ?

— Je n'y crois pas, dit Aaron, comme si ce n'était rien. C'était un processus. Je suis allé à d'autres églises ici et là après, quand j'ai quitté Red Hills. J'ai beaucoup lu. Une introspection, je suppose. Finalement, j'ai réalisé que la religion n'avait aucun sens pour moi. Le fait qu'il y ait un être omniprésent là-haut qui contrôlerait nos vies et nous jugerait ? Je n'y crois pas.

— Mais…

David s'interrompit alors que sa tête se mettait à tourner.

— Je suppose que je n'y ai jamais réfléchi. J'ai réfléchi à propos de l'église Amish, et les choses qui n'avaient aucun sens. Mais de là à penser qu'il n'y a aucun Dieu…

Il frissonna, serrant le mug en céramique. C'était impossible. Même s'il savait qu'il irait en enfer, la pensée que Dieu puisse ne pas exister le faisait se sentir vraiment mal.

— Hey, ça va aller, dit Aaron en serrant l'épaule de David. Chacun doit faire son propre chemin avec sa foi, ou leur manque de celle-ci. Je n'essaie pas de te convaincre de quoi que ce soit. C'est personnel, et vous avez du temps Isaac et toi pour explorer vos croyances.

Il grimaça.

— Je ressemble à un manuel sur le bien-être. Désolé. Et c'est une conversation bien compliquée à avoir autour d'une seule tasse de café après le voyage en bus que vous venez juste de faire.

— Cela ne me dérange pas, dit David en s'efforçant d'inspirer à nouveau. Je suppose que je n'ai jamais connu quelqu'un qui n'avait pas la foi.

Il ne pouvait s'empêcher de se sentir triste par le manque de foi d'Aaron.

— Nous pourrons en parler plus tard. Ou pas… Aucune pression.

Aaron versa plus de café dans son mug, et souffla dessus.

— Et je ne voulais pas vous en parler avant de vous être reposés, mais peux-tu me dire ce qui s'est passé ? Isaac a dit que tu ne voulais pas partir de Zebulon, mais apparemment quelque chose a changé.

David suivit le contour du mug de son doigt.

— J'avais peur. Je savais que je devais rester et prendre soin de ma famille. C'était égoïste de partir, mais quand le moment est venu, je ne pouvais pas le faire. Je ne pouvais pas vivre sans Isaac. Et même s'il ne me voulait plus, je ne pouvais pas me marier avec n'importe quelle fille avec laquelle je n'aurais jamais pu être un véritable mari.

L'estomac de David se crispa alors qu'il imaginait ce que la gentille et douce Grace pensait de son départ pour le monde extérieur. Bien sûr, il l'avait conduite chez elle que deux fois… ils n'étaient même pas fiancés selon les Amish, sans parler du mariage. Mais elle l'aimait depuis longtemps, et il s'en était servi.

Je n'aurais jamais dû lui donner de l'espoir.

Il avait su au fond de lui-même qu'il se leurrait. Il s'était convaincu qu'une fois qu'il aurait prêté serment au Seigneur et à sa communauté, tout rentrerait dans l'ordre en quelque sorte, comme un tour de magie

Anglais. S'il avait continué, ils auraient été tous les deux misérables.

— Ce n'est pas égoïste, David. Tu n'aurais aidé personne si tu l'avais fait. Crois-moi. J'ai imaginé que je pouvais le faire aussi. Si la vie simple n'est pas ce que tu veux dans ton cœur, toutes les prières du monde ne le changeront pas.

Aaron sourit faiblement.

— J'ai pensé que si je pouvais juste le faire sortir de mon corps en rejoignant l'église, Dieu m'aurait aidé à m'y adapter. Qu'Il m'apporterait la paix. Ça ne marche pas comme ça.

— Vous n'avez jamais regretté d'être parti ?

Aaron soupira.

— Seulement parce que ça voulait dire me couper de ma famille. Je ne vais pas mentir… c'est dur. Puisque j'ai rejoint l'église avant de partir, je suis banni. Si quelqu'un découvre que ma sœur Abigail à Red Hills m'écrit toujours, elle aurait de sérieux problèmes. Abigail garde le secret même à son mari. Notre sœur Hannah est là-bas aussi, mais elle ne briserait jamais les règles.

— Ma sœur Emma est aussi là-bas. Je devrais lui écrire. Bien qu'elle soit plus âgée, elle pourrait tout aussi bien être une étrangère.

— Est-elle l'aînée ?

David hocha la tête.

— Après elle, je pense qu'il y a eu un bébé qui est mort. Je ne sais pas vraiment, mais il y a eu presque cinq ans avant que Joshua arrive. Ce n'est pas la coutume. Mais je n'ai jamais demandé. Emma a une demi-douzaine d'enfants à présent.

— J'aurais voulu connaître les enfants d'Abigail. J'ai l'impression de les connaître d'après ce qu'elle me raconte dans ses lettres.

Aaron déglutit difficilement.

— J'ai détesté laisser mes frères et sœurs. Surtout Isaac. Il était toujours… nous étions proches. Je ne peux pas te dire, ce que cela signifie pour moi, de le revoir. Quand il m'a appelé, je ne pouvais croire que j'entendais vraiment sa voix. Il est si adulte maintenant.

— Je n'ai jamais été éloigné de ma mère et sœurs. J'aurais voulu qu'il y ait un moyen de leur parler.

— Tu ne peux pas être excommunié si tu n'as pas rejoint l'église. Si personne ne sait que tu es gay, tu pourrais leur écrire. Même leur rendre visite si elles t'accueillent. Bien sûr, tu sais qu'elles feront tout pour que tu te sentes coupable afin que tu reviennes. Ta mère va te dire qu'être Amish, c'est le seul chemin vers le paradis. Si tu leur écris, ça sera la même chose : des supplications pour rentrer à la maison.

— Ma sœur Anna m'écrirait, cependant. Je sais qu'elle le ferait. Mary…

Il grimaça.

— Quoi ? demanda Aaron.

— Même si Mary ne connaît pas toute la vérité, je suis certain qu'elle ne me pardonnera jamais d'avoir pris Isaac avec moi. Elle l'aime depuis des années.

Il passa une main sur son visage.

— Je suis un frère horrible.

— Mais tu aimes Isaac, n'est-ce pas ?

Encore une fois, il n'y avait aucun jugement dans le regard d'Aaron. C'était tellement bizarre de parler si simplement de ses sentiments avec lui. Mais David dit les mots.

— Plus que tout.

Aaron sourit.

— C'est tout ce qui importe. Gay ou hétéro, l'amour est le même. Hétéro veut dire des hommes et des femmes ensemble. Il y a tellement de mots différents à ce sujet… c'était comme apprendre l'Anglais encore une fois.

Il eut un regard lointain.

— J'avais l'habitude d'alterner entre l'allemand et l'anglais avec une telle facilité. Mon allemand est un peu rouillé maintenant. Je me demande quel était ce mot qu'ils utilisaient à la place de gay. Non pas que les Amish en parlent, de toute façon.

David secoua la tête.

— Vous le dites à haute voix si facilement. Je peux le faire quand je suis seul ou avec Isaac. Quand je peux oublier que c'est un péché. Mais vous faites comme si ce n'était rien. Et je pense que le mot qu'ils avaient l'habitude d'utiliser était abomination.

Sauvage. Impur. Imposteur.

Aaron grimaça.

— Sans aucun doute. Mais ce n'est pas une abomination. C'est comme ça que tu es né. Il n'y a aucun mal à être gay. Je sais qu'Isaac et toi ne le croyez pas encore, mais vous y viendrez. Et il y a plein de chrétiens qui ne pensent pas que c'est un péché non plus.

Pendant un moment, David ne put que fixer Aaron.

— Des chrétiens ? Mais… comment ?

— La Bible peut être interprétée de différentes manières. Ce sont des gens religieux qui ne sont pas homophobes.

David soupesa ce mot. *Homophobes.*

— Ça ne vous dérange *vraiment* pas ? Que nous soyons…

Il agita la main pour terminer sa phrase.

Aaron se mit à rire.

— Pas même un peu. Je suis heureux que tu sois là, David. Tu n'as pas à cacher tes sentiments maintenant. Tu n'as plus à dissimuler ta vraie nature.

David prit une gorgée de café de peur de commencer à pleurer. Il prit une profonde inspiration.

— Je ne sais pas quoi dire. J'ai un peu d'argent que j'ai économisé, mais je dois m'assurer que Mère en reçoive une partie. Le reste, je vous le donnerai et…

— Non, tu ne le feras pas. Du moins, pas avant qu'Isaac et toi soyez installés et que vous ayez envisagé ce que vous voulez faire de votre vie. Rien ne presse. Jen et moi nous sommes mis d'accord.

Aaron sourit doucement.

— J'ai toujours espéré que l'un des enfants essaierait de me trouver. J'ai pensé que ce serait Éphraïm, cependant. Isaac avait toujours suivi les règles sans broncher, et avec assiduité.

— Jusqu'à ce qu'il me rencontre. Je ne veux pas m'imposer.

— Je me suis assuré d'avoir deux chambres d'amis quand nous avons acheté cette maison, juste au cas où. Nous voulons avoir des enfants un jour, mais même si je n'avais jamais revu mes frères ou mes sœurs, je devais m'assurer qu'ils aient une place ici. Nous sommes heureux que vous soyez là, d'accord ? S'il te plaît, ne t'inquiète pas à propos de l'argent pour l'instant. Jen et moi en avons assez. Ses parents ont pratiquement payé toute notre hypothèque comme cadeau de mariage.

— Waouh…

Aaron éclata de rire.

— Jen dit qu'ils étaient si heureux qu'elle ait finalement décidé de se marier qu'ils m'auraient probablement payé aussi.

David sourit.

— Elle m'a l'air sympathique.

— La meilleure, renchérit Aaron en vidant son mug. Bon, je dois y aller. Je vous verrai plus tard. Entre-temps, fais comme chez toi.

Ne sachant pas quoi faire d'autre, David accompagna Aaron vers la porte d'entrée et le regarda mettre ses chaussures en cuir, et fermer son manteau. Il agita la main et se tint debout devant la fenêtre, regardant Aaron se diriger vers sa voiture et quitter l'allée pour rejoindre la route avant de disparaître dans le brouillard.

La maison fut silencieuse, et David imagina Isaac toujours endormi et paisible. Il fit rouler le mot dans son esprit comme si c'était nouveau.

Chez lui.

CHAPITRE Deux

ISAAC SE REDRESSA brusquement dans le lit en haletant.

— David ?

Celui-ci jeta la chemise qu'il était en train de déplier et s'installa sur le lit, son jean ouvert et ses pieds et sa poitrine nus après une autre douche divine.

— Je suis là. Shh… tout va bien, *Eechel*.

Il ne savait pas pourquoi il avait commencé à appeler Isaac *gland*, mais cela lui convenait en quelque sorte.

— Viens-tu d'avoir un cauchemar ?

— Non, mais…

Isaac repoussa les couvertures et se jeta dans les bras de David, ses doigts s'enfonçant dans sa peau. Ils s'agenouillèrent au milieu du lit, et David fit courir sa main sur le dos de son amant, afin de l'apaiser.

— Tu es en sécurité.

— Pendant un moment, je ne savais plus où j'étais, dit Isaac, le souffle tremblant.

— Nous sommes là, à San Francisco.

David soupira alors qu'il sentait la douceur des lèvres d'Isaac sur sa gorge, et le picotement de sa barbe. Il embrassa la tête d'Isaac avant de s'asseoir sur ses talons.

— Nous avons réussi.

Isaac jeta un coup d'œil sur la chambre d'amis, et un sourire étira ses lèvres.

— Oui, nous l'avons fait. Je ne peux pas y croire.

Puis, il se regarda.

— Je suis *nu*, murmura-t-il.

— Effectivement, dit David en le fixant d'un air espiègle.

Riant, Isaac lui donna un coup léger dans l'épaule.

— Et nous avons *dormi* ensemble. J'étais si fatigué que j'ai à peine eu le temps d'en profiter.

— C'est comme un rêve.

Isaac hocha la tête. Se mordant la lèvre, il s'adossa contre les oreillers, attirant David vers lui afin que celui-ci chevauche ses hanches. Ce dernier fit courir ses mains sur la taille d'Isaac. Parfois, il pensait qu'il pouvait être heureux pour toujours juste en étant si proche d'Isaac, de cette manière. Ce n'était même pas à cause de sexe… juste de sentir la chaleur de son corps et de voir la courbe de son sourire.

— Je ne peux croire que je me réveille à tes côtés, dit Isaac en caressant la poitrine nue de David. Que je peux te toucher, et que personne ne s'en soucie.

Puis il fronça les sourcils.

— Enfin, je pense que personne ne s'en soucie.

— Non. Pas ici.

David leva une des mains d'Isaac et embrassa sa paume.

— Tu ne penses pas que c'est… Nous ne sommes pas irrespectueux, n'est-ce pas ? demanda Isaac en agitant la main entre eux. Faire ça dans la maison de mon frère ? Je sais qu'il a dit que ça ne le dérangeait pas, mais comment savoir si c'est vrai ?

David lissa les cheveux de son amant en arrière, dégageant son front.

— Je suppose que nous devons croire qu'il est honnête. Je ne pense pas qu'il mente, n'est-ce pas ?

— Non, cela fait des années que je ne l'ai pas vu, mais je le connais depuis toujours. Il ne mentirait pas. Je suppose que c'est dur à croire. De ne pas avoir à se faufiler et se cacher paraît étrange. Mal. J'avais l'habitude de rêver d'avoir notre propre lit, mais je n'ai jamais pensé que nous l'aurions, un jour.

David entrelaça leurs doigts.

— Dans cette chambre, il n'y a que nous deux. Peu importe ce qui se passe là-bas, je ne veux pas que nous soyons effrayés ici. Je veux que nous soyons libres. Avec nous-mêmes. L'un avec l'autre. D'accord ?

Hochant la tête, Isaac attira David vers lui pour un baiser.

— D'accord.

David ondula des hanches, se frottant contre le membre d'Isaac. Son jean était assez rugueux pour provoquer de délicieux frissons à travers lui.

Isaac grogna, mais ensuite, se releva sur un coude.

— Attends… quelle heure est-il ? Aaron doit se demander où je me trouve.

— Presque midi, mais tout va bien. Il devait aller au travail, ce matin. Il devrait être bientôt de retour.

— Noon ! s'exclama Isaac en se relevant d'un bond et essayant de repousser David. Je n'ai pas dormi aussi tard depuis… jamais. Je dois…

Ses sourcils se froncèrent, et il arrêta de remuer.

— Eh bien, je suppose que je n'ai plus besoin de faire quoi que ce soit, au fait.

— Pas aujourd'hui, du moins. C'est bizarre, n'est-ce pas ? Mais de la plus agréable des manières.

Isaac sourit et se détendit à nouveau contre les oreillers.

— Je n'arrive pas à croire que nous sommes partis. Je me demande…

Il secoua la tête.

— Non. Je ne veux pas penser à eux. Pas maintenant.

Isaac fit ensuite courir ses mains sur les cuisses de David.

— Je ne veux penser à rien.

— Je crois que je peux t'aider.

Souriant d'un air entendu, il se redressa un peu et écarta largement les jambes d'Isaac, maintenant ses genoux afin de pouvoir se pencher et fourrer son nez contre son membre et ses bourses.

Avec un doux gémissement, Isaac releva les hanches.

— Oui, s'il te plaît, murmura-t-il. Ça fait trop longtemps.

David aimait sentir le membre d'Isaac gonfler dans sa bouche, le remplissant alors qu'il le suçait avec une main enveloppée autour de la base. Il inspira par le nez, sa salive débordant de manière désordonnée. Quand il retira son sexe de sa bouche et lécha l'entrée d'Isaac, des doigts s'agrippèrent à ses cheveux humides.

— *David…* Tu m'as tellement manqué… Ta bouche…, gémit Isaac.

Taquinant toujours les bourses de celui-ci, David leva une main à l'aveuglette qu'il dirigea jusqu'aux lèvres de son amant. Isaac ouvrit la bouche, humidifiant les doigts avec sa salive, sa langue tournoyant entre eux et au-dessus. Quand Isaac enfonça un doigt humide dans l'entrée d'Isaac, il commença à sucer son membre à nouveau, relevant les yeux pour le regarder entre ses cils.

Quelle vue ! Il aimait la manière dont Isaac croisait son regard, ses yeux d'un ambre sombre et sauvage, ses lèvres entrouvertes, et sa peau rougie jusqu'à son torse. David avait pensé qu'il n'aurait jamais ça, et il savoura les sensations… le resserrement du canal d'Isaac autour de son doigt, et les petits gémissements qui sortaient de la bouche de son amant.

Isaac caressa les cheveux de David, ses doigts doux et ses cils papillonnant. Celui-ci engloutit son sexe, s'imaginant pouvoir sentir le battement du cœur d'Isaac sur sa langue.

— Oh, David ! C'est si bon…

Les narines de David frémirent et il inspira l'enivrante odeur musquée de son amant. Cela le rendait si dur de goûter et de sentir Isaac, ses lèvres étirées autour de son membre épais. Une impression de pouvoir l'envahit. Isaac était étalé – si confiant et vulnérable – et David voulait le garder toujours en sécurité. Ils étaient peut-être pécheurs, mais son amant était toujours un don de Dieu.

Il inclina son doigt et chercha le point sensible d'Isaac.

— Je ne suis pas…, haleta Isaac. Je vais…

Fredonnant, David suça plus fort, déglutissant chaque goutte salée qui remplit sa bouche, voulant chaque jet qu'il pouvait avoir. Il l'aspira doucement, et Isaac haleta, marmonnant le nom de David. Quand celui-ci se retira avec un *pop* humide, et s'assit sur ses talons, Isaac sourit d'un air rêveur.

— Pouvons-nous nous réveiller de cette manière, chaque jour ?

David gloussa.

— Ça m'a l'air d'être une bonne idée.

Il était tellement dur dans son jean ouvert contre la fermeture éclair. Il libéra son membre, grognant alors qu'il enveloppait sa main autour de son sexe rigide.

— Laisse-moi le faire, dit Isaac en tendant la main, toujours étendu contre les oreillers, avec les jambes écartées.

— J'y suis presque…

Des frissons parcouraient la colonne vertébrale de David alors qu'il se caressait, ses yeux rivés sur ceux de son amant.

— Est-ce que ça irait si je… Je veux jouir sur toi, avoua-t-il. Est-ce étrange ?

Frissonnant, Isaac secoua la tête et écarta ses bras également.

Une main toujours sur son membre, David se pencha un peu plus vers Isaac, son autre main s'accrochant à la tête de lit. Isaac hocha la tête, son regard toujours verrouillé à celui de David.

— Je veux tout sur moi, David. Je veux être collant et à toi… tout à toi. Je vais…

Il s'interrompit puis lâcha.

— Je vais le lécher et…

Haletant, la libération de David l'envahit, éclaboussant la poitrine et le ventre de son amant. Il se caressa jusqu'à ce qu'il soit trop sensible pour continuer. Avec une main tremblante, il prit un peu de sa semence et en nourrit Isaac, qui suça son doigt avec avidité, ses lèvres rouges et brillantes.

David s'allongea sur Isaac, l'embrassant avec langueur, se goûtant lui-même. C'était si *pervers*, mais cela lui donnait chaud partout.

— Si bon, murmura-t-il.

Isaac sourit.

— Tu vas avoir besoin d'une autre douche.

— Nous pouvons avoir toutes les douches que nous voulons, maintenant, dit David en souriant. Chauffe-eau instantané.

— C'est une bonne chose qu'il y ait assez de place pour deux, hein ?

Puis son expression devint sérieuse, et il tint le visage de David dans ses mains.

— Je croyais t'avoir perdu pour toujours.

— Je suis tout à toi, souffla David, l'embrassant à nouveau.

David les recouvrit d'une couverture et se glissa dans les bras d'Isaac. Pour la première fois de leurs vies, il n'y avait aucun autre endroit où ils devaient être.

L'ODEUR LEGERE DE la graisse fit gronder son estomac alors qu'Isaac et lui descendaient l'escalier.

— Attends.

Isaac s'arrêta à mi-chemin.

— N'est-ce pas trop grossier de marcher pieds nus dans une maison Anglaise ? murmura-t-il. Mes chaussettes sentent mauvais, mais je peux les mettre.

— Je pense que ça va aller. J'étais pieds nus ce matin, et Aaron n'a rien dit.

Leurs chaussures se trouvaient près de la porte d'entrée sur une étagère et bien que David ait vu des gens dans les films porter souvent des chaussures dans la maison, ce n'était pas ce que Jen et Aaron faisaient à ce qu'il lui semblait.

— D'accord, dit Isaac, faisant courir sa main sur son tee-shirt, et arrangeant ses cheveux. Ai-je l'air bien ?

Le jean de David était un peu large sur Isaac, mais la chemise blanche lui allait parfaitement.

— Tu as l'air magnifique, et ton frère ne se souciera pas de ce que tu portes. Allez.

Il donna un petit coup ludique à Isaac.

Aaron sourit alors qu'ils entraient dans la cuisine.

— Hey ! Tu as bien dormi ? dit-il avant d'attirer Isaac dans ses bras. J'espère que ça ne te dérange pas si je te prends souvent dans mes bras au début. Après toutes ces années à devoir rester stoïque tout le temps, et à cacher mes émotions, je suis devenu très câlin.

La voix d'Isaac était étouffée dans l'épaule d'Aaron.

— Ça ne me dérange pas.

Le grand frère recula et ébouriffa les cheveux d'Isaac.

— Je vais te laisser tranquille pour le moment.

David se mit à rire doucement.

— Je suppose que c'est une chose à laquelle on devrait s'habituer, câliner des gens.

Les adultes Amish qu'il connaissait avaient tendance à être stoïques, en effet.

— Tu m'as câliné, dit Isaac avant de pâlir. Je veux dire…

— Eh bien, j'espérais que nous avons bien dépassé l'étape du serrement de mains, dit Aaron en riant. Mais ouais, les Anglais sont bieeeeeen plus démonstratifs que ce que vous avez l'habitude. Attendez de rencontrer Jen.

Il étreignit Isaac encore avec un air espiègle.

— Je suis juste trop heureux que tu sois là. Je ne peux pas résister !

David les regarda avec un sourire, mais un pincement d'envie en vis-à-vis de Joshua le traversa.

Quand Isaac recula, il toucha sa brillante cravate.

— C'est si…

Aaron sourit.

— Rose ? Extrêmement vaniteux, je sais ! Mon psy a dit une fois qu'il était surpris que je ne me sois pas drapé dans un arc-en-ciel de couleurs chaque jour, étant donné la manière dont j'ai grandi.

— Ton quoi ? demanda Isaac en fronçant les sourcils.

— Les psychiatres sont des docteurs qui s'intéressent au cerveau, et bien des années auparavant, les gens les appelaient des fouilleurs de tête. Nous les nommons juste des psys maintenant. Ils te posent beaucoup de questions pour essayer de comprendre ce que tu penses, et comment tu te sens. Ils trouvent la source de tes problèmes. Ils te psychanalysent, en quelque sorte.

— Tu dois aller chez le docteur ? Tu es malade ? dit Isaac, tandis que sa voix s'élevait.

— Non, non ! Je vais bien ! répondit Aaron en levant les mains. Je te promets. Beaucoup d'Anglais font de la thérapie. C'est juste pour parler et essayer de trouver un sens à sa vie. Jen a beaucoup d'avantages à l'hôpital, et c'est pris en charge pour nous. Alors, je me suis dit que je pouvais en profiter.

— Alors, tu as une thérapie avec… des avantages ? demanda Isaac en regardant David, les sourcils froncés.

— C'est un bonus que les gens obtiennent avec leur travail. Des à-côtés en plus de leurs salaires, expliqua David. Ça aide à payer pour l'assurance-santé, et ce genre de choses.

Puis il se tourna vers Aaron.

— Pas vrai ?

— Vrai !

Aaron serra le bras d'Isaac.

— Je suis désolé… je disais justement à David ce matin combien ça m'avait pris du temps pour m'habituer à tous ces mots Anglais que nous n'avons jamais appris. Je vais essayer de ralentir, et si tu es confus à propos de n'importe quoi, demande, d'accord ?

Il prit un sac en papier posé sur le comptoir.

— Voilà un nom Anglais dont tu te souviens sûrement.

Isaac rebondissait pratiquement.

— C'est McDonald ?

— Ouais ! Je vous ai pris des Big Mac. J'ai supposé que vous aviez probablement mangé sur le chemin, mais je me souviens que c'était ton préféré.

— Nous n'avons rien pris, en fait. Je n'avais pas très faim, dit Isaac, puis son estomac gronda, et il se mit à rire. Maintenant, c'est le cas !

Aaron plaça la nourriture sur une partie du comptoir qui faisait face au salon, et s'avança vers l'autre côté afin qu'il puisse faire face à la cuisine.

— Allez, venez vous asseoir.

Il y avait quatre tabourets, et David laissa un vide entre lui et Aaron pour Isaac. Quand celui-ci mangea une frite, il gémit.

— Oh, ça m'a manqué !

David mangea quelques frites, savourant le goût salé et croustillant.

— Moi aussi, renchérit-il.

Pendant un moment, ils mangèrent dans un silence détendu, et David sourit alors qu'Isaac léchait la sauce qui avait dégouliné sur ses doigts.

— Je vais manger des Big Macs tous les jours, dit Isaac.

Aaron sourit.

— Il y a un film que je dois te montrer et qui te fera réfléchir sur le sujet.

David but son coca. Le soda lui faisait repenser au drive-in et à son atelier chez June. Maintenant, il pouvait avoir du soda quand il le voudrait. Même au petit-déjeuner.

— Je suppose que nous nous en lasserons après un moment.

— Mais jusqu'à ce que ça soit le cas, ce sera des Big Mac quand vous voudrez ! dit Aaron en engouffrant une frite dans sa bouche. Le monde t'appartient ! En parlant de ça, je vous emmènerai dans un restau de fruits de mer sur le quai. Et il y a un formidable restau indien qui est spécialisé dans les pizzas, à quelques pâtés de maisons. Bien que je suppose que vous voudrez essayer la traditionnelle pizza italienne d'abord, afin de pouvoir comparer. Oh, et vous devez absolument essayer la nourriture mexicaine, bien sûr !

Il soupira d'un air satisfait.

— Il y a tellement de choses que vous n'avez pas encore goûtées.

— J'ai mangé des tacos une fois, mais je n'ai pas beaucoup aimé, dit David. C'était bon, mais mon estomac n'était pas trop favorable.

Aaron se mit à rire.

— Ne t'inquiète pas, la vraie nourriture mexicaine ne te donnera pas la diarrhée. Mais tu dois t'ajuster, il y a toutes ces épices et ces saveurs que nos mères ne cuisinaient pas.

— Non que je n'aime pas la cuisine Amish, ajouta David rapidement alors qu'il pensait aux heures que Mère et ses sœurs passaient dans la cuisine.

— Je n'ai jamais trouvé de tourtes au poulet comparables, dit Aaron.

Isaac plongea une frite dans du ketchup.

— Je n'ai jamais pensé qu'il puisse exister une autre façon de cuisiner en dehors de celle de la communauté. Après que tu sois parti…

Il s'interrompit.

Mais Aaron sourit.

— Vas-y. Tu peux tout me dire, Isaac.

— J'ai essayé d'imaginer où tu étais, ce que tu faisais, mais je ne pouvais pas.

Il releva les yeux.

— Mais tu es presque comme avant.

— Sans la barbe Amish, grimaça Aaron. Ça ne m'allait pas vraiment.

— Je veux dire, avant que tu ne suives l'église. Mais tu n'as plus de frange.

— Non. Et je pense que mon front commence à s'élargir maintenant que j'ai la trentaine, mais Jen dit que ce n'est que dans ma tête.

— Tu es heureux, cependant, dit Isaac. Comme lorsque nous étions enfants. C'est comme ça que je me souviens de toi.

David essaya d'imaginer Joshua en tant qu'homme. Il avait toujours semblé si adulte pour lui, mais ils étaient tous les deux des garçons. Il resta silencieux et finit ses dernières frites, même si son ventre était plein déjà.

Aaron sourit tristement.

— Je suis content d'entendre ça. Je sais que la manière dont je suis parti était soudaine. Je voulais vous dire au revoir, mais j'avais si peur. Je ne voulais pas me disputer avec Maman et Papa, ou les laisser me convaincre de rester, même si je savais que je devais le faire. C'était bizarre de penser à eux comme « Mère et Père ». Si formel, même pour les Amish. Je suppose que c'est une bonne chose que je sois parti avant le déménagement pour Zebulon. Il paraît que beaucoup de choses ont changé après ça.

— Oui, dit David en remuant sur son tabouret et en jouant avec le sachet en papier du Big Mac. Après ce que Joshua a fait... après que les filles et lui soient morts, tout a changé.

— Plus de rumspringa... on ne pouvait même pas mentionner ce mot, dit Isaac.

Il tapota sa boîte de frites et les dernières en tombèrent.

— Mais même Mervin utilise secrètement de la technologie Anglaise, et il suivait presque toujours les règles. On appelait ça un Tactile. Nous avons regardé un film et écouté de la musique avec.

Il soupira.

— Nous étions les meilleurs amis depuis notre enfance.

— C'est dur de laisser des personnes chères derrière soi.

David pensa à Mervin, ce jour-là, dans la grange, et au dégoût qui l'avait transfiguré.

— Je l'avais déjà perdu, de toute manière, l'informa Isaac.

Puis il s'interrompit.

— Il... il a découvert à propos de David et moi. Il n'a pas compris. Il ne pouvait même plus me regarder, après ça, encore moins me parler. Mais au moins, il a gardé le secret.

Et si Mervin leur a dit maintenant ?

David repoussa cette pensée. Cela ne servait à rien de s'inquiéter.

— Je suis désolé, Isaac, dit Aaron en posant un bras sur ses épaules. Cela a dû être horrible.

Il secoua la tête.

— Seigneur, combien j'aurais voulu te prendre avec moi, mais tu étais si jeune, et de ce que j'en savais, tu aurais pu être heureux en tant qu'homme Amish, une fois que tu aurais grandi. Mais j'ai détesté te laisser là-bas. Partir dans la nuit en vous laissant seulement un petit bout de papier...

— Tu as laissé plus que ça.

Isaac prit le petit couteau de son jean.

Les sourcils d'Aaron se haussèrent.

— Je ne peux pas croire que tu l'aies encore !

Il le prit de la main de son jeune frère et en traça les contours.

— Je le porte sur moi, la plupart du temps. J'aime toujours sculpter des choses. Et maintenant, j'ai tellement appris sur la charpenterie grâce à David.

— Il est doué, c'est certain.

David poussa du genou celui d'Isaac alors qu'il se réchauffait de l'intérieur. Bientôt, ils construiraient des choses ensemble.

Aaron cligna rapidement des yeux alors qu'il tendait le couteau à son frère, et sa voix devint rauque.

— Je suis content de l'entendre. Je ne peux pas te dire ce que cela signifie de t'avoir ici avec moi. Tous les deux.

La lèvre d'Isaac trembla.

— Je savais que tu m'aiderais. Que tu nous aiderais.

— Nous vous sommes tellement reconnaissants à votre femme et vous, ajouta David, gêné, l'émotion très fortement présente.

— Je suis impatient de la rencontrer, dit Isaac en s'essuyant le coin de l'œil, et buvant bruyamment le reste de son soda à travers la paille.

Aaron se mit à rire.

— Rappelez-vous seulement qu'elle n'est pas comme les femmes que vous connaissez. Elle dit exactement ce qu'elle pense, et elle ne fait sûrement pas tout ce que son mari lui dit… Loin de là. Mais je n'aurais échangé ma place pour rien au monde. Avez-vous vu les photos, les gars ?

Aaron indiqua la salle à manger.

— Venez !

David les avait déjà vues ce matin-là, mais il les suivit. Sur une table basse, près du mur, il y avait une douzaine de photos dans des verres et des cadres. Dans l'un d'eux, Aaron portait un smoking noir, et tenait la main d'une femme dans une longue robe blanche qui était ajustée à son corps mince. Ses bras étaient nus et son décolleté descendait jusqu'au haut de sa poitrine. Ils étaient sur un petit pont qui surplombait un jardin avec des arbres et des fleurs partout.

— C'était le jour de notre mariage. Il y a tout un album de nous dans chaque pose concevable dans tout le parc.

Aaron indiqua une autre photo où il se trouvait avec Jen et quelques personnes.

— Ce sont les parents de Jen. Ses demoiselles d'honneur sont toutes en violet, et son meilleur ami Clark porte le smoking violet… il était le témoin ! Cela aurait normalement dû être une femme, mais Jen a insisté. Il est gay aussi.

David examina l'homme au smoking violet. Il ressemblait presque à une fille, avec ses lèvres brillantes de gloss, et les petites étoiles sur sa cravate. Une autre personne gay. C'était réconfortant en quelque sorte.

— Les mariages Anglais sont plus chics que ceux des Amish, comme tu peux le voir. Pas de céleri comme décoration.

Isaac regarda la photo.

— Jen est très belle.

Puis il ajouta rapidement.

— Non pas que ça ait de l'importance.

— Ça va aller, tu peux dire qu'elle est belle, sourit Aaron. Je dois ajouter qu'elle est trop sexy également ! Celle-là est ma préférée.

Il indiqua une photo où sa femme souriait à la caméra pendant qu'Aaron marchait devant elle, tenant sa main. Les dents de Jen étaient blanches, contrastant avec sa peau bronzée et ses cheveux noirs étaient tressés au-dessus de sa tête avec des boucles qui retombaient de son chignon. Des bijoux brillaient à ses oreilles et autour de son cou, la robe semblait douce au toucher. Elle riait. David ne pouvait pas dire quel âge elle avait, mais il supposa qu'elle avait le même âge qu'Aaron.

— Est-elle chinoise ? demanda Isaac.

David se posait également la question, mais ne savait pas comment le faire poliment. Il réalisa qu'il n'avait pratiquement jamais rencontré de personnes différentes au cours de sa vie.

— Philippine. Les Philippines sont des îles dans le Pacifique, près de la Malaisie. Je sais que ça ne veut probablement rien dire pour vous, les gars. Je ne connaissais rien quand je suis parti de Red Hills. Mais j'ai appris, et vous pourrez également apprendre.

Isaac regarda les photos.

— Les Anglais se marient-ils avec des gens qui ne sont pas… comme eux ?

— Bien sûr, répondit Aaron. Cela arrive tout le temps maintenant. Tu seras étonné du nombre de gens qui ne sont pas blancs. Je sais que ça doit te paraître bizarre.

— Non, sourit Isaac. Juste différent. Mais je suis différent aussi.

Son doux regard se dirigea vers David.

Celui-ci sourit et se demanda si ça ne dérangerait pas vraiment Aaron s'il tenait la main d'Isaac, ou touchait son bras devant lui. Mais il ne fit aucun geste.

— Nous sommes tous différents, ce qui effraie les Amish. Ils ne veulent sûrement pas que les femmes vivent en dehors de leurs maisons. Je ne peux imaginer ce que Maman et Papa penseraient de Jen. Elle travaille plus que moi, et elle gagne un putain de paquet de fric, plus qu'un simple et nouveau professeur comme moi !

David cilla. Bien qu'il ait entendu June et d'autres personnes dans les films utiliser le mot *putain* avec désinvolture, c'était déstabilisant d'entendre Aaron le prononcer aussi facilement.

Ce dernier soupira en regardant les photos de son mariage.

— Peu importe quelle communauté Amish et comment est l'Ordre, le but est toujours de faire en sorte que toute chose et chaque personne rentrent dans de petites boîtes. Je n'ai jamais pu m'en contenter.

— Et les boîtes sont toutes mesurées, au centimètre, comme nos bottes, chapeaux, chariots, et tout le reste, dit David.

La liberté dont les Anglais profitaient paraissait impossible à croire.

Aaron se mit à rire d'un air piteux.

— C'est sûr que ça ne me manque pas ! C'était si étrange au début, d'acheter des habits, et d'essayer de découvrir quelle taille je faisais. De ne pas m'inquiéter au sujet des ourlets, et que les bords de chapeaux soient à bonne longueur ou largeur. Plus besoin de porter des bretelles de pantalon.

Il tapota sa ceinture avant de poursuivre.

— Mieux que des bretelles à mon avis. La plupart des pantalons vous serrent sans ceinture. Je vais vous emmener faire du shopping tous les deux, et vous pourrez essayer quelques vêtements. Voir ce que vous aimez.

Voir ce que j'aimerais. Alors que David avait des jeans et des chemises décontractées, il y avait tellement plus, là dehors.

— Mais je n'ai pas d'argent, dit Isaac en se mordant la lèvre. David en a un peu, mais…

— Stop, dit Aaron en levant la main. J'ai déjà discuté de ce sujet avec David. Je ne veux pas que vous vous inquiétiez à propos de l'argent pour l'instant. La seule chose sur laquelle vous devez vous concentrer est de vous habituer au monde extérieur. C'est beaucoup de choses à apprendre. Laissez-moi m'occuper du reste. Quand je suis parti de Red Hills, j'avais seulement deux cents dollars. J'étais chanceux d'avoir rencontré des gens qui étaient étonnement généreux vis-à-vis d'un parfait étranger. Tu es mon frère, et David est ton petit ami. Je m'occuperai de tout pour vous, d'accord ?

Petit ami. David aimait le son de ce mot alors qu'il le répétait inlassablement dans son esprit.

Isaac déglutit difficilement.

— Merci. Je trouverai un travail aussi vite que je le pourrai, et…

— Isaac, dit Aaron en tenant ses épaules et le regardant d'un air sérieux. Ne t'inquiète pas. Tout d'abord, nous devons obtenir vos actes de naissance afin que David et toi puissiez avoir des numéros de sécurité sociale.

David cilla. Cela n'avait même pas traversé son esprit.

— Qu'est-ce que c'est ? demanda Isaac.

— C'est un truc du gouvernement, répondit Aaron. Tu ne peux travailler légalement sans ça. Il y a un avocat en Ohio qui m'a aidé à obtenir mon acte de naissance. C'est un ex-Amish, alors il sait comment s'occuper de ça. Puisque nous sommes nés à la maison, Maman et Papa n'ont jamais enregistré de certificat. Du moins, ils ne l'ont pas fait pour moi, et je ne pense pas qu'ils l'aient fait pour vous. David, sais-tu si tu en as un ?

Celui-ci secoua la tête.

— J'en doute.

— L'avocat va obtenir des affidavits des gens de Red Hills qui peuvent attester de vos naissances. Isaac, Abigail peut signer un pour toi, et je suis certain qu'il y aura assez de gens qui vont aider. Hannah aussi le peut. David, nous pourrons demander à ta sœur Emma.

Les sourcils d'Isaac se froncèrent.

— Un affi… quoi ?

— C'est comme une déclaration sous serment, l'informa Aaron en agitant la main. Ne t'inquiète pas des détails maintenant. Je peux vous aider avec la paperasse une fois que nous aurons fait le nécessaire. Ensuite, nous pouvons obtenir aussi des passeports, et vous pourrez apprendre à conduire, et avoir vos permis si vous voulez. Mais au moins, dans la ville, vous n'avez pas besoin de conduire. Je vais vous montrer comment fonctionnent les transports en commun. N'en parlons pas pour l'instant. C'est votre premier jour.

Isaac soupira.

— J'ai l'impression qu'il y a trop de choses que je ne sais pas. David est allé voir des films et a lu des livres pendant ces deux dernières années. Avant que je travaille avec lui, je sortais à peine de la ferme. Père disait…

Il prit une profonde inspiration.

— Oh ! Je dois leur écrire. J'aurais dû le faire aujourd'hui. Penses-tu que…

Il secoua la tête, puis reprit.

— Peu importe.

— Quoi ? demandèrent Aaron et David à l'unisson.

Isaac regarda ses pieds pendant un moment avant de s'adresser à son frère.

— Penses-tu que cela les bouleverserait si je leur disais que je suis avec toi ?

Aaron desserra le nœud de sa cravate, avec un faible sourire.

— Probablement. Tu devrais juste leur dire que tu es en sécurité. Je peux demander à Abigail ce que Mère dit dans sa prochaine lettre. Pour l'instant, ce serait mieux d'être vague.

Il passa la cravate par-dessus sa tête et la fit rouler en boule.

Isaac et David échangèrent un regard.

— Je ne voulais pas te bouleverser, dit calmement Isaac.

— Tu ne l'as pas fait.

Puis Aaron pinça ses lèvres.

— Je suis désolé. D'habitude, je ne pense pas beaucoup à ça, mais parfois…

Il roula et déroula sa cravate, son regard fixé sur ses mains.

— Ont-ils jamais parlé de moi ?

— Non, murmura Isaac.

— C'est ce que je supposais. Je veux dire, je le savais. Je le savais.

Aaron haussa les épaules.

— J'aurais quand même fait le même choix.

La pensée que David puisse être effacé de sa famille comme des calculs sur un tableau rendait ses paumes moites.

Aaron agita la main.

— D'accord, c'en est assez de ma soirée déprime ! David, je ne sais pas pour toi, mais je parie qu'Isaac est prêt pour un dessert. Isaac, je t'ai amené ton préféré.

— De la glace ? demanda-t-il avec espoir.

— Quoi d'autre ? répondit Aaron en posant son bras sur les épaules de son frère. J'en ai acheté cinq sortes différentes, afin que vous puissiez choisir.

Assis au comptoir à nouveau, David plongea sa cuillère dans un bol de quelque chose qui s'appelait Glace Au Nougat. Alors qu'une douceur sucrée lui emplissait la bouche, il essaya d'oublier tout le reste. Aaron avait raison – c'était seulement leur premier jour. Ils allaient y arriver ensemble. Il pressa son genou contre celui d'Isaac, et ils partagèrent un sourire.

Les yeux étincelants, et un peu de glace autour de la bouche, Isaac regarda Aaron qui était penché vers le congélateur en bas du réfrigérateur. Aussi rapide qu'un colibri, le baiser fut doux et parfait, et David lécha toutes les traces de chocolat restées sur ses lèvres.

CHAPITRE Trois

— ON TOURNE juste à l'intersection ? demanda David.

Il sursauta alors qu'une voiture klaxonnait, mais ce n'était apparemment pas dirigé vers eux, puisque le véhicule les dépassa. Un chien aboya tout près, et d'autres voitures rugirent dans la rue. Il regardait autour de lui, constamment, et il s'assurait qu'Isaac marchait bien sur le trottoir.

Isaac consulta le petit carré de papier jaune.

— Oui. Ensuite, ce sera sur notre gauche.

Il leva le regard alors qu'ils passaient devant un immeuble de quatre étages.

— Il y a tellement de personnes ici.

Hochant la tête, David contourna une femme avec une poussette. C'était le milieu de l'après-midi, mais ils avaient croisé beaucoup de gens durant les trois pâtés de maisons depuis celle d'Aaron. Le brouillard s'était levé, et bien que le temps soit nuageux avec un vent glacial, c'était pratiquement tropical comparé à ce qu'ils avaient au Minnesota. Avec un pincement de culpabilité, il repensa à la neige qui devait être dégagée sans lui.

Isaac indiqua la colline verte qui dominait le paysage.

— Nous devrions aller là-bas, un jour. Je parie que tu peux voir à des kilomètres.

— Oui, renchérit David.

Il y avait des arbres et une tour métallique au sommet de la colline. Plissant les yeux, David songea qu'il pouvait voir quelques personnes aller et venir et peut-être des chiens courir. Il leva la main pour enlever son chapeau et se gratter le crâne, et réalisa qu'il n'y avait rien.

— Je pense que c'est le magasin, là-bas, dit Isaac. C'est écrit en haut de la colline et après la maison verte.

Il secoua la tête.

— Je n'ai jamais pensé que je verrais des maisons *vertes* ! Tout est si…

— Pas simple ? compléta David alors qu'il observait une peinture colorée sur une partie du mur en brique.

Il ne savait pas ce que voulaient dire les symboles en zigzag. C'était de l'art, supposa-t-il.

Le drive-in Sky-vu près de Zebulon lui avait paru si étranger, même si c'était seulement un écran dans un terrain avec un petit snack en béton. La quincaillerie et la rue principale à Warren lui avaient semblé animées. Mais marcher seulement quelques pâtés de maisons à San Francisco, c'était comme se trouver sur une autre planète.

Isaac lui donna un petit coup d'épaule.

— C'est excitant, n'est-ce pas ?

David hocha la tête, essayant d'ignorer le soupçon d'inquiétude qui naissait au plus profond de lui-même. C'*était* excitant, pourtant, la sueur trempait son sourcil, même avec le vent glacial.

— Je me demande pourquoi Aaron l'appelle bodega.

Le mot semblait étrange sur sa langue.

— Il a dit que c'était comme l'épicerie du coin. Peu importe ce que ça veut dire, rit Isaac d'un air narquois. Mis à part le fait qu'il soit dans le coin. Non pas que nous ayons ça à Zebulon.

Il tourna lentement sur lui-même alors qu'il marchait.

— Ici, c'est… *tellement plus* ! Plus de tout.

— Oui.

Que les bâtiments soient des maisons abandonnées, ou des maisons de ville, de petits appartements ou des magasins, ils avaient tous une chose en commun… ils étaient tous serrés les uns contre les autres sur les rues. Parfois, on voyait un arbre, mais, pour la plus grande partie des bâtiments, ils étaient écrasés comme s'ils avaient été pressés dans un étau.

Il inspira profondément.

— L'air a une odeur différente ici. Plus humide. Presque comme… du sel ?

— Oui. Ça doit être l'eau à côté, dit Isaac en souriant. J'ai hâte de le voir… l'océan ! Je veux…

Il s'interrompit, ses pas ralentissant alors qu'il regardait quelque chose devant lui.

— Quoi ? demanda David en suivant le regard d'Isaac, et son cœur rata un battement. Oh !

Marchant et riant, deux hommes approchaient, leurs mains entrelacées. Ils passèrent devant une vieille femme qui nettoyait les marches de sa maison bleue, et elle ne les regarda même pas.

Faisant face au monde qui les entourait, les hommes semblaient indifférents à ce qui les entourait. L'un avait une moustache, et tous les deux semblaient plus âgés qu'Aaron. David ne pouvait s'empêcher de contempler la manière dont leurs mains étaient serrées l'une contre l'autre, leurs bras se balançant tandis qu'ils flânaient.

— Waouh, murmura Isaac.

Ils s'étaient arrêtés au milieu de la rue, et alors que les hommes approchaient, David réalisa qu'Isaac et lui les fixaient. Il donna un petit coup d'épaule à son compagnon et recommença à marcher, la tête baissée et les joues rouges. Un mélange d'émotions le traversa… le choc, la gêne, l'envie, et même de la crainte.

Heureusement, Les hommes ne semblaient pas avoir remarqué l'attention d'Isaac et David, et le couple passa à côté d'eux, continuant de discuter. David ne put s'empêcher de s'arrêter pour les regarder à nouveau par-dessus son épaule, et Isaac fit de même. Les hommes croisèrent plusieurs personnes, mais aucune ne leur accorda une attention particulière.

Était-ce tout à fait normal de se tenir la main, dans une rue, devant *tout le monde* ? C'était difficile à croire, même après ce qu'il venait juste de voir. Les mains d'Isaac étaient enfouies dans les proches de sa grande veste bleue qu'il l'avait empruntée à Aaron. Éraflant le béton de ses bottes noires, il regarda encore les deux hommes qui disparurent bientôt de leur vue alors que la rue s'élevait vers une colline.

— Peux-tu le croire ? Ils étaient… devant tout le monde ! murmura Isaac.

— Et personne ne semblait s'en soucier. Je n'aurais jamais pensé voir quelque chose comme ça.

— Peux-tu imaginer ce qu'ils auraient dit à Zebulon ? demanda Isaac.

David pouvait l'imaginer, en effet, et le frisson qui le traversa fut glacial. Il hocha la tête, puis s'avança vers une boutique au store jaune au coin de la rue.

— Viens, nous y sommes presque.

Il voulait prendre la main d'Isaac, mais il n'en avait pas encore le courage. Alors qu'ils montaient la colline, ses cuisses le chauffèrent agréablement. Après un si long voyage assis en bus, c'était bon de bouger à nouveau.

Des paniers couverts de plastique blanc avec des fleurs fraîches s'alignaient sur le trottoir, ainsi que des boîtes en bois à l'extérieur du magasin. David effleura de son doigt un pétale de marguerite, incapable de résister. Une sonnette tinta alors qu'ils ouvraient la porte en verre pour entrer. C'était petit, et comme les bâtiments, tout était pressé ensemble sur des étagères, utilisant chaque centimètre disponible.

— *Hola* ! s'exclama une vieille femme.

Celle-ci, qui se trouvait derrière le comptoir, était dodue, et ses cheveux noirs grisonnaient. Elle regardait une sorte d'émission, sur une petite télévision, où des gens portaient beaucoup de maquillage et parlaient une langue qui ressemblait à de l'espagnol.

Isaac et David lui sourirent et allèrent explorer une allée étroite. Les boîtes et pots étaient rouge, bleu, et vert. À l'arrière du magasin se trouvait un comptoir où était vendu quelque chose nommé burrito, et David pensait en avoir mangé à Taco Bell, bien que l'odeur de bœuf, de fromages et d'oignons ici promette plus de goût.

— Voici le pain, dit Isaac, surgissant de l'extrémité de l'allée sur le côté du magasin où se trouvaient des produits frais dans des boîtiers réfrigérés, ainsi que des paniers remplis de toutes sortes de petits pains.

Il regarda ensuite le papier jaune.

— Ça s'appelle une baguette.

— Longs et fins, n'est-ce pas ? demanda David en regardant les paniers. Je ne vois rien de cela. Oh attends… là, dans ce panier.

La femme au comptoir compta leurs achats, un œil sur la télévision, et sourit alors qu'elle rendait la monnaie à Isaac. La baguette était dans un sac en papier, mais puisqu'elle dépassait, David la tint contre sa poitrine pour s'assurer qu'elle ne se casse pas.

À l'extérieur, ils tournèrent à droite et revinrent sur leurs pas vers la maison, descendant la colline, cette fois-ci. À côté de lui, Isaac se mit à rire.

— Quoi ? demanda David, souriant déjà, même s'il n'avait aucune idée de ce qui faisait rire son amant.

— Est-ce idiot d'être fier qu'on soit allés seuls dans la ville, et qu'on ait accompli notre tâche ?

— Ne parle pas si vite… nous ne sommes pas encore rentrés. Nous pourrions nous perdre. Ou être attaqués par des voyous. Il y a des gangs dans la ville, dit David d'un air dramatique en collant la baguette contre sa poitrine. J'ai entendu dire qu'ils aiment le pain français !

— Peut-être que c'est pour ça qu'Aaron nous a envoyés. Bien sûr, il a juste *dit* qu'il avait oublié d'en acheter en rentrant, mais il avait vraiment peur d'y aller par lui-même.

David essaya de ne pas rire.

— Nous serons chanceux si nous rentrons en vie.

Devant eux, quatre vieux hommes fumaient des cigarettes sur le trottoir, pressés les uns contre les autres à côté d'un café.

— Regarde… un gang, murmura-t-il.

— Ne sont-ils pas trop vieux pour faire partie d'un gang ? chuchota Isaac.

David prit un ton comme il avait entendu les policiers le faire dans les films.

— C'est la ville. Une fois que tu fais partie d'un gang, tu ne peux jamais en sortir.

Les épaules tremblantes, Isaac lui présenta un visage sérieux.

— Devons-nous courir ? siffla-t-il.

— Absolument !

David détala comme un lapin, Isaac sur ses talons.

Alors qu'ils dépassaient les vieux messieurs, David inspira un peu de fumée avant qu'elle ne disparaisse. Toute l'anxiété du bruit et des voitures s'évanouit tandis que ses jambes le transportaient. Ils parcoururent tout le chemin du retour, leurs rires emportés par le vent.

— Est-ce les fameux spaghettis à la sauce de viande d'Aaron Byler que je sens ?

Remontant ses longues boucles noires en queue de cheval, Jen entra dans la cuisine, portant un bas de pyjamas, un tee-shirt vert sans manches, avec des bretelles fines, et des pantoufles duveteuses. Elle se mit sur la pointe des pieds et embrassa légèrement Aaron avant de pivoter.

— Laissez-moi deviner, dit-elle, puis elle pointa un doigt. Tu es Isaac. Tout est dans le regard.

Isaac se leva de son tabouret et tendit une main.

— Bonsoir.

Avec un sourire, Jen le prit dans ses bras.

— Pas de poignées de main pour la famille dans cette maison !

Elle fronça les sourcils puis se recula.

— Euh… à moins que ça ne te mette mal à l'aise. Désolée, j'ai un problème avec l'espace personnel, parfois. C'est probablement pourquoi je me suis mariée avec un patient.

— *Ancien* patient, remarqua Aaron, lui donnant une petite tape sur la hanche alors qu'il s'avançait vers le garde-manger.

— Les câlins me conviennent, dit Isaac, en souriant timidement.

David attendit près du comptoir, mal à l'aise. Allait-elle l'étreindre aussi ?

Jen se tourna vers lui.

— Ne pense même pas à éviter les câlins, juste parce que nous n'avons pas de liens de sang. Mais là encore, je peux vraiment être déplacée, parfois.

David ouvrit les bras d'un air gêné. Il pouvait sentir sa petite poitrine contre son torse à travers le coton fin, et ses bras nus le serrèrent. Mis à part June à la station de bus, il ne pouvait se rappeler de la dernière qu'il avait étreint quelqu'un, excepté Isaac ou ses petites sœurs. Jen était petite comme Mary, atteignant seulement son épaule.

— Merci de nous laisser rester, dit-il.

Elle recula.

— C'est un plaisir de vous avoir avec nous. Je le pense vraiment.

Elle alla vers le frigidaire et sortit un grand carton, le portant à sa bouche avant de s'arrêter.

— Je suppose que je devrais commencer à utiliser un verre.

— Je n'arrête pas de te le dire depuis des années, marmonna Aaron alors qu'il remuait la sauce.

Ouvrant le placard, Jen sortit un verre et le remplit de lait.

— C'est vrai. C'est une mauvaise habitude que j'ai prise de la fac de médecine.

Isaac regardait sa poitrine avec un froncement de sourcils.

— Qu'est-ce que cela signifie ? lâcha-t-il.

Jen baissa les yeux sur son tee-shirt, où était écrit *Frak*.

— Ouais, je suppose que BSG n'est pas parvenu jusqu'à Zebulon ! *Frak* est une insulte futuriste. Il y a cette série – *Battlestar Galactica* – et cela se déroule dans l'espace dans des centaines d'années. Nous avons le DVD, si vous voulez la voir, les gars. Bref, pour en revenir au sujet, les personnages disent frak au lieu de putain, mais ça veut dire la même chose. Putain.

David la fixa avant de forcer son regard à se baisser. June était Anglaise, mais il ne pouvait pas l'imaginer dire quelque chose de si… *grossier*. Bien sûr, c'était comme cela qu'Isaac et lui parlaient parfois quand ils étaient seuls ensemble, mais parler ainsi dans la *cuisine* ? Devant d'autres personnes ?

Isaac ouvrit et ferma sa bouche, les yeux écarquillés.

— Oh !

David réfléchit rapidement. Devait-il répondre ? Quelle était la bonne chose à dire ? Il ne pouvait imaginer aucune des femmes qu'il connaissait dire quelque chose de si audacieux d'un air nonchalant… pas même Anna. Peut-être que c'était commun chez les femmes philippines ? Mais non, il avait vu des femmes blanches jurer dans les films.

— Jen, tu es en train de les choquer avec tes paroles grossières ! dit Aaron en riant de la cuisinière où il se trouvait. Je vous avais prévenus, les gars. Ne vous inquiétez pas, vous allez vous y habituer.

David se racla la gorge.

— Mais quand vous dites ça, ce n'est pas… littéral, n'est-ce pas ? J'ai entendu des gens dire ça dans les films quand ils sont frustrés à propos de quelque chose.

— Exactement ! dit Jen. C'est une lamentation. Bon, plutôt une expression de frustration. Ce n'est pas à propos de sexe.

Sexe ! Encore une fois, elle l'avait dit comme si ce n'était rien, et ne semblait pas gênée du tout. David dansa d'un pied à l'autre, se forçant à ne pas rougir. Les oreilles d'Isaac quant à elles l'étaient, et il tira sur un fil défait de la manche de sa veste.

— Lamentation… bien vu, souffla bruyamment Aaron. Elle a étudié à Stanford, donc, elle aime utiliser de grands mots quand elle ne profère pas des menaces.

Jen sourit.

— Bien sûr !

Elle indiqua les tabourets.

— Asseyez-vous, asseyez-vous ! Nous allons superviser Aaron.

David s'assit avec Isaac à sa gauche et Jen à sa droite.

— Jusqu'ici, tout me paraît bien.

— Et ça sent bon, ajouta Isaac.

— Beau boulot, les garçons, dit Jen, puis elle but une gorgée de son lait. Du bon travail.

Elle tapota le dos de David.

Ce dernier essaya de ne pas tressaillir au contact. Elle avait une assurance qu'il n'avait jamais vue chez une femme auparavant, et elle regardait son mari cuisiner sans une once d'embarras. Mère serait mortifiée. Quand Jen lui adressa un sourire, il réalisa qu'il la fixait, et détourna rapidement son regard vers Aaron.

— Tu vas préparer ton chef-d'œuvre ce week-end ? demanda Aaron ajoutant plus de sel.

— Des toasts au beurre de cacahouètes ? répondit Jen. C'est vrai. Je le fais croquant et velouté. Je sais… c'est impressionnant ! Ou il y a toujours mon fameux appel à Giovanni. Ou Petit Népal.

Elle gémit.

— Je pourrais tuer pour un agneau au curry, là, tout de suite. Fais vite avec le dîner, chéri.

— Au fait, je vais faire les courses demain, dit Aaron.

Son expression devint grave.

— Accroche-toi, je vais ramener quelques fruits et légumes.

Jen gémit.

— Je pensais qu'on avait parlé de ça.

— Oui, *Docteur* Paculba. Tu sais ce qu'ils disent à propos d'une pomme par jour.

David ne comprenait pas ce dont ils parlaient, mais ne demanda pas. Il y eut quelques instants de silence où ils regardèrent Aaron remuer le contenu d'une grande casserole. Ça sentait le bœuf, les tomates, l'ail, et des herbes dont David n'arrivait pas à se rappeler. Son estomac gronda.

Isaac sourit nerveusement à Jen.

— J'espère que nous n'avons pas été trop bruyants pendant que vous dormiez.

Après un moment, son expression devint horrifiée.

— Je veux dire... pas parce que... nous... euh... nous ne... euh..., bredouilla-t-il.

L'image du membre d'Isaac dans sa bouche traversa l'esprit de David et sa gorge devint sèche. Il n'osait même pas relever les yeux de ses mains où il les garda repliées, ses doigts entrelacés si étroitement que ça faisait mal. Mais alors que Jen se mettait à rire, il risqua un regard.

Elle adressa un clin d'œil à Isaac.

— Ce n'est rien. Je sais ce que tu as voulu dire.

— Nous devrions vous apprendre à afficher un visage impassible, ajouta Aaron avec un rire.

Jen fit un geste dédaigneux.

— Mais sérieusement, vous auriez mis des haut-parleurs à fond, je n'aurais rien entendu, en haut. Cela a été une longue nuit. Plusieurs AV, et...

Elle grimaça.

— Désolée, c'est le langage urgentiste. Accidents de voiture.

David se crispa. *Du sang sur la neige. Un os blanc sortant de la jambe de Mère.*

Isaac demanda doucement.

— Les personnes allaient-elles bien ?

— Quelques-unes d'entre elles. Un MA – Mort à l'arrivée – et trois autres en chirurgie.

David essaya de repousser les souvenirs. Isaac toucha sa cuisse, avec hésitation, et David serra sa main. *Isaac est là, avec moi. Je ne l'ai pas perdu. Je le garderai en sécurité.*

— Je suis désolée. Ai-je dit quelque chose qui vous a bouleversé ? demanda Jen en fronçant les sourcils.

— Non, répondit David en se raclant la gorge. Ma mère et ma sœur ont été heurtées par une voiture alors qu'elles conduisaient le chariot, en décembre.

De la sauce rouge éclaboussa la cuisinière alors qu'Aaron laissait tomber la cuillère en bois et pivotait rapidement pour leur faire face.

— Quoi ? Vont-elles bien ? Abigail n'a rien dit ! Mais en y pensant, elle ne m'a pas écrit depuis un moment, puisqu'elle est occupée avec le nouveau bébé. Que s'est-il passé ?

David hésita, son corps vibrant presque alors qu'il essayait de trouver les mots. C'était comme s'il pouvait entendre les sirènes, là, dans la cuisine.

— La neige s'est mise à tomber soudainement, répondit Isaac, et la voiture ne les a pas vues à temps. Mary a été éjectée du chariot, mais elle est tombée sur un banc de neige, et elle allait bien. Ils ont dit que c'était un miracle. Mais la mère de David a eu la jambe grièvement brisée. Nous ne savions pas au début si… mais ils lui ont fait une chirurgie, et elle guérit maintenant. Elle est dans un fauteuil roulant, cependant, elle remarchera bientôt.

Aaron serra la mâchoire.

— Peut-être que si Zebulon utilisait des triangles orange sur les chariots, cela ne serait pas arrivé ! C'est ridicule ! D'autres Amish les utilisent, mais les Swartzentrubers peuvent être si bornés !

— Je ne sais pas si cela aurait fait une différence par ce temps-là, mais je ne le comprends pas non plus, dit Isaac.

Jen posa une main sur l'épaule de David et la serra.

— Je suis désolée de ce qui s'est passé. Cela a dû être beaucoup plus dur de partir.

La tête baissée, David hocha la tête.

— Je suis certain qu'Eli Helmuth est avec elles chaque jour, ajouta rapidement Isaac. Ils vont probablement se marier bientôt, et après, tu n'auras plus à t'inquiéter.

La pensée de ne pas se tourmenter donnait envie à David de rire sans humour, et il serra les lèvres. Il ne pouvait imaginer ce jour arriver.

— Ton père est mort, il y a quelques années, n'est-ce pas ? demanda Aaron.

La sauce bouillonna, et il reprit la cuillère en bois.

— Je suis désolé de l'entendre. Je sais combien cela a dû être difficile pour toi : être le seul homme dans ta famille. Surtout après Joshua…

David soupira longuement.

— J'ai vraiment essayé. Je voulais rester pour elles, mais je ne pouvais pas.

Je les ai laissées tomber…laissé tomber Père.

— Ce n'est jamais le bon moment pour partir. Crois-moi, dit Aaron en souriant doucement. Mais je suis heureux que tu l'aies fait. Tous les deux. Beaucoup de gens sont heureux en vivant une vie simple, mais quelques-uns d'entre nous ne sont pas faits pour ça.

— Tu sais ce que je pense, ce dont nous avons besoin pour ce dîner ? demanda Jen en claquant sa main sur le comptoir. Du vin !

Elle descendit de son tabouret.

— Un Bordeaux conviendrait parfaitement avec ta sauce, pas vrai, bébé ?

Aaron se mit à rire.

— C'est vrai, mais nous devons y aller doucement avec eux. Vous n'êtes pas obligés de boire quoi que ce soit si vous n'en avez pas envie, les gars.

Jen leva les mains.

— C'est vrai ! Ne me laissez pas vous mettre la pression des pairs. Vous ne savez probablement pas ce que ça veut dire. Je vais reformuler : ne me laissez pas vous influencer, à faire quelque chose avec laquelle vous n'êtes pas à l'aise. Et Isaac, tu as seulement dix-huit ans, mais je pense qu'un verre de vin à la maison est acceptable.

David sourit.

— Je ne pense pas qu'un verre va nous nuire, affirma-t-il en haussant un sourcil vers Isaac.

— Bien sûr, dit ce dernier en haussant les épaules. Jen est médecin, après tout.

— *Exactement.* Ordre du médecin !

Elle murmura ensuite bruyamment à Aaron.

— Je les aime déjà. Ils m'écoutent.

— *Bahaef dich*, dit Aaron en riant.

— Hey !

Les mains sur les hanches, Jen le fixa, bien qu'elle sourie toujours.

— Pas d'Allemand Amish. Euh… non pas que je veuille étouffer votre héritage. Mais pas de commentaires grossiers sur moi ! J'exige que tous les commentaires grossiers soient en Anglais pour que je puisse répondre convenablement !

— Je t'ai juste demandé de bien te comporter. Et cela veut-il dire que ta famille va arrêter de parler le tagal devant moi ? demanda Aaron, puis il ajouta à l'intention d'Isaac et de David. C'est la langue que parlent la plupart des Philippins.

Jen haussa un sourcil.

— *Touché.*

— Hein ? murmura Isaac.

David ne put que hausser les épaules.

— Cela veut dire… bien vu. Essentiellement quand l'autre personne a raison, expliqua Aaron.

— Je pense que c'est exagéré de dire que tu as *raison*. Nous devons débattre de la question avant d'en venir au résultat. Je vais chercher le vin. Ça aide toujours.

Jen se dirigea vers une porte juste à côté de la cuisine, et descendit dans ce qui ressemblait à une cave.

David avait toujours su passer de l'allemand à l'anglais facilement toute sa vie. C'était toujours l'allemand à la maison et à l'église, et l'anglais à l'école et partout ailleurs. Il n'avait même pas pensé au fait qu'il allait perdre son allemand dans le monde extérieur. Il sentait un étrange vide dans sa poitrine.

Bientôt, Aaron remplit les assiettes de spaghettis et de sauce, et David se redressa à côté de l'une des chaises de la table du dîner, avec Isaac près de lui.

— Asseyez-vous, asseyez-vous ! s'exclama Jen alors qu'elle débouchait une bouteille de vin sur le comptoir.

David et Isaac se regardèrent d'un air hésitant. David réalisa soudain qu'après sa prière tardive du matin, il ne l'avait pas faite au petit-déjeuner et déjeuner. Il baissa la tête tout de suite pour réciter les paroles du Seigneur dans sa tête, répétant rapidement les mots familiers. Il releva les yeux pour voir Isaac finir un moment plus tard.

Jen se tenait près de la table, avec le vin dans une main et une baguette de pain dans l'autre. Son sourire était contrit.

— Désolée, je ne voulais pas vous interrompre. Ma famille récite les grâces pendant les jours fériés seulement, donc, je n'y suis pas habituée. Mais vous pouvez prier à haute voix, si vous voulez. Ça ne nous dérange pas. Nous voulons que vous vous sentiez comme chez vous ici.

— C'est toujours silencieux quand ils prient aux repas, expliqua Aaron alors qu'il apportait deux assiettes de spaghettis à table.

Il sourit tristement.

— Wow, je n'y ai pas pensé depuis longtemps !

Ils. Aaron avait passé les premières dix-neuf années de sa vie en tant qu'Amish, mais en dix ans, il avait cessé de penser à *nous*. Alors que David avançait sa chaise, il se demanda s'il se ressentirait la même chose. Il supposa que c'était inévitable. Il pouvait voir la tristesse sur le visage d'Isaac alors qu'ils s'asseyaient, et il étendit sa jambe sous la table pour frotter son pied nu brièvement contre celui de son compagnon.

Ce dernier sourit doucement, puis se racla la gorge.

— Ces chaises sont agréables. Confortables.

En effet, les chaises de la table du dîner étaient rembourrées avec un matériau épais. David n'avait jamais construit des sièges avec des coussinets. Il savait que c'était idiot, considérant l'étendue de ses péchés, mais il s'était senti beaucoup mieux en créant des meubles qui étaient restés simples dans son atelier secret, chez June.

Jen versa du vin dans leurs verres avant de prendre un siège au bout de la table avec Aaron assis à l'autre. David sirota son vin. C'était vraiment fort, et il ne savait pas s'il l'aimait. Il mordit dans la baguette de pain, qu'Aaron avait coupée. *Ça*, c'était bon. Il ne put retenir son gémissement alors qu'il mâchait le pain beurré.

— Est-ce ce que les Anglais appellent du pain à l'ail ?

— Ouais, acquiesça Aaron alors qu'il arrachait un morceau de pain. Délicieux, hein ? Le pain à l'ail est l'une des plus grandes inventions de l'humanité.

— C'est mon préféré, approuva Isaac.

Il mordit dedans avec enthousiasme avant de poursuivre.

— Je n'arrive pas à croire que tu aies cuisiné tout ça, marmonna-t-il.

Aaron se mit à rire.

— Eh bien, la salade était prête, et les spaghettis et le pain à l'ail sont vraiment faciles. Et merci à vous d'avoir acheté du pain.

Puis il se tourna vers Jen en ajoutant.

— Ils ont survécu à leur première incursion solitaire dans la ville. Mais apparemment, ils ont dû se sauver d'un gang de voleurs de baguettes !

Jen siffla.

— Vous l'avez échappé belle, hein ? Nous devons protéger ces baguettes !

Elle joua avec son verre de vin.

— Je sens que je devrais dire : « est-ce une baguette dans ta poche, ou es-tu juste heureux de me voir ? ». Une blague, bien sûr, mais je vais m'abstenir.

Aaron éclata de rire.

— La reine du contrôle, chérie. Comme toujours.

David sourit alors que Jen soufflait à Aaron un baiser à travers la table. Ils semblaient si *libres* d'une façon dont il n'avait jamais été témoin auparavant. Si ouverts et chaleureux. Il n'avait jamais vu Mère et Père se toucher même avec affection, bien qu'il sache qu'ils avaient dû le faire en privé, puisqu'ils avaient eu beaucoup d'enfants.

Tandis qu'il mangeait, David découvrit que le vin passait plus facilement. Il savoura la sauce au bœuf et écouta Jen raconter une histoire sur un patient qui était devenu fou à la pleine lune, bien qu'il ne sache pas pourquoi la lune était impliquée. Isaac avait l'air un peu confus également, et ils se sourirent l'un à l'autre.

— Oh, mon Dieu, vous allez me creuser une cavité, les gars. Mais dans le bon sens.

Jen versa le reste de la bouteille de vin dans son verre.

— Attendez, nous avons besoin de plus de vin, d'accord ? Oui. Qu'est-ce qui m'a pris de prendre une seule bouteille, moi ?

Elle repoussa sa chaise, et ses pantoufles claquèrent sur le parquet.

— Une cavité ? chuchota Isaac.

— Elle veut dire que vous êtes adorables, répondit Aaron. La manière dont vous vous regardiez tous les deux, c'est…

David se tendit alors que son esprit complétait la phrase. *Mal. Odieux. Une abomination devant le Seigneur.*

— Magnifique, finit Aaron. Vous ne savez pas à quel point je suis heureux que vous vous soyez trouvés l'un l'autre. Être gay, et seul dans une communauté Amish serait…

Il frissonna.

— Je ne peux pas imaginer la solitude.

Le regard des deux jeunes hommes se croisa. David prit son verre de vin et avala le reste. Il parla sans le vouloir.

— C'était plus facile avant que quelque chose n'arrive entre nous. Comme si vous ne saviez pas ce que vous manquiez si vous n'y avez jamais goûté. Mais une fois que vous le faites…

Son désespoir durant les semaines qui avaient suivi l'accident avait été dur, comme si quelque chose était logé dans son torse, le faisant s'étrangler à chaque souffle. L'impression était toujours là, serrant sa poitrine, même maintenant alors qu'il se remémorait.

Les doigts chaleureux d'Isaac attrapèrent les siens à travers la table, et David put respirer à nouveau. La certitude qu'ils avaient fait le bon choix – le seul – l'envahit comme une couverture chaude. Il regarda Aaron, qui sourit gentiment. Mais après un moment, Isaac relâcha sa main.

— J'espère vraiment que vous pourrez être vous-mêmes ici, dit Aaron en découpant une laitue qu'il ne mangea pas. Je sais que cela a été plus dur à Zebulon qu'à Red Hills. Les règles des Swartzentruber sont trop strictes. J'ai l'impression que même si j'ai grandi en tant qu'Amish, il y a des centaines de choses que je ne peux pas comprendre à propos de votre expérience. Toutefois, j'essaie. Mais dites-moi si je comprends mal, ou si je ne vous aide pas. Je ne veux pas vous forcer à quoi que ce soit.

— Tu ne le fais pas, affirma Isaac. Du tout.

— Je ne sais pas ce que nous aurions fait sans vous, ajouta David. Il y a tellement de choses que je ne sais pas.

Aaron tapota son bras.

— Tu vas apprendre. Et je dois vous dire qu'il y a beaucoup de stéréotypes sur les Amish ici. La plupart des gens pensent que c'est désuet, ou *mignon*, et que nous sommes tous pareils. Ils ont vu des choses à la télé, et ils pensent que c'est ainsi que ça se passe dans chaque communauté Amish. Il y a beaucoup de préjugés.

Il se mit à rire.

— J'ai l'impression que je vais donner une conférence sur le sujet.

— Tu es professeur, après tout, dit Isaac.

— N'ayez pas peur… je reviens de la fosse avec des provisions, déclara Jen en entrant dans la salle à manger avec une nouvelle bouteille de vin et le tire-bouchon.

Isaac reprit sa fourchette.

— Donc, vous vous êtes rencontrés à l'hôpital, tous les deux ? demanda-t-il.

— C'est vrai, répondit Jen en versant plus de vin à chacun. La roue de la moto d'Aaron a été prise dans une bouche d'égout, et il s'est cogné la tête sur le sol. Les ambulanciers l'ont amené avec une méchante entaille sur le front, et une fracture du radius distal.

— Le poignet cassé, traduisit Aaron.

— L'avez-vous aimé tout de suite ? demanda Isaac, en sirotant son vin avec une grimace.

— Eh bien, j'ai pensé qu'il était mignon.

Jen fit un clin d'œil à son mari.

— Naturellement. Je veux dire, regardez-moi ce visage !

Aaron était certainement beau, avec son large sourire et sa fossette au menton. Était-ce mal de penser que le frère d'Isaac soit séduisant ? Cela le rendait-il déloyal envers son amant, en quelque sorte, même s'il n'était pas intéressé par l'autre homme ? Il but une autre gorgée de vin, la douce brûlure calmant son esprit.

— Mais elle pensait que j'étais juste un enfant. Ça fait quoi… Waouh, six ans déjà. J'avais vingt-trois ans, et j'en étais dans ma seconde année universitaire. Cela m'a pris du temps pour obtenir mon diplôme, et réfléchir à ce que je voulais faire. J'étais doué en maths puisque les nombres sont les mêmes, peu importe où vous grandissiez. Nous n'avions peut-être qu'appris les bases quand nous étions enfants, mais c'était un début pour moi. J'ai ensuite entendu dire que les professeurs de maths étaient très demandés maintenant, et j'ai pensé que je pourrais être bon à ça.

— Et il l'est. Ces enfants adorent Monsieur B, dit Jen en faisant tournoyer sa fourchette autour du spaghetti et utilisant une grande cuillère comme base, souriant fièrement. Je pense que c'est parce qu'il sait à quel point cela peut être dur d'apprendre de nouvelles choses.

David prit sa propre fourchette, et imita les mouvements de la jeune femme. Il s'était demandé à quoi la cuillère servait, et avait espéré avoir plus de glace au dîner. Les spaghettis encerclèrent sa fourchette, avec un seul qui pendait. Il se sentit bêtement content.

Aaron haussa les épaules, mais un sourire étirait ses lèvres.

— Bref, revenons à moi. J'étais donc à l'hôpital, qui était bondé. Je me trouvais sur un brancard à côté d'un vieil homme agité qui essayait de se lever et de partir. Les infirmières en avaient marre de lui, mais ensuite, il y a ce médecin qui est venu et qui s'est assis près de lui. La première chose que je me suis dite était : elle est belle. Je veux dire, regardez ce visage !

Avec son estomac plein à présent, David s'assit et sirota son vin, écoutant avec contentement. Sous la table, Isaac et lui se caressèrent des pieds. Isaac sourit, gardant son regard toujours rivé sur son frère.

— Je l'écoutais parler au pauvre vieil homme, poursuivit Aaron, et elle était si patiente. C'était le chaos autour de nous, mais elle était comme l'œil du cyclone. Totalement calme. À son tour, le vieil homme s'est apaisé. Elle n'a pas élevé la voix une seule fois, et lorsqu'il a accepté le traitement, je savais que je devais tout connaître à propos du Dr.

Paculba. Non, qu'elle m'ait rendu les choses faciles.

Jen se mit à rire alors qu'elle repoussait sa chaise de quelques centimètres pour croiser ses jambes. Elle portait un pyjama et son tee-shirt *Frak*, et elle tamponna une tache de vin sur le coton vert.

— Pour ma défense, je n'avais pas l'habitude d'accepter des rendez-vous au travail. Je n'avais pas beaucoup de rendez-vous du tout, au grand désespoir de mes parents. Une fois que j'ai plâtré son poignet, et l'ai libéré, il n'arrêtait pas de demander mon numéro. Finalement, je l'ai noté sur son plâtre, et lui ai dit qu'il pourrait m'appeler une fois qu'il l'aurait enlevé.

— J'ai cru que cet os ne guérirait jamais, dit Aaron en se renfrognant.

Isaac se mit à rire.

— Alors, tu l'as appelée juste après l'avoir enlevé ?

— Oui ! Et elle n'arrêtait pas de me demander qui j'étais, ce que je voulais, alors, je lui ai rappelé qu'elle m'avait dit que je pouvais la joindre, et elle a accepté de me retrouver pour un café.

David fit tournoyer son vin comme Jen et Aaron l'avaient fait. Il ne savait pas ce que ça voulait dire, mais il avait l'impression que ça devenait de plus en plus savoureux à chaque gorgée.

— Que s'est-il passé ensuite ?

— Je l'ai retrouvée pour un café sur le quai, répondit Jen. J'avais mis une alarme sur mon téléphone comme si l'hôpital m'appelait pour un cas urgent, pour l'utiliser comme excuse, parce que je ne pouvais vraiment pas m'imaginer parler avec cet enfant. J'avais trente ans et selon ma mère, j'aurais dû me chercher un mari. J'étais loin de me douter que je l'avais trouvé. Quand l'alarme a sonné, j'ai éteint mon portable.

— Pourquoi lui ? demanda David.

Elle fit courir son doigt sur le contour de son verre d'un air songeur.

— Il a traversé beaucoup de choses. C'était le jeune homme de vingt-trois ans le plus mûr que je n'avais jamais connu. Il ne sortait pas beaucoup avec les fratries et ne jouait pas au Bière-Pong, tu vois ?

David savait ce qu'était une fratrie, mais le Bière-Pong était un mystère. Cependant, il hocha la tête.

— Je ne pouvais imaginer laisser toute ma famille et tout ce que j'avais toujours connu derrière moi pour commencer à nouveau. Rien que d'entrer à l'université, c'était un grand exploit, considérant le fait qu'il avait arrêté l'école à la huitième année. Et je savais ce que c'était que de grandir dans une religion bizarre.

Elle grimaça.

— Je ne devrais pas dire bizarre, désolée.

Isaac s'agita sur sa chaise.

— Je suppose que ça semble bizarre aux Anglais, même si ça ne l'est pas pour nous. Bien que, parfois, ce soit le cas. Je ne sais pas quoi ressentir à ce sujet.

David pouvait très bien imaginer à quel point c'était *bizarre* pour les étrangers. Enfant, toute question concernant le *pourquoi* était répondu en citant l'Ordre, ou un simple : *parce que c'est notre manière de faire.* Il avait demandé une fois à Père pourquoi le Seigneur se souciait du nombre de centimètres qu'avaient leurs bords de leurs chapeaux, et avait insisté jusqu'à ce que Père lui donne un coup de fouet du chariot. Il n'avait plus jamais rien demandé après ça.

— Non, c'était irrespectueux, dit Jen, et je suis désolée. Nous respectons toutes les croyances de chacun – ou non-croyances – dans cette maison.

— Ce n'est rien, dit Isaac en se rasseyant. Quelle est votre religion ?

— Une histoire assez drôle : bien que quatre-vingt-dix-neuf virgule quatre-vingt-dix-neuf pour cent des Philippins soient catholiques, ma famille était Adventiste du Septième Jour. Des missionnaires sont revenus et mes ancêtres ont été convaincus.

David réfléchit.

— Je n'ai jamais entendu parler de cette église. Est-ce une forme de christianisme ?

— Ouais, répondit Jen, en prenant une autre gorgée de vin. Ça a commencé au Michigan durant le dix-huitième siècle. En résumé, leur jour du Seigneur est le samedi, ce qui est à l'origine le septième jour, et ils croient que le grand jour de la seconde venue de Jésus-Christ va arriver d'un moment à l'autre. Et donc, nous devons vivre sainement et éviter toutes ces tentations étrangères.

Elle sourit en levant son verre.

— L'alcool, par exemple.

— J'en déduis donc que vous ne suivez plus l'église, dit David.

— Non. J'ai étudié dans une école Adventiste jusqu'à l'université, et j'avais hâte de partir de la maison et de commencer à *vivre* ! Je crois toujours en Dieu, mais pas dans les pièges faits par les hommes.

L'excitation envahit David à la pensée de croire encore en Dieu sans être accablé par les règles. *Pièges.* Il répéta le mot dans son esprit.

Jen soupira.

— Comprenez-moi bien, j'aime ma famille et j'ai été une enfant heureuse. Les Adventistes sont de bonnes personnes. L'église ne contrôle pas tout comme elle le fait pour les Amish, et même s'ils ne veulent pas qu'on aille voir des films ou assister à des fêtes, nous avons quand même une vie normale.

Elle grimaça.

— Non pas que vous ne soyez pas normaux, les gars. Je devrais arrêter de parler maintenant.

David se mit à rire brusquement.

— Ce n'est rien. Quand vous y pensez, ce n'est pas vraiment normal de vivre avec deux siècles de retard. Qu'a fait le Seigneur de mal au cours de ces deux derniers siècles ?

— Une excellente question, dit Aaron. Je pense que la réponse est qu'il n'y a absolument rien de mal avec le monde moderne.

— Vos parents vous parlent toujours quand vous avez arrêté d'aller à l'église ? demanda Isaac à Jen.

— Oh ouais. Ils étaient déçus, mais cela arrive souvent. Ce n'est pas vraiment un grand problème. Pas comme avec les Amish. Les Adventistes vivent toujours ici, dans le vrai monde, donc, ce n'est certainement pas un choc culturel. J'en étais un peu protégée, mais l'université s'en est chargée rapidement.

Elle siffla doucement.

— Les soirées étudiantes à Mexico. L'innocence a volé en éclats en douze heures !

David repensa à un film qu'il avait vu au cinéma en plein air sur ces soirées. Il était assis dans le pick-up de June en train de regarder l'écran avec envie, confusion et une semi-érection.

— Bref, retournons à notre romance, dit Aaron. Le rendez-vous a duré sept heures. Nous avons marché le long du quai, et avons fini par dîner. Ensuite, c'est là qu'elle a reçu un appel important de l'hôpital, mais elle m'a embrassé avant d'y aller.

Il sourit.

— Je ne voulais même pas me laver les dents cette nuit-là parce que je sentais toujours ses lèvres sur les miennes. Mais je l'ai fait, finalement. Nous avons eu un déjeuner le lendemain, et voilà !

— C'était si facile ? demanda Isaac.

Jen et Aaron éclatèrent de rire.

— Pas toujours, répondit Jen. Mais quand tu sais que tu as trouvé la bonne personne, ça vaut le coup.

Isaac et David échangèrent un regard, et ce dernier leva son verre comme les gens le faisaient dans les films.

— À la bonne personne !

Ils burent tous à ça.

CHAPITRE Quatre

ALORS QUE DAVID entrait dans leur chambre, il trouva Isaac devant le placard au miroir, et celui-ci trébucha, tête baissée tandis qu'il s'enveloppait du drap du lit jusqu'à la poitrine.

David se figea dans l'entrée.

— Aurais-je dû frapper ?

Il n'avait pas partagé de chambre depuis Joshua, et il n'y avait pas songé… étant donné qu'Isaac et lui avaient fait plus que de regarder l'un l'autre se déshabiller.

— Non, bien sûr que non. Entre. C'est ta chambre aussi.

Isaac ne le regarda pas.

David ferma la porte derrière lui, mais ne s'approcha pas de son amant.

— Tu en es certain ? Si tu veux de l'intimité, je peux…

— Pourquoi en voudrais-je ? Ce n'est pas comme si tu ne m'avais pas déjà vu nu, auparavant, dit Isaac en se mettant à rire nerveusement.

— Alors, qu'est-ce qui ne va pas ?

Peut-être qu'il n'aurait pas dû boire autant de vin, parce qu'il n'arrivait pas à comprendre pourquoi Isaac était bouleversé. Il voulait prendre son amant dans ses bras, et afin de le soulager du quelconque problème qui le minait, mais il hésita.

— J'ai pensé que tu resterais en bas, un peu plus longtemps.

— June n'était pas à la maison, alors, je lui ai laissé un message.

Cela avait été tellement étrange et fantastique d'avoir entendu sa voix, et parlé à son répondeur à des milliers de kilomètres de là.

Cependant, David avait secrètement été soulagé quand elle n'avait pas répondu. Elle était sûrement allée voir sa mère en ce moment, et il avait peur de connaître la réaction de la sienne.

— C'est dommage. Je suis sûr que tu lui parleras demain.

Isaac était toujours aussi tendu, serrant le drap.

Les persiennes en bois étaient fermées, et les lampes sur les petites tables de nuit près du lit diffusaient une lumière chaleureuse qui rappelait à David le kérosène de leurs lampes à la maison, surtout avec la peinture blanche sur les murs. Mais le visage d'Isaac était dans l'ombre.

David contourna le lit.

— Ai-je fait quelque chose de mal ?

Isaac soupira.

— Bien sûr que non. Ce sont les miroirs.

— Oh.

Avait-il peur ou honte de voir son corps ? David espérait que non, parce qu'Isaac était magnifique.

— Veux-tu les couvrir comme nous l'avons fait à l'hôtel ?

Repoussant ses pensées sur la manière dont ce jour-là s'était terminé, David plissa les yeux vers le plafond.

— Peut-être que nous pourrions accrocher un drap supplémentaire ? Je suis sûr qu'Aaron va…

— Ce n'est pas ça.

Avec une expression penaude, Isaac croisa finalement son regard.

— Je me regardais. C'est stupide. Et vaniteux.

Soupirant, David s'approcha plus près et caressa le bras d'Isaac.

— Ne sois pas embarrassé. Nous sommes censés être libres ici, tu te rappelles ? Ce n'est pas stupide, et ce n'est plus contre les règles. J'ai fait la même chose, ce matin.

Isaac haussa les sourcils.

— C'est vrai ? Où étais-je ?

— Endormi, et baveux, répondit David en souriant.

— Tu aurais dû me réveiller.

Il tapota l'épaule à David.

Se penchant vers lui, ce dernier fit courir ses doigts sur la colonne vertébrale d'Isaac.

— Tu es réveillé, maintenant.

Le doux bourdonnement du vin fredonnait à travers lui.

— Nous allons avoir une gueule de bois dans la matinée, mais je m'en fous. Cette nuit, je me fous de tout le reste. Je veux juste être ici, avec toi.

Isaac l'embrassa.

— Moi non plus. Qu'est-ce que ça veut dire ? Gueule de bois ?

— C'est ainsi que les Anglais appellent ça quand ils boivent beaucoup, la nuit d'avant.

La peau d'Isaac était du même rose que celle de David, et ses yeux étaient lumineux.

— Je n'ai pas vraiment aimé le goût, mais je me sens bien.

Il fit rouler sa tête de gauche à droite.

— Un peu saoul, je pense. Je n'ai jamais été ivre auparavant.

— Moi non plus, dit David, puis il indiqua le miroir à quelques pas de là. Dis-moi... as-tu aimé ce que tu as vu ?

Isaac haussa les épaules, détournant les yeux.

— J'ai l'air bien, je suppose.

— Mieux que *bien*, mon Isaac, dit David en tirant sur le drap qui était enroulé autour du torse de son amant. Regarde encore.

Avec une profonde inspiration, Isaac fit face au miroir. David se planta derrière lui pour faire courir ses paumes sur les épaules de ses épaules et ses bras. Il était un peu plus grand et musclé, et Isaac s'appuya contre lui. Ils allaient bien ensemble. Il pensa aux photos d'Aaron et de Jen ensemble, le jour de leur mariage, et se demanda si Isaac et lui en auraient aussi. Cela le réconfortait et le rendait serein de penser à ça. Le fait que lui était toujours habillé et Isaac nu en face de lui envoya un frisson à travers son corps, qui atteignit son membre.

— Tu devrais aimer ce que tu vois, murmura-t-il, traçant de ses doigts le ventre d'Isaac et suivant la piste de poils sombres. Je pourrais te regarder toute la journée et ne jamais m'en lasser.

Isaac se lécha les lèvres, frissonnant un peu alors que son sexe tressaillait.

— Vois-tu ce que je vois ? murmura David en caressant le torse de son amant.

Il avait l'impression que le vin détendait sa langue, et c'était agréablement libérateur.

— Si beau.

Ses doigts dansèrent sur un téton puis descendirent le long de son estomac.

— Magnifique, et plus fort que tu ne le crois.

Isaac trembla tandis que David le touchait un peu partout. Tandis que l'excitation de ce dernier grandissait, il regarda Isaac devenir de plus en plus dur dans le miroir, son membre rouge et raide. De la chair de poule envahit le corps de David, ses poils se redressant comme si l'électricité les traversait de la même manière qu'elle parcourait une maison. Il ne pouvait plus détourner son regard du miroir.

— Déshabille-toi.

Isaac parla calmement, son regard verrouillé à celui de David.

Celui-ci ne voulait pas arrêter son exploration du corps d'Isaac, mais il passa son tee-shirt par-dessus sa tête, et le jeta. Isaac fit un pas sur la gauche, regardant fixement David dans le miroir.

À chaque parcelle de peau nue découverte, David regardait les yeux d'Isaac le suivre avec avidité. La pomme d'Adam de ce dernier descendit et remonta quand David enleva son jean et se tint debout devant lui, nu, son membre apparaissant.

— Est-ce mieux ?

Maintenant que David était exposé, son désir devint plus fort.

— Oui, murmura Isaac alors qu'il passait sa main derrière lui et caressait la hanche et la cuisse de son amant. Je ne peux pas croire que c'est réel. Que c'est *permis*.

David soupira au contact d'Isaac, plus de chair de poule envahissant sa peau. À l'extérieur, un véhicule rugit sur la route, et ils sursautèrent avant de se mettre à rire d'une manière dont David ne l'avait pas fait depuis son enfance. Il enveloppa ses bras autour de la taille d'Isaac et embrassa sa nuque. Il se sentait si *détendu*.

Isaac se laissa aller contre lui et regarda la fenêtre.

— Personne ne peut voir à l'intérieur, n'est-ce pas ? Il n'y a que nous ?

— Juste nous, renchérit David. Alors, dis-moi… maintenant, vois-tu ce que je vois ?

Il caressa le corps d'Isaac. Il se sentait si *réchauffé* à l'intérieur et heureux.

— C'est moi, chuchota Isaac.

David survola de sa main les poils légers qui couvraient ses cuisses avant de tracer son sexe, et ses bourses lourdes.

— Sois-en fier, murmura-t-il à l'oreille d'Isaac.

Il se fichait bien que ce soit un péché – il voulait plus que tout qu'Isaac se regarde de la même manière dont David le voyait. Il le méritait.

Ils étaient tous les deux d'un teint pâle, mis à part leur rougissement dû au vin sur leurs joues, et leurs corps étaient presque fusionnés dans la glace. Ils formaient un *beau* couple. Comme s'ils étaient destinés à être ensemble. Un klaxon retendit au loin, mais ici, dans cette pièce, l'un avec l'autre et leurs reflets, ils étaient en sécurité.

— Et je te vois, dit Isaac, croisant le regard de son compagnon dans le miroir alors qu'il tendait les doigts vers la glace. Nous. Je n'ai jamais pensé que j'aurais à nouveau ça. J'ai pensé que je t'avais perdu. Que je devrais vivre sans toi.

La crainte de la manière dont les choses auraient pu être différentes serra le cœur de David.

— Je ne veux plus jamais être sans toi, à nouveau.

Il enfouit son visage dans la nuque d'Isaac, repoussant les souvenirs d'une solitude désespérée et de la douleur qui l'avaient empli, ces derniers mois.

— Tu n'aurais jamais à le faire, mon David.

Isaac fit courir ses mains sur les bras de David où ils l'encerclaient.

Poussant un long soupir, ce dernier relâcha son étreinte et suça la peau sensible derrière l'oreille d'Isaac. Celui-ci gémit, puis se mit à rire doucement.

— Tu sais, au début j'avais si peur de toi.

Surpris, David releva la tête.

— Que veux-tu dire ?

— Mmm, ne t'arrête pas, dit Isaac en inclinant la tête vers la droite, découvrant l'autre côté de son cou.

— Très bien. Mais tu me dis pourquoi, articula David contre la peau de son amant, le regardant dans le miroir.

Ils étaient tous les deux encore semi-durs, bien que pas comme ils l'avaient été au début. Le désir le traversait avec langueur. Il n'y avait aucune précipitation, ce soir. Ils étaient en sécurité ici.

— Qu'en penses-tu ? sourit Isaac, ses doigts suivant toujours les mains et les bras de David qui le ceinturaient. Je te voulais. Non pas que je le sache déjà… du moins, je ne voulais pas me l'admettre. Tu étais si mystérieux, David Lantz. Toujours seul. Ce premier jour de travail, j'ai pensé que j'allais me pisser dessus. Cela aurait laissé une étrange impression.

David se mit à rire.

— Étrange.

Il déposa de lents baisers humides sur la nuque d'Isaac jusqu'à son épaule, et en refit le tour.

— Cela n'aurait pas eu d'importance. Je serais tout de même tombé amoureux de toi.

Isaac trembla.

— Vraiment ? murmura-t-il.

— Oui, répondit David, croisant le regard de son amant dans le reflet. Tu es un homme bon et gentil. Intelligent et aimant. Je l'avais pensé en te regardant, mais une fois que je t'ai connu…

— Quoi ?

Isaac attendit, ses lèvres entrouvertes et son souffle devenant rapide.

— Tu étais tout ce que j'avais imaginé, mais bien plus encore. Un travailleur acharné et généreux. Un tel rêveur et *oh*, à quel point j'ai voulu rêver. Je savais que je pouvais te faire confiance. Quand nous sommes ensemble, c'est comme si tout était possible.

Isaac pivota rapidement dans ses bras pour lui faire face, et prit le visage de David dans ses mains, l'embrassant durement. Ce dernier ouvrit la bouche, gémissant tandis que la langue d'Isaac s'enfonçait à l'intérieur. Ils titubèrent contre l'un des miroirs, qui vacilla en vibrant. David posa ses paumes sur la glace, ne voulant pas rompre leur baiser. À cet instant, il se fichait bien de briser le miroir.

Mais Isaac recula.

— Je t'aime.

Ses yeux étaient sombres et ses lèvres brillantes.

— Tu m'as fait découvrir tellement de choses… qu'il pourrait y avoir plus que la vie que je connaissais. Qu'il y *avait* déjà. Tu m'as montré qui j'étais. Qui je peux être. Cette nuit-là, quand nous sommes allés au cinéma en plein air ? Tu m'as donné de l'espoir, que je ne pensais même pas possible. Merci.

— C'est à moi de te remercier. Tu es la raison pour laquelle nous sommes ici. La raison pour laquelle nous sommes libres.

David frotta sa joue contre les cheveux d'Isaac, son corps en feu alors qu'ils se pressaient l'un contre l'autre, la cuisse d'Isaac entre les siennes. Le passé n'avait plus d'importance. David savait sans l'ombre d'un doute qu'avec son amant à ses côtés, il pourrait être *heureux*.

La voix d'Isaac était presque un murmure.

— Je te veux en moi.

Les narines frémissantes, David indiqua les miroirs de la tête.

— Le veux-tu ? demanda-t-il audacieusement avant qu'il puisse penser.

Isaac trembla.

— Oui, dit-il, sa voix haletante. Montre-moi.

— Nous n'avons pas… nous avons besoin de…

David s'interrompit en jetant un coup d'œil à la chambre.

— Peut-être qu'il y a quelque chose dans la salle de bain…

— Je m'en moque. Fais-le, dit Isaac en prenant la main de son amant et suçant ses doigts.

La chaleur humide de la langue d'Isaac envoya des frissons dans sa colonne vertébrale, et il ferma les yeux, ondulant ses hanches contre celles de son amant.

— Attends. Il y a une lotion…

Il haleta, son membre pulsant alors qu'Isaac suçait ses doigts plus fort.

Il lui fallut toute sa volonté pour s'éloigner, mais David parcourut les quelques pas vers la salle de bain, et prit la bouteille du lavabo. C'était en plastique et avait un petit éjecteur sur le dessus, et il éclaboussa sa paume d'une crème jaune pâle.

Le souffle de David s'arrêta quand il retourna dans la chambre. Isaac était penché avec ses jambes écartées, son front contre le miroir et ses mains derrière lui, s'ouvrant lui-même. Il avait l'air si *impudique*, et cela faisait frissonner David de partout. Il avait l'impression d'être séparé de son corps alors qu'il humidifiait ses doigts. Il y avait bien trop de lotion, et il barbouilla le reste sur son membre, se donnant quelques caresses tandis qu'Isaac attendait, tremblant.

Enveloppant un bras autour du corps de son amant, David l'attira contre lui afin qu'il ne se frappe pas la tête. Bien entendu, quand il pressa le premier doigt à l'intérieur de lui, Isaac sursauta, ravalant un gémissement tandis que David l'ouvrait.

— J'aime tes mains, marmonna-t-il. J'aime te voir manier le bois. Me manier, moi.

— Tu es si serré après tout ce temps, Eechel. Laisse-moi entrer, murmura David, mordillant doucement son lobe.

Quand David enfonça le bout de son sexe contre son ouverture, il trembla sous l'effort que cela demandait de se contrôler. Isaac se pencha afin de poser sa main gauche contre le mur près du placard, son autre paume sur le miroir tremblant. Ils haletaient tous les deux durement, et Isaac lécha la sueur humidifiant sa lèvre supérieure tandis que David l'emplissait. Son amant était si serré et *parfait*.

Quand Isaac grimaça, David se figea.

— Beaucoup trop ? demanda-t-il, commençant à s'éloigner.

— Non ! Ne t'arrête pas.

Isaac arqua le dos.

— C'est…

Il gémit, ses yeux roulant dans leurs orbites.

David essaya de caresser son point sensible à nouveau, et chaque fois qu'il le faisait, Isaac vibrait, la tension s'évacuant alors qu'il prenait David plus profondément. Celui-ci aurait voulu pouvoir mieux se contrôler, mais être à l'intérieur de son compagnon était si bon. Le son de leurs peaux claquant l'une contre l'autre retentit dans la chambre, accompagné de leurs grognements.

— Oui, marmonna David. Isaac…

Il aperçut un mouvement du coin de ses yeux, et son cœur bondit. Mais il réalisa bientôt que ce n'étaient que leurs ombres, étirées du mur au plafond. Dans la lumière électrique, elles ne vacillaient pas comme ils en avaient l'habitude à la lumière d'une lanterne.

David s'enfonça en un rythme rapide, maintenant les hanches d'Isaac d'une main, son autre bras toujours enroulé autour de sa poitrine. Leurs peaux étaient humides là où ils étaient pressés l'un contre l'autre. Des voitures rugissaient toujours à l'extérieur, mais ils avaient l'impression que c'était à des kilomètres de là. Les petits cris d'Isaac emplirent les oreilles de David, et il ne put détourner son regard de la vue de leurs corps bougeant ensemble, glissants et haletants.

Lorsqu'ils avaient été ensemble dans la grange, l'odeur de l'engrais et de la sciure de bois les avait entourés, mais ici, il n'y avait que celle d'Isaac, la sueur et une trace infime du savon vert de la douche. David inspira profondément.

— Je devrais avoir honte, marmonna Isaac, haletant.

Le cœur de David se serra, et ses hanches s'arrêtèrent. *Non* !

Mais alors, Isaac parla encore, ses doigts sur la glace, son souffle les embuant.

— Mais je ne le suis pas. Nous faisons nos propres choix maintenant, dit Isaac en s'empalant sur le membre de David et commençant à s'empaler. Nous…

Il gémit, frémissant.

— Nous faisons nos propres règles.

David s'enfonçait en lui maintenant. Il n'y eut aucune parole alors qu'il regardait Isaac le prendre. Le membre de son amant rebondissait, si fort et prêt que David sût qu'il ne durerait pas longtemps.

Le miroir trembla alors qu'Isaac écartait davantage ses jambes.

— J'aime t'avoir en moi, dit-il en se comprimant autour du membre de David.

Le bourdonnement de plaisir dans le corps de David devint un rugissement qui le traversa sans avertissement. Ce n'était pas la première fois qu'il jouissait à l'intérieur d'Isaac, mais voir non seulement son amant, mais lui-même alors qu'ils étaient liés donnait l'impression à David qu'il rentrait à la maison. Sa bouche était ouverte, son visage était encore plus rouge, et ses cheveux partaient dans tous les sens. Il se reconnaissait à peine.

Il croisa à nouveau le regard d'Isaac, et celui-ci sourit.

— *Schee*, murmura-t-il alors qu'il se resserrait autour du sexe de David.

Mais c'était Isaac qui était le plus beau, tout rougi et serrant la cuisse de David, son membre dégoulinant. Celui-ci baissa son bras de la poitrine d'Isaac, faisant courir sa main vers le ventre tremblant de son amant. Le regard d'Isaac suivit les mouvements de son compagnon. Quand David enroula sa main autour de son sexe et le caressa, le jeune homme cria… des petits mots qui étaient comme une musique pour David alors qu'il regardait Isaac perdre pied.

— Oh, oh… oh ! Oh !

Il haleta, tremblant.

— Ohhh !

Alors qu'il jouissait, le nom de David sortit de ses lèvres.

Tremblant dans les bras de son compagnon, Isaac éclaboussa le miroir. Ils regardèrent sa semence couler sur le sol alors qu'ils reprenaient leurs souffles, David devenant flasque à l'intérieur d'Isaac, et haletant contre sa tête. Il ferma les yeux un moment, caressant le ventre de son amant.

— David ?

Le ton sérieux d'Isaac lui fit redresser la tête.

— Oui ?

— Sais-tu comment les Anglais nettoient leurs miroirs ?

Avec un profond éclat de rire, David embrassa le côté de sa tête, goûtant la sueur salée de sa tempe.

— Je suppose que nous ferions mieux de le découvrir.

Isaac fit glisser son doigt sur le miroir collant.

— C'est nous, murmura-t-il.

David leva la main d'Isaac à sa bouche pour lécher ses doigts.

CHAPITRE Cinq

— BON, COMMENÇONS par le début ! Boxers ou slips ? demanda Aaron en prenant un paquet. Ou bien des caleçons boxers ?

David se frotta ses yeux. Les lumières fluorescentes du grand magasin Target étaient implacables, même s'il avait suivi les conseils de Jen et avait bu de l'eau et avec de l'ibuprofène avant d'aller au lit, il avait l'impression que sa tête pesait des tonnes. Il essaya de se concentrer.

— Euh… que portez-vous ?

Aaron ouvrit le paquet.

— J'ai essayé les boxers en premier. C'est comme des shorts, tu vois ? Il déroula le tissu.

— Maintenant, je porte des caleçons boxers. Nous pouvons prendre quelques paquets pour tous les deux, et vous pourrez les essayer tous. Ça vous va ?

David jeta un coup d'œil à Isaac, qui semblait également dériver, et avait les yeux troublés.

— D'accord, dit David.

Aaron se mit à rire.

— Avez-vous bu du café avant que nous sortions, les gars ?

Ils secouèrent misérablement la tête.

— Heureusement pour vous, il y a un café ici. Jetez un coup d'œil autour de vous, et je reviens dans quelques instants. Café noir pour tous les deux ?

Ils hochèrent la tête, et David ravala un bâillement.

— D'habitude, nous aurions fait la moitié de notre travail à cette heure-ci.

Il regarda les paquets infinis de sous-vêtements et de chaussettes enveloppées de plastique dans une des étagères métalliques. Ils se tenaient debout près d'une aile avec de grands rayons sur les deux côtés, et il pouvait à peine croire qu'il y avait autant de variétés.

— Je me demande ce qu'ils font à la maison, dit Isaac en enroulant ses bras autour de lui-même. La même chose, je suppose. Tout cela me semble si lointain, n'est-ce pas ?

Il cligna des yeux en fixant le plafond.

— C'est si *lumineux* ici. Et il y a de la musique.

Une femme chantait, disant à quel point ils allaient entendre son rugissement, et c'était certainement juste étant donné le volume. David regarda autour de lui, mais ne put dire d'où cela venait. Elle semblait sortir de partout… comme si elle faisait partie de l'air qu'ils respiraient. Elle lui portait sur les nerfs comme du papier de verre.

— Très différent de notre musique, commenta-t-il.

Isaac examinait des paires de chaussettes.

— Ce sera bizarre, n'est-ce pas ? De ne plus aller à l'église ou aux soirées de chant, le prochain dimanche.

— C'est probablement mieux puisque je chante comme un chat à l'agonie.

— Ce n'est pas vrai ! s'exclama Isaac en riant. Eh bien, peut-être un peu.

— Mary a dit une fois que…

David s'interrompit. Il se sentait étrangement déloyal de parler d'elle à Isaac.

— Peu importe, termina-t-il, sans conviction.

Il prit le plus proche des paquets, qui disait en lettres rouges capitales :

NOUVEAU ! 2 X PLUS DE RÉSISTANCE !

— Que veut dire ce « x », à ton avis ?

Les épaules affaissées dans ses vêtements trop grands, Isaac ignora la question.

— Penses-tu qu'elle va bien ?

David raccrocha les chaussettes sur une tige de métal, la faisant entrer à travers un petit trou dans la pochette en plastique. Il le poussa avec son doigt, le rangeant à sa place.

— Je ne sais pas. Je l'espère. Si ce n'est pas le cas pour l'instant, ce sera pour bientôt.

— Je suis désolé de l'avoir blessée.

Il se tourna pour regarder Isaac.

— Tu sais que ce n'est pas ta faute. Tu ne l'as jamais conduite à la maison après les chants, pas plus que tu ne lui as laissé croire qu'il y aurait un futur.

Pas de la manière dont je l'ai fait avec Grace.

— Ce n'est pas de ta faute si elle t'a aimé. Il n'y a rien dont tu doives être désolé.

Isaac secoua la tête.

— Je ne sais même pas pourquoi elle m'aime. Je lui parlais à peine.

Un souvenir des murmures d'Anna, et de Mary de la cuisine s'imposa à son esprit, et il sourit doucement.

— Elle pensait que tu étais timide.

Il s'était assis, figé sur le rocking-chair de Père, se sentant comme un imposteur alors qu'il essayait de se concentrer sur une lettre dans *Die Botschaft*, d'un fermier de Pennsylvanie qui avait soigné les infections de ses vaches avec du vinaigre de cidre. Mère se trouvait à l'étage avec ses petites sœurs.

— *Mary, tu dois oublier Isaac Byler. Il n'a jamais laissé entendre qu'il allait te conduire à la maison.*

Mary soupira.

— *Je sais, mais il n'est intéressé par aucune des autres filles. Il est timide, Anna.*

— *Peut-être que tu devrais lui demander, alors.*

— *Anna !*

Mary avait l'air scandalisée.

— Les filles ne demandent pas aux garçons de sortir avec elles. Isaac est juste… un gentleman. Il mérite que je l'attende. L'as-tu vu s'occuper de son petit frère à la construction de la grange, la semaine dernière, après que Nathan se soit fait mal au doigt ? Il sera un bon père.

— Et elle pensait que tu étais un gentleman, ajouta David.

Il ne mentionna pas la paternité. Mary avait raison… Isaac était doué avec les enfants. *Mais nous ne serons jamais pères maintenant.*

Il repoussa cette pensée avec toutes les autres qu'il évitait.

Isaac baissa la tête.

— Qu'en est-il de toi ? Penses-tu que je suis un gentleman ?

— La plupart du temps, répondit David en haussant un sourcil suggestif.

Rougissant, Isaac baissa la voix, et s'approcha de lui.

— Cette nuit, je vais te montrer…

Ils s'éloignèrent précipitamment l'un de l'autre tandis qu'une femme apparaissait au bout de l'allée, poussant un caddie. Elle sourit d'un air distrait.

— Excusez-moi, j'ai juste besoin de…

Elle indiqua l'étagère qui se trouvait derrière David.

— Bien sûr, je suis désolé.

Le cœur battant, David s'éloigna du chemin. Isaac et lui ne s'étaient même pas touchés, mais il avait l'impression qu'elle *savait*.

Isaac se déplaça également, et ils observèrent tous les deux les paquets de chaussettes et de sous-vêtements avec grande attention. Une fois la femme disparue à l'angle, David exhala.

— David, murmura Isaac. Regarde ça.

Le paquet de sous-vêtements était appelé slips – un tout-en-un, ce qui avait l'air très bien –, proclamait *NO RIDE UP*, peu importe ce que cela voulait dire, mettant en évidence la photo du bas du corps d'un homme.

Et le sexe énorme de l'homme était couvert par le coton blanc et serré.

— Comment peuvent-ils montrer une photo de…

Isaac agita la main vers le paquet.

— *Ça* ? Où tout le monde peut le voir ?

— C'est normal pour eux.

David ne pouvait s'empêcher de profiter de la vue. Il regarda autour de lui. Tous les hommes sur les paquets avaient une peau mate, des ventres plats, et des cuisses musclées.

— Les slips sont…

Sexys.

— Confortables ? dit Aaron derrière eux.

Il leur tendit leurs cafés.

— Nous devons acheter quelques sous-vêtements d'abord afin que vous puissiez essayer les pantalons.

David sirota son café, soupirant au goût chaud et amer du liquide qui emplit sa gorge. Le fait de sentir seulement l'odeur familière fit évanouir son mal de tête. Il regarda Aaron prendre beaucoup de paquets dans les rayons.

— Nous devons noter tout ce que vous achèterez pour nous, dit-il.

— Je ne veux vraiment pas que vous vous inquiétiez pour ça, mais si ça vous met plus à l'aise, je garderai les reçus, répondit Aaron. Rien n'est cher ici, alors vous pouvez essayer plusieurs styles et voir ce que vous aimez.

Avec les bras pleins de sous-vêtements, il indiqua le bout de l'allée.

— Allez-y. Regardez la section des hommes pendant que j'achète ceux-là.

Ils regardèrent Aaron s'éloigner, évitant facilement les tables et supports de vêtements, où des articles étaient accrochés à des cintres vaniteux qui étaient interdits à Zebulon. Une nouvelle chanson, dont le sujet était de donner un coup de sifflet, retentit, et David observa ce qui lui semblait être des hectares de choix. Il était déjà allé dans un grand magasin comme celui-ci quand il était enfant à Red Hills et ils allaient au Walmart de temps à autre.

D'autres clients parcouraient le magasin, poussant avec assurance leurs caddies sur les allées. Target semblait vendre de tout, de la

— D'accord, c'est un bon début ! Vous savez que vous pouvez porter des vêtements de couleur, maintenant ? Pas si vous ne le voulez pas, mais n'ayez pas peur d'essayer.

— Il y en a *tellement*, dit Isaac.

— C'est un peu écrasant, hein ? Je me rappelle que je me suis tenu dans un magasin comme celui-ci pendant une heure comme une âme en peine avant d'avoir pu toucher quoi que ce soit. J'aurais tout aussi bien pu faire du shopping sur la lune. Mais une vendeuse a eu pitié de moi et m'a aidé à découvrir ma taille. Isaac, tu as probablement la taille moyenne, et toi, David, la taille large, mais ça dépend du magasin et de la marque.

— Les tailles ne sont pas pareilles, partout ? demanda Isaac en fronçant les sourcils.

— On pourrait le penser, mais parfois, ce n'est pas la même chose. Hey, Isaac… va prendre quelques-unes de ces vestes. S'il y a une chose que tu auras besoin à San Francisco, c'est d'une veste.

Alors qu'Isaac s'éloignait, David regarda les tee-shirts sur la table. Cette fois-ci, il choisit un large d'une couleur violet sombre.

— Ça pourrait être amusant, tu sais, dit Aaron en lui donnant un petit coup d'épaule. C'est permis.

— Je sais, dit David en essayant de sourire. C'est juste que…

— Quoi ?

Aaron inclina la tête sur le côté.

— Je suis là, en train de m'*amuser* et ma mère et mes sœurs sont toutes seules. C'était mon devoir de les nourrir. C'*est* mon devoir. Votre père est encore en vie, et Éphraïm et Nathan peuvent s'occuper du travail des hommes s'ils le doivent. Il y a tellement d'édredons que ma mère peut vendre aux Anglais qui passent par là.

Aaron secoua la tête.

— J'aurais vraiment souhaité que Zebulon fasse plus d'affaires avec les Anglais. Si les Amish pouvaient aller aux marchés… l'évêque Yoder rend tout ça si difficile. Abigail a entendu dire que quelques familles à Zebulon arrivaient à peine à joindre les deux bouts.

David plia et déplia un des tee-shirts.

— C'est juste dur quelquefois de trouver de quoi manger. C'est l'hiver, et même si les filles ont fait des conserves à l'automne, elles n'auront plus rien du jardin pendant des mois. Sans parler des frais d'hôpital, même si la communauté aide.

De la bile remonta dans sa gorge, et il déglutit difficilement.

— Je comprends ce que tu ressens. Je sais que tu as déjà laissé toutes tes économies à ta famille. David, tu as fait tout ce que tu pouvais. La communauté ne les laissera pas souffrir.

— Mais…

C'était vrai, n'est-ce pas ? Ils iraient bien sans lui. Ils le devaient.

— Tu es jeune, David. Tu as quoi, vingt-deux ans ? Je sais que selon les Amish, tu es un adulte, et que tu devais être l'homme quand ton père est mort. Tu as pris tellement de responsabilités. Il est temps de penser à toi-même pour changer. Tu le mérites.

Le mériter. David déplia un autre tee-shirt alors que son esprit tournait à toute vitesse, comme les roues d'un chariot. Il n'avait pas réussi à sauver la vie de son père ce jour-là, dans les champs, et il avait échoué à protéger sa Mère et Mary d'être heurtées sur cette route neigeuse. Et n'avait-il pas fait ça en pensant à lui-même d'abord ? Cela avait été son idée d'aller au motel ce jour-là.

Sa gorge était sèche.

— Je ne suis pas aussi dévoué que vous le pensez.

— Tu n'as pas à être dévoué. Tu commences tout juste. Je veux que tu en profites. Expérimente de nouvelles choses. Explore le monde. Explore qui tu *es*. Il y a tellement de choses à découvrir. Essaie de ne pas trop t'inquiéter. Je sais… c'est plus facile à dire qu'à faire.

Il hocha la tête.

— Je vais essayer. Merci.

Aaron tapota son épaule.

— Souviens-toi que, s'il y a une chose qui est sûre dans une communauté Amish, *c'est* qu'ils prennent soin des leurs. Ta famille ira bien.

Même s'il devait s'habituer à la manière de toucher des Anglais,

David profita de la chaleur de la main d'Aaron. Il devait prier pour que la communauté et le Seigneur prennent soin de sa famille. Il avait prié ce matin, et il avait supplié à chaque fois.

Il regarda Isaac observer attentivement les manteaux, sa langue pointant entre ses dents. Une onde d'affection serra la gorge de David, et ses yeux s'embuèrent. Il ne méritait pas Isaac, mais il irait mieux. Il allait le mériter. Il avait amèrement déçu sa famille, mais il ne décevrait pas Isaac. Jamais. Il le garderait en sécurité et heureux ici, peu importe l'avenir. Alors qu'Isaac se retournait, les bras chargés, David se concentra pour respirer calmement, et sourit.

Aaron ouvrit sa veste.

— Aimez-vous la chemise que je porte, les gars ? On l'appelle un Henley. C'est essentiellement un tee-shirt à manches longues. Il convient aux jeans.

— Euh… si tu le dis, dit Isaac, puis il leva les vestes. J'ai un moyen et un large. Deux ont des capuches, et les autres non. Je pense qu'une capuche, c'est mieux, non ?

— Oui. Avoir une capuche, c'est toujours une bonne idée. Pourquoi n'iriez-vous pas essayer quelques sous-vêtements, et je vous apporte d'autres vêtements. Les cabines d'essayage sont là-bas.

Aaron leur donna un sac de shopping.

— Il y a des poubelles recyclables pour vos gobelets si vous avez fini. La bleue qui se trouve là-bas.

Un homme d'un certain âge se tenait au comptoir près des cabines d'essayage, pliant beaucoup de tee-shirts.

— Bonjour. Combien ?

— Euh…, dit David en regardant Isaac. Nous sommes deux.

L'homme s'arrêta soudain et les regarda avec un froncement de sourcils.

— Je voulais dire, combien d'articles allez-vous essayer ?

— Oh, attendez.

David compta les vestes dans les bras d'Isaac.

— Huit.

— Quatre chacun, alors ?

— Oui.

L'homme sourit d'un air interrogateur.

— D'où venez-vous, les garçons ? Je n'arrive pas à le deviner.

— Du Minnesota, répondit Isaac.

David avait le sentiment que c'était leurs accents allemands que l'homme entendait.

— Nous venons juste d'arriver. Nous vivions dans une ferme.

— Mon frère nous apporte plus de vêtements. Mais nous devons essayer les sous-vêtements d'abord.

Isaac indiqua le sac en plastique.

— Il les a déjà achetés, cependant.

L'homme leur donna des badges en plastique avec le nombre quatre.

— Très bien. Avancez et on arrangera ça.

Il agita un bras vers l'allée des cabines avec une banquette au bout.

Ils rappelaient à David les stalles d'une grange, mais en plus petites. Isaac et lui allèrent au fond, mais il était certain de pouvoir sentir le regard de l'homme posé sur eux. Il aurait voulu partager une cabine avec son compagnon, mais elles n'avaient pas l'air grandes. Il ouvrit le sac et examina le contenu avant de donner à Isaac les petites tailles.

Isaac prit la cabine sur un côté de l'allée, et David, une de l'autre. Il pouvait toujours entendre la musique, qui, supposa-t-il était meilleur que le silence, puisqu'il se sentait très mal à l'aise tout à coup.

Après avoir accroché sa veste, David s'assit sur un petit tabouret dans le coin, et enleva ses chaussures. Il retira son tee-shirt avec une profonde inspiration, se redressa et fit descendre son jean. L'air était un peu frais contre son membre et ses bourses, et il devint conscient des étrangers qui se trouvaient au-delà des minces cabines.

Il prit le premier paquet dans le sac et l'ouvrit. Il y avait des slips de différentes couleurs, et il choisit les blancs. Il ne savait pas si la taille lui conviendrait, puisqu'il était serré tandis qu'il le remontait. Il semblait lui aller pour la taille, mais il lui collait à la peau, ses parties intimes enveloppées étroitement de coton, bien plus que l'homme sur la photo.

— Isaac, murmura-t-il. En as-tu essayé ?

— Les boxers. Ils sont étranges. Et toi ?

— Les slips. Très étrange, en effet.

— Montre-moi.

— Je ne vais pas sortir ici ! Quelqu'un pourrait voir, siffla David.

— Ouvre juste la porte et je vais faire pareil avec la mienne. À trois. Un, deux…

Son pouls battant rapidement, David écouta le craquement de la porte d'Isaac et fit de même. Bien entendu, il pouvait voir directement la cabine d'en face. Son amant se tenait là, portant seulement le petit short, dans un mélange de bleu et de vert.

Le regard d'Isaac parcourut David et il déglutit bruyamment.

— Tu es…

— Absurde ?

David jeta un coup d'œil par-dessus son épaule dans le miroir. Il pouvait voir la raie de ses fesses à travers le coton.

— Ils sont si serrés ! Je sais que c'est comme ça qu'ils doivent être, mais…

— Tu dois acheter ceux-là !

— Hein ? Aaron les a déjà achetés.

Isaac secoua la tête.

— C'est vrai. J'ai oublié.

Il jeta un coup d'œil à l'allée avant d'ajouter.

— Tu as l'air vraiment, *vraiment* bien.

— Oh !

David rougit alors qu'il regardait.

— Tu le penses ?

Isaac hocha vigoureusement la tête.

— Tu ressembles à l'homme sur la photo.

Même s'il se tenait là, pratiquement nu – et quasiment en public, même si personne ne pouvait voir –, David ressentit une certaine assurance.

— Tu dois les essayer aussi. Les boxers sont bien, mais…

Il pouvait imaginer comment le coton allait serrer ses hanches, et…

Alors que l'homme commençait à parler, ils sursautèrent tous les deux, et claquèrent rapidement les portes. David s'appuya contre elle, son cœur battant la chamade. Il regarda son reflet dans le miroir, et se sentit soudain insupportablement exposé et *mal*.

La voix d'Aaron se répercuta dans le couloir menant aux cabines.

— Salut, l'ami ! Mon frère et son petit ami sont là. Ils sont nouveaux dans la région et ont besoin de vêtements, alors nous serons là pendant un petit moment. J'ai pratiquement rempli le chariot, donc, nous allons commencer avec les jeans.

Alors que l'homme répondait, David prit une profonde inspiration et la relâcha. *Petit ami.* Aaron l'avait dit à un étranger, comme si ce n'était rien. Il ne pouvait pas imaginer ce que ce serait si Isaac et lui n'avaient pas eu Aaron pour les aider. Il avait pensé qu'il était vraiment très Anglais, en prenant la voiture de June au drive-in et portant des jeans. Lire un magazine de porno gay de la station à essence. Quelle blague… il n'y connaissait rien.

Ensuite, la voix d'Aaron fut juste derrière la porte.

— Vous pouvez seulement prendre huit articles à la fois, alors j'ai pris des vêtements pour chacun d'entre vous. Nous allons commencer avec les pantalons.

Il accrocha quelques-uns sur la porte de la cabine.

— Je vais m'asseoir ici et attendre pour voir le show ! David, j'ai pris des jeans d'une taille de moins que ceux que tu as déjà. Et il y avait aussi des jeans filiformes, des bottillons, sombres… au fait, peu importe. Essaie-les et regarde ce que tu aimes.

David pouvait à peine entrer ses jambes dans le pantalon, alors il espérait que c'étaient les filiformes, parce qu'il ne pouvait pas imaginer plus moulant que ça. Le denim sombre serrait ses cuisses, et il ne savait pas s'il serait capable de se pencher. Il y avait deux miroirs dans la cabine, et il se regarda sous tous les angles.

La honte disparut, et l'excitation bourdonna en lui alors que la musique qui l'entourait le faisait chanter à l'intérieur. C'était effrayant et grisant. Avec son torse nu et le jean collant à son corps, il pouvait presque être une rock-star Anglaise, ou quelqu'un dans un film. Il n'avait jamais eu l'air si différent dans sa vie. Pas *très* Amish. Il fit courir sa main sur son torse et son ventre, et puis légèrement sur sa braguette. Il portait toujours le slip, et il frissonna.

— Alors, ça donne quoi, David ? demanda Aaron.

Avec un profond soupir, David ouvrit la porte, et sourit.

— Pas mal.

DEVANT LE MIROIR du coiffeur deux heures plus tard, David se regarda avec fascination alors que l'homme coupait et cisaillait ses cheveux avec des mouvements efficaces… bien loin du bol que Mère posait sur sa tête pour découper tout autour.

— Vous voulez garder votre frange ? demanda le coiffeur.

C'était un homme âgé avec des cheveux grisonnants et un accent que David ne reconnut pas.

— Je ne sais pas.

Le sol était rempli de mèches de ses cheveux, et quand il posa une main derrière sa tête, c'était coupé court, net autour de ses oreilles également.

— Qu'en pensez-vous ?

Le coiffeur repoussa sa frange de son front.

— Je vais la raccourcir et l'amincir. Elle est trop lourde. D'accord ?

— D'accord.

David ne pouvait voir le miroir puisque le coiffeur se trouvait devant lui maintenant, et il se força à rester immobile alors que l'homme travaillait. Il remua son derrière légèrement, se demandant comment les hommes Anglais arrivaient à porter des slips pendant plusieurs heures par jour. Au moins, maintenant, il n'avait pas à s'inquiéter que quoi que ce soit s'accroche à sa braguette.

Il essaya d'apercevoir Isaac du coin de ses yeux, à côté de lui. Le coiffeur de son amant lui parlait avec le même accent. David pensa aux films qu'il avait déjà vus. C'était italien, peut-être ?

— Vous voyez comment vos cheveux se relèvent ? Utilisez juste un peu de gel, comme je vous l'ai montré. C'est tout. *Buono* ! dit l'autre coiffeur.

L'homme qui arrangeait les mèches de David se posta derrière lui, à nouveau.

— Vous aimez ?

Sa frange était devenue fine maintenant, couvrant seulement une partie de son front. C'était plus court qu'il ne l'avait jamais été, et il se sentit plus léger de partout.

— J'aime.

— Moi aussi, dit Isaac. Qu'en penses-tu ?

Isaac avait de petites boucles, et ses cheveux châtain étaient courts à l'arrière et sur ses oreilles, mais ils étaient relevés de quelques centimètres sur l'avant de sa tête. Dans son nouveau jean, ses chaussures et sa veste, il n'avait pas du tout l'air Amish.

Pendant un étrange moment, David fut désespéré. Que changerait-il d'autre en parcourant leur chemin dans le monde ? Il repoussa sa brève mélancolie, et sourit.

— Tu es magnifique.

— Vous l'êtes tous les deux, lança Aaron de son siège, à l'avant de la boutique où il feuilletait un magazine.

— Carlos et Tony sont les meilleurs. Prêts pour le déjeuner ? Il y a un endroit génial avec des tapas du côté de la Mission qui n'est pas loin. Les Tapas, ce sont de savoureuses spécialités espagnoles. C'est bon, et vous pourrez essayer beaucoup d'autres choses.

Tandis qu'Isaac s'avançait vers le devant de la boutique, Carlos ou Tony – David ne savait pas qui était qui – essuya son visage et sa nuque, et il ferma les yeux, essayant de gigoter sous la brosse qui le chatouillait.

— Merci, Carlos, dit Aaron. Nous allons prendre une bouteille de gel aussi.

Ah, cela voulait donc dire que c'était Tony qui avait coupé les cheveux de David. Tony lui enleva le grand bavoir autour de son cou avec un geste théâtral. Le jeune Amish sourit et le remercia tandis qu'il regardait les prix sur un tableau, l'ajoutant au compte dans sa tête.

— Sur le compte ? demanda Carlos, quand ils furent à la caisse.

Aaron lui tendit une carte en plastique. David réalisa qu'il était allé aux toilettes du magasin ce matin-là quand Aaron avait acheté les nouveaux vêtements. Maintenant, il regarda attentivement tandis que Carlos faisait courir la carte en travers d'une petite machine, puis la tendait à Aaron. Celui-ci appuya sur quelques boutons et la rendit. Avec un bourdonnement, un papier sortit en roulant de la machine, et Carlos l'arracha pour Aaron avec un sourire. C'était réglé en quelque sorte, et tout était payé sans l'argent passant de main en main. Les magasins près de Zebulon avaient ces machines, mais David n'y avait jamais accordé d'importance puisqu'il n'utilisait que du liquide. Autre chose à apprendre.

— Prêts ? demanda Aaron.

Non. Mais David hocha la tête, suivant Aaron et Isaac vers le parking.

Les rues étaient remplies de voitures et de pick-ups. De l'arrière de la petite Toyota bleue, David regardait les motos tandis qu'elles slalomaient entre les voitures, sans crainte. Une sirène retentit quelque part, mais il ne put voir aucune lumière clignoter. Des images de l'accident traversaient toujours son esprit, rôdant en permanence. Quand Aaron parla, David les repoussa.

— David, Isaac m'a dit que tu sais conduire ? Si tu veux avoir ton permis, le cousin de Jen dirige une auto-école. Vous pourrez vous inscrire tous les deux. Il nous aidera.

Alors qu'ils s'arrêtaient et qu'une moto passait à côté d'eux, David grimaça.

— Conduire sur les routes du Minnesota est très différent d'ici.

— Je le dis juste comme ça, si tu veux y réfléchir. Et je pensais…

Aaron accéléra et regarda par-dessus son épaule alors qu'il changeait de vitesse, se glissant doucement entre deux pick-ups.

— C'était la première fois ? demanda Isaac.

Riant, Aaron lui donna un petit coup d'épaule.

— Ha, ha. Tu deviens drôle, maintenant, hein ? Comme je le disais, je pensais à propos de ton business, David. Celui que tu faisais avec ton ami June ? J'ai regardé le site, et tes meubles ont l'air superbe. Je suis sûr que tu peux les vendre ici et garder ton affaire sur le site également. Nous pouvons chercher un atelier. En supposant que tu veuilles toujours être menuisier, bien sûr.

David cilla.

— Que ferais-je d'autre ?

— Ce que tu veux.

Ce que je veux. Cela avait l'air si facile quand Aaron le disait.

Au feu rouge, celui-ci regarda Isaac, assis à côté de lui sur le siège avant.

— Je sais que vous travailliez ensemble, et il n'y a aucune raison que vous arrêtiez.

Que feraient-ils d'autre ? David regarda l'arrière de la tête d'Isaac, essayant de discerner sa réaction. *Bien sûr que nous travaillerons toujours ensemble.* C'était la seule chose qu'ils connaissaient. Quand ils pensaient à eux dans leur nouvel atelier, il respirait plus facilement.

— Je sais qu'il y a beaucoup de choses auxquelles il faut réfléchir, dit Aaron. Comme je le disais, aucune pression. Un pas à la fois. Je suis juste excité !

Il prit un autre virage, klaxonnant à une moto qui fonçait devant lui.

— Les livreurs ! marmonna-t-il. Ils sont fous !

David ne savait pas ce qu'était un livreur, mais il était bien d'accord avec Aaron. Conduire dans ces rues avec une moto, des voitures, des pick-ups, des bus, et de petits trains semblait être comme le meilleur moyen de mourir jeune.

— Je pensais qu'après le déjeuner, nous pourrions faire un peu de tourisme ! Pour vous donner un aperçu de la ville afin qu'elle ne soit pas trop écrasante. San Francisco n'est pas vraiment si grande, bien qu'elle m'ait aussi semblé gigantesque au début. Et ensuite, voudriez-vous voir un film, ce soir ? Jen sera à l'hôpital.

— J'ai vraiment aimé celui que j'ai vu avec David.

Isaac le regarda avec un sourire plein d'espoir.

— Ce sera amusant, n'est-ce pas ?

— Oui.

Il avait toujours aimé se perdre dans l'obscurité, voyageant vers un autre monde pendant quelques heures.

Aaron s'arrêta devant un autre feu rouge, et se retourna à moitié.

— Et vraiment, dîtes-moi si quelque chose vous semble trop. Comme je l'ai dit, je suis juste tellement excité que vous soyez là ! Il y a un nouveau film de super héros vraiment cool en 3D, qui vous fera halluciner de la meilleure manière possible.

— Super héros... comme dans les bandes dessinées que tu avais l'habitude de cacher dans ton coffre ?

— Oui. Mais plus grands et meilleurs que jamais.

Aaron fit courir sa paume sur la nouvelle tête d'Isaac.

— Bon sang, tu m'as manqué, petit frère.

Ce dernier sourit largement.

— Je ne peux pas croire que nous sommes là. Avoir été chez le coiffeur et voir des films. C'est effrayant, mais...

Il sourit et renchérit ce qu'Aaron avait dit un peu plus tôt.

— De la meilleure manière possible.

David regarda la ville tourbillonnante... d'immeubles, de voitures, et de gens, remplissant ses sens d'un constant bourdonnement. Il recula de la vitre alors qu'une autre voiture rugissait et les dépassait. C'*était* effrayant, et il ne s'était pas attendu à ça. Ils étaient partis si rapidement, qu'il n'avait pas eu le temps d'y réfléchir. Il avait pensé qu'il était plus préparé.

— Tu ne crois pas ? demanda Isaac en jetant un coup d'œil derrière lui, un air inquiet sur le visage. David ?

Il n'avait pas été assez fort pour sa famille, mais il ne décevrait pas Isaac. Ignorant le battement rapide de son cœur alors qu'un autre klaxon retentissait, David sourit.

— Absolument.

DING !

À côté de David, Isaac tenait déjà sa carte Clipper et vibrait pratiquement alors que le tramway apparaissait en haut de la colline. Avec un sourire, il sortit sa propre carte de la poche de sa veste. Ce n'était pas un train, mais presque.

Ils avaient passé les derniers jours à se promener dans le voisinage d'Aaron et de Jen et s'étaient aventurés au sommet de la colline avec la tour-radio à Bernal Heights Park. De là, ils avaient pu voir à des kilomètres dans toutes les directions. San Francisco était si vaste comparé à n'importe quel endroit où ils avaient été, la baie et l'océan étaient magnifiques. De là-haut, tout avait semblé si paisible.

Mais aujourd'hui, c'était la première fois qu'ils se rendaient au cœur de la ville, et David ne savait pas où regarder en premier. Près de l'endroit où ils attendaient à l'arrêt du tramway, il y avait des douzaines de boutiques chics avec de grandes vitrines et de fausses femmes portant des vêtements minuscules.

Des gens fourmillaient partout, et le bruit était constant. Quand ils étaient dans leur chambre dans la maison d'Aaron, David pouvait imaginer que tout s'arrangerait. Il avait même pu s'en convaincre. Mais au-delà de la protection de ces murs, il ne l'était plus.

Le soleil apparaissait et disparaissait derrière un tas de nuages, mais au moins, la brume matinale s'était levée. Pourtant, David frissonna au vent qui soufflait en rafales, et il était heureux d'avoir eu la présence d'esprit de porter son nouveau manteau noir.

Il y avait quelques femmes qui attendaient à l'arrêt également, l'une d'elles disant à quel point c'était cool d'avoir la chance de rouler dans un morceau de l'histoire. Alors que David regardait le tramway approcher, il pensa qu'il était assez moderne comparé à un cheval et un chariot.

— Les roues sont en métal, remarqua Isaac. S'il n'y avait pas eu l'électricité, l'Ordre l'aurait approuvé.

David se mit à rire.

— Mais regarde la peinture jaune et rouge. Peut-être s'il était tout en noir.

— C'est vrai. Mais la voiture en elle-même n'est pas électrique. Aaron dit qu'elle s'attache au câble, n'est-ce pas ? C'est comme ça qu'il bouge ? Donc, ce sont les câbles qui brisent les règles.

— Hmm. Je pense que l'évêque Yoder dirait que les tramways ont succombé à la tentation étrangère.

Isaac sourit tristement.

— C'est incroyable, n'est-ce pas ? À quelle vitesse nous nous sommes habitués à briser les règles de l'Ordre. Pratiquement, tout ce que nous faisons ici est contre les règles. Mais une fois que tu commences, ça devient facile.

— Facile de ne pas penser à ça, du moins.

Quand il y songeait, David se rappelait combien les choses étaient difficiles à Zebulon. Sa poitrine se serra alors qu'il imaginait combien Mère et les filles devaient lutter sans lui. Qui allait briser la glace du puits, fendre du bois pour le poêle ? Ou…

Tandis que les passagers descendaient du tramway, et que celui-ci faisait le tour de la plateforme pour faire face au chemin d'où il était venu, David secoua la tête comme s'il pouvait faire disparaître ses pensées. Il ne pourrait jamais y retourner. Juste avancer avec Isaac.

Isaac et lui attendirent que les femmes montent en premier. David regarda la machine dans laquelle il devait connecter sa carte Clipper de la manière dont Aaron leur avait montré, mais n'en vit aucune près de place près du chauffeur. Ils s'assirent sur un banc dans la partie ouverte du véhicule.

Isaac regarda autour de lui.

— J'ai lu dans le livre qu'Aaron nous a donné qu'un conducteur viendra, et… oh !

Un homme portant une veste jaune apparut, tenant une sorte de machine dans sa main. Il sourit largement et la tendit vers eux.

— Bonjour !

Sa peau était marron, et il semblait avoir des cheveux noirs crépus sous son chapeau. David pensa qu'il pouvait être d'origine espagnole. Aaron leur avait montré des photos de gens sur internet, et leur avait expliqué les différences. Quelques-unes des personnes travaillant à l'hôpital près de Zebulon n'étaient pas blanches, mais à San Francisco, il avait juste réalisé à quel point ils avaient été isolés.

— Bonjour.

David connecta sa carte à la machine qui émit un *bip*. Il avait tellement de beeps, de vrombissements et d'alarmes dans le monde Anglais. Comme pour appuyer sa pensée, une voiture klaxonna. Alors que le tramway s'avançait, David agrippa la barre, et regarda autour de lui, mais ne put voir quoi que ce soit qui clochait. Parfois, il lui semblait que les Anglais aimaient simplement le son de leurs klaxons.

Le conducteur se mit à rire.

— D'où venez-vous, les garçons ?

Il se tenait près de la planche en bois qui longeait le côté.

David sourit d'un air piteux.

— C'est si évident ?

— Eh bien, votre ami vient juste de sortir un plan de sa poche, et vous avez l'air de vous attendre à vous faire tirer dessus à chaque seconde. Mais ne vous inquiétez pas, cela arrive rarement. Pas dans le tramway, du moins.

Cela prit un moment à David pour réaliser que l'homme plaisantait, et il sourit. Isaac remit le plan dans la poche de son manteau vert sombre, qu'il avait acheté parce que David pensait qu'il allait avec ses yeux.

— Nous sommes du Minnesota. Je voulais juste m'assurer que nous allions bien dans la bonne direction. Au Quai des Pêcheurs ? demanda Isaac.

— Absolument ! Vous ne pouvez pas le manquer. C'est la ligne Powell-Hyde, alors vous descendez au terminus, près de l'océan et allez sur votre droite. Quels sont vos plans ?

— Nous allons manger des hot-dogs et des gâteaux de crabe, et visiter Alcatraz dans la soirée, répondit Isaac.

— Ça me semble être une bonne idée. Allez voir aussi les otaries. Je suis sûr que vous n'avez pas ça au Minnesota.

Alors que la cloche sonnait, et qu'ils ralentissaient vers le haut de la colline, le conducteur inclina son chapeau.

— Amusez-vous bien, les garçons.

Il les laissa pour prendre d'autres billets.

Plus de personnes entraient alors que le tramway se dirigeait vers les collines de Powell Street, et alors qu'une jeune femme montait et attrapait une barre, David se redressa.

— Voilà, madame, dit-il en indiquant son siège, faisant un pas de côté.

Une autre femme entra, et Isaac se redressa également. La plus jeune d'entre elles se mit à rire.

— Si vous insistez.

À l'autre femme, elle remarqua.

— La galanterie existe toujours, après tout.

La plus âgée s'assit.

— Vos mères vous ont certainement bien élevés.

Isaac et David se regardèrent, et ce dernier se demanda si sa propre expression était aussi coupable que celle d'Isaac. Puis, David vacilla dans les bras de son amant alors que le tramway accélérait. Ils serrèrent tous les deux la barre la plus proche.

— Accrochez-vous, Minnesota ! lança le conducteur.

Alors que les autres passagers se mettaient à rire, David se tendit, son visage rougissant. Mais il réalisa que l'autre homme l'avait dit d'un air enjoué, et il poussa un long soupir. La planche en bois sur laquelle ils se tenaient debout était couverte d'un matériau gris et dur qui lui rappela le papier de verre, et elle n'était pas plus large que ses baskets. Alors qu'un autre tramway approchait dans l'autre direction, ils durent s'appuyer pour éviter d'être bousculés contre les gens qui s'accrochaient à l'autre véhicule.

Un rire remonta de la poitrine de David, et il retourna à Isaac son large sourire.

— C'est formidable ! s'émerveilla Isaac.

C'était si *amusant*, et ils allaient vite. Mais ensuite David se demanda si quelqu'un était déjà tombé. Il s'accrocha à la barre avec une main et serra le bras d'Isaac de l'autre, juste au cas où. Ses oreilles frissonnèrent alors qu'ils redescendaient une autre colline, mais quand la pensée de la neige et de la glace à Zebulon le traversa, ce n'était pas si mal.

Il se pencha plus près d'Isaac alors que le véhicule ralentissait.

— Je ne peux pas croire que nous ne sommes là que depuis une semaine.

— Moi non plus. Les jours semblent passer rapidement. Les nuits aussi, dit Isaac en baissant la tête.

Un éclair de chaleur traversa David alors qu'il se remémorait la nuit dernière, sur ses mains et genoux pour Isaac, au milieu du lit, espérant que le bruit de la tête de lit ne pouvait être entendu de là-haut. Il se pressa contre le corps d'Isaac avec un petit sourire, juste pour lui.

Passer des heures ensemble, chaque nuit, dans un lit qui leur appartenait était un luxe incroyable. Sans parler de l'eau courante et du chauffage central. David se demandait quand il s'habituerait à tout ça.

— Je ne peux me souvenir de la dernière fois que j'ai passé une semaine sans travailler. Ou fait des corvées. Je ne pense pas l'avoir déjà fait, dit Isaac. Même pas quand j'avais la varicelle.

David se prépara au sentiment désagréable qui le traversait comme un leurre de pêche à chaque fois qu'il pensait à l'argent et au travail. Cela dut se montrer sur son visage en dépit de ses efforts, parce qu'après avoir jeté un coup d'œil autour de lui, Isaac serra rapidement sa main.

— Nous méritons un peu de temps libre, n'est-ce pas ?

David hocha la tête, mais il ne savait pas. Pourquoi devrait-il avoir du temps libre ? Mère et les filles n'avaient pas un instant de libre… et auraient encore plus de travail, maintenant qu'il était parti. Pourquoi devrait-il faire du tourisme et profiter de l'argent d'Aaron quand il ne gagnait pas un sou de son côté ? Père avait toujours dit qu'un jour sans travail était un jour inutile.

Il inspira profondément, l'air devenant plus salé alors qu'ils approchaient du quai. Il n'avait aucune raison de s'inquiéter pour ça. Ils avaient déjà prévu la journée, et cela ne servirait à rien de ressasser tout ça, à part gâcher le plaisir d'Isaac. En plus, Aaron leur avait dit qu'il valait mieux visiter un mercredi au lieu du week-end. David n'avait pu imaginer comment les foules seraient alors, et c'était l'hiver. L'été serait bien pire. Mais ce n'était pas grave. Il réfléchirait au travail et à l'argent demain.

— Regarde ! s'exclama Isaac en pointant quelque chose du doigt alors qu'ils traversaient la rue qui redescendait. L'eau !

Isaac *rayonnait*, et David se trouva en train de l'admirer plus que la vue. Voir Isaac si réjoui calmait ses inquiétudes.

Alors qu'ils remontaient vers la plateforme à la fin de la ligne, David sentit le poisson aussi bien que l'océan. Le tramway s'arrêta dans une zone de stationnement qui était incliné vers une plage de sable. Des gens se promenaient ici et là, et le soleil faisait une apparition. Les couleurs sortaient de partout, et David pouvait imaginer les lumières briller dans la nuit.

— N'oubliez pas les otaries, Minnesota ! lança le conducteur.

David et Isaac agitèrent la main dans sa direction, et descendirent.

— Pouvons-nous voir l'océan, d'abord ? demanda Isaac.

— Bien sûr.

Leurs baskets s'enfoncèrent dans le sable, et ils se mirent à rire alors qu'ils approchaient du bord de la plage. Isaac se pencha et enfonça sa main.

— Oh, mon Dieu ! s'exclama-t-il en reculant. C'est froid !

David fit de même. Il couina.

— Oh oui.

— Nous sommes enfin là, David.

Isaac regarda les vagues et les voiles blancs avec des yeux brillants.

— Nous venons juste de toucher l'océan. Eh bien, je suppose que c'est seulement la baie de ce côté du pont, mais c'est tout proche.

— En effet.

Toutes ses incertitudes méritaient des moments comme ça. David balaya quelques petites herbes séchées qui étaient coincées dans la veste d'Isaac, et laissa sa main s'attarder.

— Nous pouvons le toucher tous les jours si nous le voulons, dit David.

Après quelques minutes silencieuses, ils allèrent vers la droite, finissant dans une rue animée, avec des restaurants et des boutiques qui devaient être ce que le guide appelait les attractions à touristes. Les panneaux étaient grands et de toutes sortes de couleurs.

— Qu'est-ce qu'un auditorium ? demanda Isaac en indiquant un écriteau qui disait *Ripley's Believe It or Not !*

— Je ne sais pas. Regarde *ça* !

David leva les yeux vers les descriptions de quatre personnes qui montaient trois étages.

— Madame Tussauds, lut-il.

Isaac regarda.

— Je ne comprends pas. Ces gens sont là ?

— Je suppose qu'ils sont célèbres ? Je pense que le gars sur la droite est un chanteur qui est mort. C'était dans un film.

— Sont-ils tous morts ?

— Je ne sais pas. Nous pouvons aller à l'intérieur et le découvrir si tu veux ?

Isaac secoua la tête.

— Ça a l'air bizarre. Je ne veux pas voir des personnes mortes.

— Moi non plus.

Ils continuèrent à avancer, et s'arrêtèrent finalement sous un énorme écriteau rond qui symbolisait l'endroit : *Le Quai Des pêcheurs de San*

Francisco. Des bâtons en bois sortaient de l'enseigne, et David réalisa que c'était censé être la roue d'un navire. Il ne savait même pas comment il le savait.

— Des sous, s'il vous plaît ?

Ils pivotèrent pour trouver un vieil homme dans des vêtements négligés qui tendait la main.

Isaac et David se regardèrent. Jen les avait avertis à propos des gens qu'elle appelait mendiants, et leur avait conseillé de leur dire qu'ils étaient désolés, mais qu'ils ne pouvaient pas les aider.

« — *Ou vous serez fauchés d'ici midi.* »

— J'ai faim, ajouta l'homme.

Son visage était ratatiné et ses doigts étaient jaunes.

David regarda Isaac à nouveau. Il ne doutait pas que l'homme disait la vérité. C'était mal de ne pas aider, et Isaac hocha la tête après leur conversation silencieuse. Ils prirent tous les deux quelques dollars de leurs poches et les donnèrent au mendiant.

Quand l'homme sourit, quelques-unes de ses dents manquaient.

— Que Dieu vous bénisse, dit-il avant de s'éloigner et de demander aux autres gens.

— « Donne, et l'on vous donnera », récita Isaac. Pas vrai ?

— Oui. Compte-tenu de combien on nous a donné, dernièrement, sourit David. Maintenant, allons voir ces otaries.

— Mais d'abord des cakes au crabe. J'ai faim.

David n'était pas aussi convaincu par le cake fait de chair de crabes, mais il suivit. Il y avait beaucoup de stands qui vendaient de la nourriture.

Il indiqua l'un d'entre eux.

— Celui-là s'appelle *Les Crabes.*

Sur la petite bâche qui voletait dans la brise fraîche était écrit :

*Crabes Frais * Chaudrées de Palourdes * Fruits de Mer Frits * Cocktails de Fruits de Mer*

— Cocktails de fruits de mer ? demanda David. Tu es supposé le boire ?

Ils s'avancèrent et jetèrent un coup d'œil au menu. Isaac fronça les sourcils.

— Évitons ça pour le moment. Que penses-tu des cakes de crabes et… oh !… corn dogs ! J'en ai mangé un quand j'étais petit. C'est un hot dog sur un bâton avec quelque chose autour.

— Ça m'a l'air bon.

Une fois qu'ils eurent leur nourriture chaude et leurs sodas, ils trouvèrent un banc. Isaac prit une bouchée de son corn dog, et gémit.

— Si bon, marmonna-t-il.

Puis ses yeux s'écarquillèrent.

David se figea avec son cake au crabe presque dans la bouche.

— Quoi ?

— Je n'ai pas prié, marmonna, et il avala le reste de sa bouchée. Cela ne m'a même pas traversé l'esprit.

— Moi non plus, dit David, baissant son cake au crabe. J'ai oublié quelques fois déjà jusqu'à présent.

— Moi aussi.

Isaac secoua la tête.

— Nous n'avons jamais oublié à la maison. Mais ici, tout est si différent. Si éloigné. C'est comme si Dieu était loin aussi. Tu comprends ce que je veux dire ?

Il hocha la tête.

— Tu as eu seulement une bouchée. Nous pouvons toujours prier.

— D'accord.

Ils se redressèrent tous les deux, et prièrent silencieusement avec la foule qui passait devant eux, le sel et les cris de mouettes qui emplissaient l'air. David ferma ses yeux alors qu'ils récitaient les paroles dans leur tête. *Ne nous laisse pas succomber.* Il chancela. Pouvait-il vraiment demander ça ?

Lorsqu'il ouvrit les yeux, Isaac le regardait.

— David, penses-tu que ce ne sera pas grave si nous évitions de prier lorsque nous sortons ? Quand nous serons à la maison, nous nous assurerons de le faire.

— Ouais, je pense que ce n'est pas grave.

Il y avait tellement de choses sur lesquelles s'inquiéter déjà, et David supposait que c'était le cadet de leurs péchés.

Rapidement, son ventre fut agréablement plein. Les hot-dogs avaient été son régal favori en grandissant, et le corn dog ne le déçut pas. Il s'avéra aussi que tous les cakes étaient bons, et les croquettes de crabes avaient tellement de saveurs différentes qu'il ne pouvait toutes les deviner. Comme tout dans le monde extérieur, la nourriture à San Francisco était chic et considérable.

Ils se promenèrent le long des trottoirs, jetant un coup d'œil aux boutiques qui vendaient toutes sortes de choses, des aimants aux chandails pour en venir aux bijoux brillants. Les Amish ne portaient même pas des bagues de mariage, sans parler de bijoux. David essaya d'imaginer Mère avec des boucles d'oreilles et ne put que rire.

— Regarde ! dit Isaac en indiquant une enseigne.

Suivez Salty pour voir Les Otaries de Californie.

David observa le dessin d'un animal marron souriant qu'il supposa être une otarie. Elle portait une veste bleue et blanche et soulevait ses bras, qui n'étaient pas vraiment des bras du reste. Les Anglais savaient sûrement comment on appelait les petits bras des otaries, et il se sentit gêné de ne pas le savoir, même si personne ne pouvait deviner son ignorance.

Ils suivirent le côté de la jetée, là où les otaries étaient allongées en tas dans des trentaines de bassins rectangulaires. Certains de ces derniers étaient vides, mais les animaux se serraient les uns contre les autres. David protégea ses yeux du soleil, souhaitant avoir son chapeau et ses gants à cause du vent glacé.

Une famille s'éloigna de la balustrade, et Isaac et David se pressèrent à l'intérieur avec d'autres personnes. Ils regardèrent les animaux se dorer au soleil et pousser de petits gémissements plaintifs, qui étaient un mélange de klaxons, d'aboiements, et parfois de grognements.

— Le chauffeur avait raison, remarqua David. Il n'y a certainement pas d'animaux comme ça au Minnesota.

— Regarde ces deux-là. Elles jouent ensemble dans l'eau, indiqua Isaac.

— Peut-être que c'est un couple.

Souriant, Isaac pressa son épaule contre celle de David.

— Peut-être.

David voulut prendre la main d'Isaac quand ils s'éloignèrent et terminèrent le reste de leur chemin sur la jetée, mais quelque chose le retint. Il y avait du monde autour d'eux, et si certains d'entre eux n'aimaient pas les hommes gays ? Aaron et Jen disaient que San Francisco était l'une des villes les plus accueillantes dans le monde pour des personnes comme eux, mais il était impossible que *chacun* pense ainsi.

Et s'ils se tenaient la main et que cela offensait quelqu'un ? Et si ce quelqu'un se mettait en colère ? Cela ne valait pas la peine. Il essaya de se rappeler le terme que Jen avait utilisé. Ah oui… DPA. Démonstration Publique d'Affection, avait-elle appelé ça. La notion était étrangère pour lui, même si elle avait dit que ça irait.

Isaac inspira profondément.

— J'aime être près de la mer. Son odeur, et la manière dont ça te fait sentir. C'est si *sec*, là-bas à la maison. Et j'aime le fait que peu importe où je regarde, il y a quelque chose de nouveau.

C'était vrai… Alcatraz s'élevait de la baie vers la droite, et le pont Golden Gate les survolait à leur gauche avec l'océan en dessous. Derrière eux se trouvait la ville, ses bâtiments semblant interminables.

— C'est l'océan comme tu l'as rêvé ?

Les yeux d'Isaac brillèrent alors qu'ils arrivaient au bout de la jetée, et qu'ils s'appuyaient contre la rambarde en bois. Il indiqua leur gauche de la tête, là où la baie laissait place aux vagues du Pacifique.

— Quand je regarde là-bas, c'est comme ce que tu as dit que tu ressentais quand nous étions ensemble : que tout est possible. Et c'est… regarde-nous ! Deux garçons Amish près de l'océan. J'aurais voulu sauter dedans et nager !

Un frisson d'appréhension traversa David alors qu'il imaginait les profondeurs de l'océan. *Ils n'auraient jamais pu trouver Joshua ici.* Il attira Isaac plus près de lui, posant sa main sur son coude, mais garda un ton léger.

— Je pense qu'elle serait un peu trop froide.

— Juste un peu, je suppose, dit Isaac en glissant sa main dans la poche de son manteau. Mais attends, mets-toi devant l'eau. Je veux prendre une photo.

Il sortit son nouveau téléphone et tapota l'écran.

— Peux-tu le croire, toi, qu'ils aient des appareils photo dans leurs téléphones ? Ils ont pensé à tout.

David s'appuya contre la rambarde.

— Je suppose que ce sera ma première photo.

Isaac détourna son regard de l'écran.

— Comme ça ? J'aime toutes les photos qu'Aaron et Jen ont, et celles accrochées dans la maison de June. C'est agréable de voir des gens. Cela ne semble pas mal, n'est-ce pas ?

Il se mordit la lèvre.

— Mais peut-être que nous ne devrions pas.

— Si. Nous devrions. C'est interdit par l'Ordre, mais qu'est-ce qui ne l'est pas ? Nous avons laissé cette vie. Nous pouvons faire ce que nous voulons maintenant.

Il aurait voulu être aussi confiant qu'il en avait l'air.

Isaac sourit doucement.

— Je suppose que ce n'est pas plus mal que ce que nous faisons déjà. Maintenant, je dois juste me rappeler ce qu'Aaron a dit sur… une seconde…

David attendit tandis qu'Isaac tapotait et glissait son doigt sur l'écran, les sourcils froncés. Aaron les avait ajoutés sur le compte de sa compagnie de téléphone, et leur avait pris deux portables Apple, puisqu'ils étaient apparemment d'anciens modèles. C'était totalement nouveau pour Isaac et lui.

Celui de David était toujours dans sa boîte, dans leur chambre puisqu'Isaac et lui n'étaient pas encore sortis l'un sans l'autre. Les appareils électriques de la maison lui suffisaient pour s'y retrouver en ce moment. Même la cuisinière était un mystère de boutons dans un écran, et quelque chose appelé initiation. Non pas qu'il en ait utilisé une à Zebulon. Mais au moins, il aurait *pu*. Il savait comment utiliser les appareils électriques, et le frigidaire de June était branché. Tout le reste semblait difficile.

— Prêt ? demanda Isaac en relevant son téléphone, sa langue apparaissant entre ses lèvres alors qu'il se concentrait.

La tête relevée, David se figea, ses mains à ses côtés. Il portait l'un des nouveaux jeans « décontractés », mais avec son slip, il se sentait comprimé. Peut-être qu'il avait besoin d'essayer les boxers demain.

— Tu es censé sourire. On dirait que le Diacre Stoltzfus vient juste d'apparaître devant ta porte.

David sourit à cette réflexion, même si son estomac se serra comme un poing à la pensée des yeux de fouine du Diacre et de son visage froid. Depuis qu'ils avaient retiré la fille de Stoltzfus de la rivière avec Joshua, David n'avait plus vu l'homme sourire une fois. Mais il se rappelait vivement son expression enragée quand il avait dit non à l'église.

— En voulez-vous une de vous deux ? demanda une vieille femme.

Hochant la tête timidement, Isaac lui tendit son téléphone et rejoignit David. Leurs épaules s'effleurèrent et ils se tinrent immobiles. Retenant sa respiration, David sourit et attendit. *Pense-t-elle que nous sommes gays ? Le* sait-elle *? Cela lui importe-t-il ?*

La femme haussa les sourcils.

— Allez, maintenant… essayez d'avoir l'air heureux, comme si vous vous amusiez et non comme si vous alliez être fusillés. Devrais-je vous faire des grimaces comme je fais pour mon petit-fils ?

Elle sortit la langue et loucha des yeux comiquement.

Ils se mirent à rire tous les deux, et David respira plus facilement.

— C'est parfait ! dit-elle en rendant le téléphone à Isaac. Elle est bonne, celle-là.

Après l'avoir remerciée, ils jetèrent un coup d'œil à la photo. Ils ne souriaient pas seulement... leurs visages étaient illuminés de leurs rires. David la fixa longuement.

— Waouh, murmura-t-il. Regarde-nous.

Dans leurs vêtements Anglais et leurs coupes courtes, il était difficile de croire que cela faisait seulement dix jours depuis qu'ils s'étaient enfuis de la maison de Samuel Kauffman... laissant des bancs remplis de tous les gens qu'ils connaissaient.

Les gens de Zebulon ne les reconnaîtraient pas, maintenant. David posa son pouce sur l'écran, touchant leurs visages. Que dirait Mère ? La pensée seulement le fit trembler. *Et je n'ai toujours pas écrit de lettre.*

Il ne pouvait pas changer le passé, alors David repoussa ses pensées comme s'il refermait la lourde porte de la grange de la maison.

Il sourit.

— C'est une première belle photo. Peut-être qu'un jour, elle sera dans un cadre.

— Oui, dit Isaac en hochant la tête. J'aimerais ça.

Il glissa le téléphone prudemment dans sa poche.

Ils reprirent leur marche, mais seulement de quelques pas avant qu'Isaac ne s'arrête.

— Il y a quelque chose que je voudrais te dire, lâcha-t-il.

David le fixa, son pouls commençant déjà son galop. Il pouvait voir la crainte dans les yeux de son amant, et la manière dont il inspira profondément. David attendit tandis que toutes les possibilités effleuraient son esprit. *Il n'est pas heureux ici. Pas heureux avec moi. Il veut retourner à la maison. Il pense que c'était une erreur. Il...*

— Je veux aller à l'école.

Cillant, David absorba l'information.

— Oh.

Il aurait dû se sentir soulagé, mais il restait tendu.

— J'y ai beaucoup pensé, et Aaron a parlé à la principale – c'est la directrice – de l'école, et même si je n'ai pas de carte d'identité, elle a dit qu'elle pouvait faire une exception. Cette école est différente. Ils font des programmes d'enseignement sur mesure pour chaque étudiant, donc, je peux aller à mon propre rythme, et je pourrais apprendre pour avoir un diplôme. C'est une école qui aide les gens qui ne peuvent pas aller dans une école normale. Je peux apprendre vite là-bas, et…

Il prit une inspiration.

— Dis quelque chose.

— Des programmes d'enseignement sur mesure ?

C'était Anglais, mais cela avait l'air complètement étranger venant d'Isaac.

— C'est ce qu'ils disent dans leur site dans l'ordinateur. Je vais rencontrer la principale, la semaine prochaine, et faire quelques tests.

— Déjà ?

Ils venaient juste d'arriver, et maintenant, tout était en train de changer ?

— Je sais… c'est vraiment rapide. Mais nous sommes en février, et le nouveau semestre commence.

— Semestre ?

Il y avait tellement de mots que David ne comprenait pas, même quand il pensait qu'il devrait.

— C'est comme ça qu'ils les appellent. Ils divisent l'année scolaire en deux. Je ne sais pas pourquoi. Mais si je n'y vais pas maintenant, je devrais attendre jusqu'en septembre.

— Oh.

Isaac soupira.

— Dis autre chose. S'il te plaît.

— Je…

David regarda le ponton en bois, poussant un sou avec son pied. Des goélands hurlaient tout autour d'eux, des vagues se formaient derrière un bateau, et il sentit l'acide dans son estomac gonfler comme un reflux.

— Pourquoi ne m'en as-tu pas parlé ?

— Je ne savais pas ce que tu allais en penser.

Il y avait eu parfois des moments durant cette semaine où David avait fait la sieste ou bien s'était assis dehors sur la terrasse avec une couverture enroulée autour de ses épaules, essayant de trouver les étoiles. Il avait voulu donner à Isaac et à son frère du temps seuls pour rattraper leur retard. Maintenant, un sentiment de trahison le traversait, même s'il savait qu'Aaron essayait juste d'aider. Après tout, pourquoi Isaac n'irait-il pas à l'école ?

Parce que nous étions supposés travailler ensemble.

Il se racla la gorge.

— Je sais qu'Aaron a mentionné l'école, mais je ne pensais pas que tu y réfléchissais vraiment.

— Je ne voulais rien dire jusqu'à ce que je sache si je pouvais y aller ou non. Je suis désolé.

Isaac soupira misérablement.

— J'aurais dû le faire dès que j'ai réalisé que c'était une possibilité. Mais je pensais que tu serais en colère. Et je peux voir que tu l'es.

— Je ne suis pas en colère, répondit David automatiquement.

Il joua avec la fermeture éclair de son manteau avant de glisser les mains dans ses poches.

— C'est bien. C'est formidable ! Je pensais juste que nous allions travailler à nouveau ensemble. J'avais hâte de recommencer ici avec toi.

— Je sais ! J'étais impatient aussi, dit Isaac, les yeux implorants, et il se rapprocha. Mais je vais avoir dix-neuf ans cette année, et si j'attends…

— Tu ne devrais pas attendre, dit David en ignorant le sentiment de vide qui se traçait un chemin en lui. Je veux que tu sois heureux.

— Tu pourrais venir à l'école aussi. Elle prend les étudiants âgés aussi. Si tu le voulais, bien sûr.

David pensa au fait de s'asseoir dans une classe et de lire des manuels scolaires. Il avait toujours aimé lire les livres que June lui prêtait, même si secrètement, il ne les avait jamais compris complètement. Mais aller à l'école alors que ses dettes augmentaient de jour en jour ?

— Ce n'est pas que je ne veuille pas apprendre. Mais je dois travailler, Isaac. Autre chose, je *veux* travailler.

La pensée d'avoir son atelier, à nouveau – le bruit d'un crayon sur une plaquette alors qu'il esquissait, le grincement du papier de verre, et la résistance du bois tandis qu'il le coupait et le reformait comme il le voulait – cela remplissait les vides en lui comme de l'eau autour de pierres. Pourtant, quand il s'imaginait maintenant travailler quelque part tout seul dans cette ville, cela le brisait.

— Je sais. Et je veux toujours t'aider. Je peux avoir un job à mi-temps. C'est comme ça qu'ils l'appellent.

David parla avant qu'il ne puisse s'arrêter.

— Tu n'aimes plus la charpenterie ?

Il avait repoussé Isaac après l'accident, et tandis que les mois avaient passé, Isaac avait peut-être découvert que le travail ne lui manquait pas.

Le visage d'Isaac s'adoucit.

— Bien sûr que j'aime ça, et j'ai tellement appris avec toi. Peut-être que c'est ce que je vais faire en fin de compte. Mais à Zebulon, c'était *tout* ce que je pouvais faire. Je n'allais jamais être un bon fermier, et j'ai toujours aimé tailler du bois. Cela me rendait si heureux de travailler avec toi, tous les jours. C'est vrai. J'ai aimé faire de la charpenterie avec toi.

— Tu ne le dis pas juste comme ça ?

David grimaça, sachant qu'il avait l'air pathétique.

Isaac regarda le nombre de personnes autour de lui sur la jetée avant qu'il ne tire sur le poignet de David, sorte sa main de sa poche et entrelace leurs doigts.

— Je ne le dis pas juste comme ça.

David soupira longuement.

— Je sais. Je suis désolé.

— C'est juste que, maintenant que nous sommes dans le monde, je veux découvrir ce qu'il contient.

C'était parfaitement logique, mais David aurait voulu pouvoir arrêter les éclairs de souffrance qui le traversaient. *Assez ! Ne sois pas égoïste.*

Il hocha la tête et serra la main d'Isaac.

— Bien sûr, dit-il.

Une rafale de vent souffla sur la mer, et il lui tourna le dos, proté-geant Isaac du pire.

— Merci de me comprendre. Je savais que tu le ferais.

— Je veux que tu fasses ce qui te rend heureux. C'est ce qui est important. C'est bien, dit David en souriant, essayant d'oublier ses craintes.

Isaac serait heureux, et c'était vraiment la seule chose qui comptait.

— C'est formidable.

— À l'école, nous avons appris l'Anglais et les maths, mais rien d'autre.

Isaac sourit d'un air ironique.

— Je suppose que notre obéissance était le sujet le plus important. Il y a tellement à apprendre ici, et je veux y faire face. Je ne veux pas avoir peur.

Il secoua la tête.

— Je ne sais pas si tu comprends ce que je veux dire.

David ne pouvait pas imaginer une vie sans peur. Mais c'était Isaac qui avait projeté de partir quand ils s'étaient enfuis. C'était lui qui était courageux. Il caressa du pouce le dos de la main d'Isaac.

— Je comprends. Je veux que tu fasses tout. Que tu voies tout. Tu le mérites.

Les yeux implorants, Isaac attrapa sa main.

— Tu le mérites aussi. Tu le sais ça, n'est-ce pas ?

David entendit le hurlement plaintif de Mère auprès de Dieu dans son esprit. Il ne savait pas ce qu'il méritait, mais il ne voulait pas inquiéter son amant.

Il sourit.

— Bien sûr. Et aller à l'école est la meilleure chose pour toi.

— Tu le penses vraiment ? demanda Isaac, son soupir gonflant ses joues alors qu'il souriait. Je n'ai jamais pensé faire quelque chose comme ça. Nous allons te trouver l'endroit parfait pour travailler, et t'obtenir les meilleurs outils. Tout s'arrangera.

Même si ce n'était pas ce que David avait voulu, voir Isaac si plein d'espoir lui donnait de l'assurance.

— Tu as raison. Je vais trouver un atelier et commencer mon affaire. Je l'ai déjà fait avant. Je suis sûr que certains des clients que j'avais avec

June seraient encore intéressés. Je peux le faire par moi-même.

— Même si je ne te vois pas, toute la journée, je serai au lit avec toi, chaque nuit. Je suis si béni. Je ne sais pas si Dieu écoute mes prières maintenant, après les choses que j'ai faites, mais parfois, je pense qu'Il le fait.

Regardant les yeux radieux d'Isaac et tenant sa main chaude, David rêva que cela soit vrai.

CHAPITRE Sept

— DAVID ?

Il sursauta de là où son menton était presque tombé sur sa poitrine, clignant des yeux en regardant Isaac près du lit.

— Euh… j'étais juste…

Il regarda le stylo et la feuille de papier abandonnés sur ses genoux.

Isaac sourit doucement, tendant sa main vers lui pour repousser une mèche.

— Désolé de t'avoir réveillé.

David se frotta les yeux.

— Je n'aurais pas dû faire la sieste de toute façon. Je me suis levé qu'il y a quelques heures déjà.

Bien sûr, il s'était réveillé juste après cinq heures du matin, ce qui semblait matinal, à présent. Les persiennes en bois étaient ouvertes et la chambre était chaude et lumineuse du soleil du matin.

— Comment avance ta lettre ? demanda Isaac alors qu'il montait sur l'autre côté du lit près des miroirs.

Il s'appuya contre la tête de lit, près de David, et leurs épaules s'effleurèrent. Ils portaient tous les deux de nouveaux tee-shirts, et ce que les Anglais appelaient des pantalons de jogging. Isaac n'avait pas mis de gel dans ses cheveux, donc ils étaient plats sur sa tête, lui laissant une petite frange sur le front.

Les seuls mots présents sur la feuille étaient *Chère Mère.*

— Toujours dessus, répondit David.

Le terme était faible, s'il y en avait un.

— J'ai pensé qu'Aaron et toi preniez le petit-déjeuner, et passiez du temps ensemble.

— Oui. Mais tu sais que tu n'as pas à venir te cacher ici, n'est-ce pas ? À moins que tu ne veuilles un peu de temps seul. Ce qui est bien.

— Je sais.

Honnêtement, David ne voulait pas être... la cinquième roue du carrosse, comme les Anglais disaient. Mais il avait été également déterminé à écrire enfin sa lettre.

— Je voulais te demander... est-ce le côté du lit que tu aimes ? Je suppose que je suis habitué à dormir sur le côté gauche, mais peut-être que toi aussi.

— J'avais mon propre lit à la maison, alors ce n'est pas important quel côté je prends, maintenant. J'espère que tu préfères le partager avec moi plutôt qu'avec Nathan.

Isaac serra les lèvres et baissa le menton.

— Hmm. Je *suppose*. Mais si tu commences à ronfler tout à coup comme il le fait, alors je te pousse sur le sol.

Il fronça les sourcils.

— Non. Du bord du lit. Je pense que c'est comme ça que ça marche.

David sourit.

— Je ferai de mon mieux.

Il hocha la tête vers le papier qui se trouvait dans la main d'Isaac.

— Qu'as-tu là ?

— C'est la lettre que j'ai écrite à mes parents. Je voulais y réfléchir avant de la poster. Pourrais-tu … ?

Il la lui tendit.

David déplia la feuille. L'écriture d'Isaac était serrée et soignée, comme s'il s'était vraiment concentré sur le fait de rendre chaque lettre parfaite.

Chers Mère et Père,

Il est difficile pour moi de savoir que dire. Vous devez tous être blessés et en colère à cause de ma décision de partir. Je veux que vous sachiez que je n'ai pas fait ce choix à la légère. Je ne peux pas vivre à Zebulon ni dans n'importe quelle communauté Amish. Je prie beaucoup pour cela, et je sais, dans mon cœur, que Dieu a un différent chemin pour moi.

Je ne sais pas si je devrais vous dire ça, mais je suis avec Aaron à San Francisco. C'est en Californie. Vous devriez savoir qu'il tient beaucoup à vous. Il enseigne les maths dans ce qu'ils appellent un lycée, et il a une femme adorable. Ils n'ont pas d'enfants pour le moment.

David est ici, avec moi. Aucun d'entre nous ne voulait vous faire souffrir ou sa famille, mais nous avions réalisé que nous ne pouvions pas rester. David a été un ami loyal. Il m'a aidé à voir la vérité dans mon propre cœur. J'espère que vous pourrez nous pardonner d'être allés dans le monde extérieur. Je vous écrirai plus souvent, et si vous me répondez, cela me rendrait très heureux. J'espère qu'Éphraïm, Nathan, Joseph et Katie vont bien. S'il vous plaît, dites-leur qu'ils me manquent. J'ai inclus une lettre pour chacun d'entre eux aussi.

Votre fils,
Isaac.

David replia la feuille et soupira.

— C'est bien. C'était adorable, ce que tu as dit sur le fait que je t'ai aidé à voir la vérité. Merci.

Bien qu'il sache que les parents d'Isaac ne le remercieraient pas pour ça.

Isaac sourit.

— Je ne savais même pas que j'étais gay, dit-il en secouant la tête. C'est toujours bizarre de le dire à haute voix. *Gay.* Mais sans toi, je serais toujours là-bas, misérable et complètement confus sur pourquoi je ne voulais pas sortir avec les filles, peu importe combien elles étaient jolies.

Ils s'embrassèrent doucement et David frotta son nez contre celui d'Isaac.

Celui-ci laissa tomber sa tête sur l'épaule de David.

— Je suis certain que les prêcheurs ne seraient pas d'accord, mais je pense que c'est ce que Dieu avait prévu pour moi : aller travailler pour toi. Afin que nous puissions nous retrouver. J'aurais voulu dire à mes parents la vérité et essayer de leur faire comprendre ça. Mais c'est impossible, dit-il.

David ne savait même pas s'il pouvait vraiment croire que c'était ce que Dieu avait prévu. Il *voulait* le croire, mais…

— Ils sont tous à l'église en ce moment. Je pense que c'est la maison d'Atlee Yoder, cette fois-ci. Je ne peux croire que cela fait maintenant deux semaines depuis que nous nous sommes enfuis du service. J'ai l'impression que c'était seulement hier, mais aussi des centaines d'années. Tu comprends ce que je veux dire ?

— Je ressens la même chose. Comme si une partie de moi est surprise que nous ne soyons pas là-bas, mais l'autre partie ne peut croire que nous l'étions.

Regardant les numéros rouges qui brillaient sur l'horloge près d'eux, David ajouta deux heures au temps.

— Ils sont probablement au milieu d'un long sermon. Je parie que c'est l'évêque Yoder qui le fait. Il a probablement beaucoup à dire après ce que nous avons fait.

Se redressant, Isaac grimaça.

— Je ne peux pas dire que les sermons me manquent.

Il posa sa tête sur la tête de lit.

— Ou s'asseoir sur ces bancs pendant des heures jusqu'à ce que mon dos me fasse tellement souffrir que j'ai envie de pleurer. Parfois, Mervin me faisait rire.

Il soupira avant de continuer.

— Je suppose qu'il est heureux que je sois parti maintenant.

— Penses-tu qu'il pourrait leur dire la vérité ?

Le front d'Isaac se plissa, et il resta silencieux pendant un moment.

— Non. Même s'il pense que c'est mal, il va tenir sa promesse.

Il prit la main de David et joua avec ses doigts.

— Même si nous pouvions leur rendre visite, je ne peux pas y retourner, David. Cela ne ferait qu'empirer les choses. Tout le monde essaierait de nous convaincre de rester.

— Je sais.

L'envie de revoir Mère et ses sœurs l'envahit, et il se tourna sur le côté, faisant face à Isaac, jetant la feuille de papier et l'attirant sur le lit. Il glissa sa paume sous son tee-shirt pour la poser sur son ventre.

Les doigts d'Isaac effleurèrent de haut en bas les avant-bras de son amant.

— Penses-tu que ce serait bien ou pire si nous allions à l'église ici ?

David y réfléchit.

— C'est la première fois que je manque l'église mis à part cet hiver où la grippe nous a rendus aussi malades que des chiens. Je sais que c'est un péché, mais je ne peux dire que je sois désolé d'être au lit avec toi, à la place.

Isaac lui sourit tendrement.

— Moi non plus, dit-il. Aaron a dit que nous pouvions essayer d'autres églises ici, mais je ne sais pas ce que Dieu en penserait. Si nous ne sommes pas simples, nous ne le faisons pas correctement. J'ai fait ma prière, ce matin, mais j'ai oublié hier. Je n'y pense pas jusqu'à bien des heures plus tard.

— Je crois que c'est parce que nous n'avons pas de routine. Une fois que tu commenceras l'école et que je travaillerai à nouveau, je suis certain que nous le ferons.

— Oui, moi aussi.

Isaac remuait non seulement son pied, mais pratiquement tout le lit.

— Qu'est-ce que tu as ? Nerveux à propos de l'école ?

David était aussi tendu sur ses recherches d'ateliers potentiels. Aussi impatient qu'il soit de retourner à son travail, il y avait tellement de choses à prendre en considération et à organiser. Il pensait toujours *demain*. Il aurait voulu avoir une baguette magique comme celle qu'ils avaient vue dans le film, la nuit dernière.

— Et si…

Isaac s'interrompit avant de soupirer lourdement.

— Et si personne ne m'aime ?

— Impossible.

Souriant, Isaac leva les yeux au ciel et poussa David avec son pied.

— Allez…

— Je suis sérieux. Tout le monde va t'aimer. Tu es intelligent, gentil, et tu apprends rapidement. Tu sais écouter et tu vois les possibilités dans ce monde. L'étudiant idéal.

— Peut-être que tu pourrais venir avec moi demain et pour leur dire ça. Tu es très convaincant.

— Ton père m'a demandé une fois ce que je pensais de toi.

David fit des cercles avec sa main sur le ventre d'Isaac sous son tee-shirt.

— C'était un dimanche, j'en suis certain. Dehors, près de la grange, en attendant que l'office commence.

Dans son esprit, David pouvait entendre les claquements des chariots qui arrivaient dans la matinée froide. Les hennissements des chevaux et le doux murmure des hommes qui parlaient. Il cherchait Isaac, espérant l'apercevoir avant le service.

— Quand était-ce ? demanda Isaac, un sourire aux lèvres.

— Une semaine ou deux après que tu sois venu travailler avec moi. J'avais déjà des pensées lubriques à propos de toi, et j'ai dû devenir aussi rouge qu'une tomate quand il a demandé. Mais c'est ce que j'ai dit… tu étais l'étudiant idéal. Il semblait content – il a même souri. Il était fier de toi.

— Je me demande ce qu'il pense de moi, maintenant, murmura Isaac. Ou s'il m'oublie déjà, comme il l'a fait pour Aaron.

David continua ses cercles sur le ventre d'Isaac, se concentrant sur la chaleur de son estomac pour éloigner la tension.

— Penses-tu que ça traverserait leurs esprits ? Que la raison pour laquelle nous sommes partis soit parce que nous sommes… ensemble ? Je ne peux pas imaginer que ma mère puisse penser à une telle chose. Personne n'en parle… pas même les prêcheurs. C'est comme si être gay n'existait même pas.

Isaac entrelaça leurs jambes.

— Comme si nous n'existions pas. Le vrai « nous », je veux dire.

Il soupira.

— Je ne crois pas que mes parents le soupçonnent. Mis à part Anna, je ne sais pas si quelqu'un d'autre s'en rendra compte.

David se redressa brusquement avec une flambée d'adrénaline.

— *Anna* ? Anna ne sait pas. Elle ne peut pas.

— En fait, je pense qu'elle sait, dit Isaac en serrant la jambe de David.

Ce dernier s'appuya sur la tête de lit et ramena ses genoux contre sa poitrine, s'entourant de ses bras. Toutes les conversations qu'il avait eues avec sa sœur durant les derniers mois revinrent à son esprit.

— Mais…

Isaac s'assit et joignit ses mains sur ses genoux, jouant avec ses doigts. Sa jambe remua à nouveau.

— Je suis désolé de t'avoir bouleversé.

— Je ne suis… je…

Il força l'air à entrer dans ses poumons.

— Pourquoi crois-tu qu'elle sache ?

— Tu l'as dit toi-même, rien ne lui échappe. Le jour où nous avons eu le service dans notre maison, quand j'aidais ta mère à monter sur la rampe ? Elle m'a demandé si je pouvais emmener Mary et Anna à la maison du prochain chant puisque tu devais prendre Grace.

Il déglutit difficilement, son regard se posant sur ses mains.

— La manière dont Anna m'a regardé… je savais. Elle était si triste pour moi.

La nausée serra son estomac, et David posa son front sur ses genoux.

— Je ne peux imaginer ce que tu as dû éprouver en entendant ça.

Il pouvait, cependant. *Dévasté. Le cœur brisé. Vide.*

— Je détestais cette comédie. Je n'aurais jamais dû le faire. Pas à ce moment-là, pas après tout ce qui s'était passé entre nous.

Quand les doigts d'Isaac caressèrent ses cheveux, David se pencha vers son contact.

— J'ai ressenti la même chose que la fois où la mule d'Abram Lapp m'a donné un coup.

— S'il te plaît, pardonne-moi, dit David en relevant la tête. Je n'ai jamais voulu te blesser, mais je savais que je te faisais souffrir en même temps. J'étais faible.

Les yeux d'Isaac brillèrent.

— Nous sommes tous faibles parfois.

— Jamais plus. Pas avec toi, dit David en attirant son amant dans ses bras, puis murmurant dans ses cheveux courts. Jamais.

Isaac le serra étroitement.

— Bien sûr que je te pardonne. Toujours, mon David.

Leurs lèvres se rencontrèrent, et tout le reste fut oublié alors que David goûtait Isaac, inspirant son odeur et une ruée excitante d'adrénaline l'envahissant tandis qu'ils s'allongeaient, leurs corps s'entremêlant et leurs langues se cherchant. Passant au-dessus de lui, David lécha et embrassa son cou alors qu'il ondulait des hanches.

Il aimait la sensation d'Isaac sous lui, impatient et réceptif, faisant de petits bruits de gorge envoyant directement son sang vers son membre et rendant sa tête légère.

— Penses-tu que c'est pire ? demanda Isaac, essoufflé, tirant sur les vêtements de David. De faire ça le dimanche quand nous devrions honorer le Seigneur à l'église ?

David se releva sur un bras. Il parcourut Isaac des yeux… ses joues rouges, ses lèvres humides et entrouvertes, ses pupilles déjà assombries de désir et ses cheveux partant dans tous le sens là où il avait posé sa tête sur les oreillers. David releva l'ourlet du tee-shirt d'Isaac jusqu'à ce qu'il arrive à son cou.

Il fit courir ses doigts autour des tétons de son jeune amant, et à travers le léger duvet qui recouvrait son torse. Puis vers son estomac tremblant, jouissant de la manière dont le souffle d'Isaac s'arrêta presque quand David enfonça sa langue dans son nombril et taquina les poils au-dessous de la taille. Le sexe d'Isaac formait une tente dans son léger pantalon, et David savait qu'il ne portait pas de sous-vêtement.

— Je veux *t'honorer*, murmura-t-il.

Isaac était beau et bon, et David voulait que son amant le sache.

Gémissant, Isaac attira la tête de David vers lui pour un baiser brûlant alors qu'il écartait les jambes et les entourait autour de ses hanches.

Isaac haleta.

— Ce n'est pas mal. N'est-ce pas ?

David ne put que secouer la tête, mourant d'envie qu'ils soient nus afin qu'il puisse sentir la chaleur du corps d'Isaac contre lui. Depuis la première nuit dans la forêt, avec le loyal Kaffi montant la garde, toucher Isaac – *aimer* Isaac – avait toujours semblé juste en dépit de tout.

Pas seulement parce que cela faisait plaisir au corps de David, mais pour la manière dont cela touchait son âme à travers chaque pore de sa peau. Dans chaque gémissement et sourire partagés, dans chaque tremblement de membres et pression de lèvres, il se sentait entier.

Ils arrachèrent leurs vêtements, et avec Isaac au-dessus de lui, à présent, David s'enfonça dans sa main, gémissant à la friction qui envoyait des frissons sur sa peau. Il fit courir ses doigts sur la joue d'Isaac.

— Il y a tellement de choses que je veux faire avec toi.

Isaac hocha la tête, la voix déjà rauque.

— Il y a une chose que j'ai vue une fois dans le magazine que Mervin et Mark m'ont montré. C'était un homme et une femme, mais... je pense que ça marche de la même façon. Et... j'ai cherché dans mon téléphone.

Il trembla.

— Il y avait des images, et des descriptions.

— Oui, tout ce que tu veux.

David était si dur dans la poigne d'Isaac, et il glissa les doigts entre les fesses de son amant, taquinant son entrée. Il repensa au magazine qu'il avait acheté à la station d'essence près de Zebulon, et comment il s'était inspiré de chaque mot et image, mémorisant ce que les hommes se faisaient entre eux avant de brûler les pages derrière la grange, un matin, avant le réveil du coq.

— Je veux...

Isaac lécha ses lèvres.

— Je…

— Dis-le, le pressa David. Dis-moi. Tu peux tout dire ici.

— Je veux sucer ta queue, lâcha Isaac. Et je veux que tu suces la mienne au même moment. Je veux que tu viennes dans ma bouche, et…

Il inspira brusquement.

— *Oui !*

David put à peine sortir le mot alors qu'il poussait Isaac, le pressant de se tourner.

Alors que les cuisses d'Isaac chevauchaient le cou de David et que ses belles fesses emplissaient sa vision, il sentit le doux glissement de la bouche de son amant qui l'avala. Il haleta, luttant contre l'envie de s'y enfoncer. C'était différent d'avoir Isaac au-dessus de lui, de cette manière, les sensations nouvelles, en quelque sorte, comme si son compagnon le prenait plus profondément qu'auparavant. Pendant un moment, il ne put qu'en profiter, le souffle court.

Puis il guida le membre d'Isaac vers ses lèvres, enfouissant son nez dans ses bourses, et les taquinant avec sa langue. C'était bizarre d'essayer de coordonner leurs mouvements, mais rapidement, ils trouvèrent une sorte de rythme. Les sensations l'écrasaient… un plaisir incroyable alors qu'Isaac l'entourait de sa bouche et de son corps, et la saveur salée d'un Isaac pulsant entre ses lèvres, son odeur musquée emplissant le nez de David.

C'était comme s'ils étaient deux parties d'un même être, suçant le sexe de l'autre, leurs grognements et gémissements bruyants dans le silence de la matinée. La lumière du soleil baignait la pièce en continu comme une bénédiction.

David ferma les yeux, ses doigts serrés sur les cuisses d'Isaac. Celui-ci était si dur et chaud dans sa bouche, et il inspira par le nez. La sueur humidifiait leurs peaux partout où ils se touchaient. Ses lèvres s'étiraient autour du membre d'Isaac, le prépuce dégagé, se sentant si glorieusement plein.

Quand Isaac fit rouler les boules de David dans sa main, ce dernier n'eut pas le temps de l'avertir. Sa bouche était emplie du sexe de son amant de toute façon, et il gémit alors qu'il jouissait, ses hanches bondissant du lit. Ses orteils se recourbaient, et il ferma les yeux alors que l'incroyable intensité l'envahissait. Isaac avala, toussant un peu, et David put sentir un peu de sa semence qui coulait. Isaac la lécha, et il gémit autour de son membre.

Se tortillant, David trouva un meilleur angle, et il invita Isaac à onduler des hanches. Avec de petits halètements, Isaac baisa la bouche de son amant. Celui-ci prit chaque coup de reins, détendant sa gorge autant qu'il le pouvait, les poils chatouillant son visage. Pendant un moment, il eut l'impression que c'était trop, et son esprit cria qu'il avait besoin d'air. Mais il inspira par le nez, et son pouls battant se calma.

— David… oh, oh ! marmonna Isaac.

David aurait voulu voir le visage de son amant alors que celui-ci prenait sa bouche avec abandon. Il était rempli de lui… goût, vue et odeur, sa mâchoire lui faisait mal. Quand Isaac jouit dans sa gorge, David déglutit convulsivement, le léchant jusqu'à ce qu'il s'éloigne et tombe sur le côté, le torse haletant.

Les pieds d'Isaac se trouvaient à côté de la tête de David, et celui-ci enfouit son nez dans ses chevilles tandis qu'il reprenait son souffle.

— Si tu as d'autres idées, je suis tout ouïe.

Riant, Isaac se déplaça et reprit la bonne position. Allongés sur leurs côtés, ils s'embrassèrent profondément, et David savoura leurs goûts mélangés ensemble. Isaac caressa légèrement son mollet de son pied, et David se sentit sans force, et paisible. Il savait qu'il ne le méritait pas, mais il remerciait le Seigneur quand même.

Le paradis doit être ainsi.

David n'avait pas réalisé qu'il avait parlé à haute de voix jusqu'à ce qu'Isaac presse un baiser sur ses lèvres et murmure :

— Nous n'irons peut-être jamais là-bas, mais nous aurons toujours ça.

Alors que David embrassait le creux du cou d'Isaac, il réalisa que *cela* était tout ce dont il n'aurait jamais besoin.

CHAPITRE Huit

À L'APPEL DE son nom, David tomba presque du canapé.

Riant, Aaron leva les mains.

— Whoa, whoa ! Ce n'est que moi ! Je ne savais pas si je devais te réveiller, mais je veux commander à manger pour le dîner. Je n'ai pas envie de cuisiner ce soir. Veux-tu essayer du Thai, ou c'est toujours pizza ?

Il défit sa cravate, et défit le premier bouton de sa chemise.

David prit une profonde inspiration pour calmer les battements de son cœur. Il s'était endormi *encore* ? Il n'avait jamais autant dormi dans sa vie. *Paresseux. Fainéant. Inutile.* Son estomac se serra, et la nourriture était la dernière chose qu'il voulait.

— Ce que tu veux. Merci.

— Comment ai-je su que tu dirais ça ? Très bien, allons pour la pizza. C'est facile.

Aaron s'appuya contre l'accoudoir de l'autre côté du canapé avec le téléphone mobile et appuya sur des boutons.

Après s'être redressé pour s'asseoir correctement, David cligna des yeux en regardant la télévision. Il faisait nuit dehors, et la petite lumière bleue de la TV brillait à travers la pièce. La série sur des amis vivant à New York avait commencé, le rire retentissant alors qu'un singe tirait les cheveux d'une femme. Il se demanda si des personnes à San Francisco avaient des singes pour animaux de compagnie.

— Je suis en attente, dit Aaron. Ils sont toujours occupés les vendredis. Comment était ta journée ?

— Ça va. Bien.

David prit la télécommande et coupa le son alors qu'une publicité passait. Les publicités étaient toujours plus bruyantes.

— As-tu créé ton adresse email ?

Il hocha la tête.

— J'en ai envoyé un à June.

— Ton premier mail ! s'exclama Aaron. C'est cool, hein ? Tu as eu des problèmes à t'inscrire ?

— Non.

Honnêtement, cela ne lui avait pas pris longtemps. Il avait cherché un mot de passe pendant presque une heure. Cela lui avait pris plus de temps que pour écrire un simple message à June.

— As-tu trouvé le site de l'immobilier facilement ? Des endroits potentiels ?

— Quelques-uns peut-être. Je dois y regarder de plus près.

— Si tu veux bien noter ceux que tu aimes, nous pourrions…

Aaron leva le doigt.

— Oui, je voudrais passer commande pour une livraison à domicile.

Il se redressa et fit passivement les cent pas dans le salon alors qu'il parlait.

Pendant qu'Aaron donnait son adresse et commandait un dîner auprès d'un étranger, David regarda l'ordinateur portable sur le repose-pied d'un air coupable. Il avait trouvé le site qu'Aaron lui avait indiqué, mais ensuite, il avait regardé des pages de photos et des listes sans savoir par où commencer.

Les informations sur les endroits étaient supposées être en Anglais, mais David pouvait à peine en comprendre la moitié. Il y avait des tas de mots à qui il semblait manquer des lettres. UTCL. Wtr pd. Sec dep. TRSH. Puis il regardait les prix, et ça le rendait complètement malade.

Même s'il voulait trouver un endroit pour travailler, il y avait tellement de choses auxquelles penser d'abord, et lorsqu'il essayait, il se sentait complètement écrasé et finissait par regarder la télévision ou faire une sieste. C'était insensé, et il se réveillait toujours avec la même sensation désagréable et familière.

Des siestes ! Il dormait durant les journées, uniquement les rares fois où il était cloué au lit. Pourtant, cette semaine, David réalisait avec honte qu'il avait fait la sieste, chaque après-midi. Isaac était à l'école, et là, il traînait sur le canapé comme s'il n'avait pas du tout de responsabilités.

Aaron bâilla largement.

— Désolé… longue semaine, dit-il à la personne à l'autre bout de la ligne.

Une longue semaine de travail pendant que David restait assis là, inutilement. Même Jen avait travaillé plus durement que lui. Elle ne dormait pas beaucoup, et sauvait la *vie* des gens. Et pourtant, elle s'épanouissait sous la pression. Il supposa que c'était ainsi que Mère s'arrachait pratiquement la peau de ses mains en nettoyant chaque coin et recoin de la maison quand ils accueillaient le service de l'église. Elle n'avait jamais semblé aussi heureuse.

Est-elle toujours dans le fauteuil roulant ?

Mary et Anna avaient déjà du travail supplémentaire à faire. Il n'y aurait aucune sieste ou instant de répit pour elles.

— Merci. Bonne nuit.

Aaron pressa le grand bouton du téléphone et le reposa sur la table en verre dans le coin.

— Hey, tu veux une bière ? J'en prends une.

Il alluma la lampe du plafond.

— D'accord, répondit David, se frottant le visage, fatigué.

Presque une semaine complète s'était écoulée et rien de concret ne s'était présenté, mis à part une adresse mail et la carte bancaire qui était arrivée par courrier. Bien qu'il avait eu un compte dans la banque locale près de Zebulon pendant des années, June s'était toujours occupée des opérations et lui donnait de l'argent liquide. À présent, il ferait tout lui-même.

Il avait prévu d'aller à l'un des distributeurs, mais à chaque fois qu'il envisageait de sortir seul dans le vacarme et l'agitation des rues, il hésitait. Puis le jour disparaissait en quelque sorte, et il était toujours en pyjama.

Aaron lui tendit une bière et se laissa tomber de l'autre côté du canapé. Il enleva ses chaussettes rouges, et posa ses pieds sur le repose-pied alors qu'il prenait une longue gorgée de sa propre bouteille.

— DMCV.

La bière était froide dans la main de David, la condensation pénétrant dans sa peau. Il réfléchit aux lettres. Peut-être que c'était le même genre de jargon que le site de l'immobilier utilisait.

— Euh… D…

Aaron se mit à rire.

— Désolé ! Ça veut dire « Dieu merci c'est vendredi ». C'est ce que les gens disent à la fin d'une semaine quand ils ont hâte que le week-end arrive. Mon cerveau va exploser. J'aime ces enfants, mais ils sont épuisants, gémit-il. Et je ne veux pas penser au nombre de classements que je dois faire. Sans oublier de mentionner l'organisation de la réunion de parents d'élèves, et… non ! C'est vendredi, et je vais en profiter.

— Ça me paraît être une bonne idée.

David ne savait pas ce qu'était une réunion de parents d'élèves, mais cela lui semblait… compliqué. Il sirota sa bière, soupirant alors que le liquide froid coulait dans sa gorge. Il n'avait même pas réalisé qu'il avait soif. La bière était un peu amère, mais il aimait les bulles.

— Tu te sens bien ?

S'agitant sous le regard d'Aaron, David prit une autre gorgée.

— Oui, bien sûr.

— Ce n'est pas grave si ce n'est pas le cas. Je sais que ce doit être différent maintenant qu'Isaac est à l'école toute la semaine.

— Ça va.

La réfutation vint automatiquement.

— C'est différent, pourtant, n'est-ce pas ? Tu es habitué à une maison pleine de gens. C'est un ajustement. Je sais qu'Isaac doit te manquer.

David haussa les épaules alors qu'il rougissait.

— Je le vois tous les soirs. Il sera bientôt à la maison.

— Quand il est là, tu es plus… léger, songea Aaron. Tu as cette expression, comme s'il était la chose la plus incroyable que tu n'avais jamais vue.

Regardant partout, sauf Aaron, David essaya de penser à quelque chose à dire.

— Ce n'est pas une critique.

Aaron étendit sa jambe, et donna un petit coup de pied au genou de David.

— C'est agréable à regarder. Tu sais qu'il est fou de toi, n'est-ce pas ? Il me disait à quel point tu étais un bon professeur. Patient et compréhensif. Je pense qu'il serait devenu poétique toute la journée s'il n'avait pas eu classe. Oh, cela veut dire parler en termes élogieux à propos de quelque chose.

David sourit, sentant ses épaules se détendre et s'adossant contre les oreillers.

— Il a dit ça ?

— Ça, et beaucoup d'autres choses. Si tu avais rejoint l'église, cela lui aurait vraiment brisé le cœur.

— Le mien aussi, répondit calmement David. Je savais que cela n'aurait jamais marché. Je le savais, mais je n'ai rien fait à ce sujet.

Il grimaça.

— Regarde-moi maintenant. Il y a toutes ces choses que je dois faire, et à la place, je fais des *siestes*.

— Ne sois pas si dur envers toi-même. Si j'avais eu une pièce pour chaque fois où j'ai fait une sieste au lieu d'écrire un essai, j'aurais… eh bien, j'aurais au moins un dollar. Il y a un mot pour ça dont tu n'as probablement jamais entendu parler : procrastination.

— Procrastination, répéta David, le faisant rouler sur sa langue.

Il finit sa bière, et sa tête bourdonna agréablement. Son estomac gronda, et il réalisa qu'il n'avait pas beaucoup mangé.

— Nous le faisons tous, crois-moi. En parlant de ça, as-tu terminé la lettre que tu devais envoyer à ta mère ? Il me semble qu'elle te stresse. Cela se comprend.

— Je l'ai finie.

Bien sûr, l'enveloppe était toujours là-haut, dans le tiroir. Il devait acheter un timbre, une tâche qui lui donnait en quelque sorte l'impression que c'était une montagne à grimper.

— J'ai dit que j'étais désolé, et que cela n'avait rien à avoir avec quelque chose qu'elles ont fait. Que j'espérais qu'elles allaient bien, et que la jambe de Mère guérissait. Que je leur enverrai plus d'argent dès que je le pourrais.

Il retraça une ligne sur l'étiquette humide de la bouteille de bière.

— Je ne savais pas quoi dire d'autre.

Aaron soupira.

— Honnêtement, je ne pense pas que ce que tu as à dire ait de l'importance. Il n'y aura toujours qu'une chose qu'elle voudra entendre… que tu reviennes à la maison et que tu rejoignes l'église. Si tu n'es pas Amish, tu ne seras jamais assez bien à leurs yeux.

David déglutit difficilement. Il savait que c'était la vérité, mais l'entendre à voix haute la rendait plus réelle.

— As-tu écrit à tes parents ?

— Des douzaines de fois, répondit Aaron, adossant sa tête contre les coussins, son regard posé sur la fenêtre et se faisant lointain. Je ne les ai jamais envoyées. Je savais que j'étais banni pour être parti après mon engagement auprès de l'église, et qu'ils me diraient juste que j'irais en enfer si je ne retournais pas dans le droit chemin. Il n'y avait rien que je puisse dire qui pourrait les convaincre autrement. Mais je me sentais toujours bien de les écrire.

— Les as-tu gardées ?

— Je les ai brûlées, dit Aaron avec un petit sourire sec. C'était vraiment dramatique. Je travaillais dans une exploitation laitière au nord, à Marin County. Après mon départ de Red Hills, j'ai vadrouillé ici et là pendant un certain temps, faisant des travaux bizarres là où je pouvais. Il y a eu un couple qui m'a engagé, et ils avaient un ami qui avait besoin d'un ouvrier. C'est comme ça que j'ai fini par me retrouver dans la Côte Ouest.

Il termina sa bouteille.

— L'une des bonnes choses à propos d'être un ex-Amish, c'est que nous avons la réputation d'être des travailleurs acharnés. Il m'a envoyé un ticket de bus et m'a donné ma chance.

Quand Aaron se tut, David ne savait pas s'il devait le presser de continuer ou non. Il attendit.

Aaron secoua la tête.

— Désolé… j'étais perdu dans mes souvenirs pendant une minute. Cela me semble une éternité le temps où je m'occupais des vaches.

Il se mit à rire.

— Je ne dirais pas que ça me manque. Bref, j'avais ce paquet de lettres enfoui dans mon sac à dos, et une nuit dans mon dortoir, après quelques bières, je les ai prises et les ai lues. Puis j'ai emprunté un briquet à un gars nommé Curly—un homme complètement chauve, d'ailleurs – je suis sorti, et les ai brûlées.

— Cela t'a soulagé de faire ça ?

— Tu sais quoi ? Oui. Il n'y avait pas de lune, mais les étoiles étaient si brillantes. J'ai inspiré l'odeur de fumée et regardé le papier onduler dans les flammes orange. C'était comme un rituel. Peu de temps après être venu en ville et eu mon diplôme, j'ai commencé ma nouvelle vie. Tu vas le faire aussi. Fais un pas à la fois.

Les larmes firent briller les yeux de David, un éclair d'espoir et de gratitude le traversa. *Un pas à la fois.* Avant qu'il ne puisse répondre, une clé tourna dans le verrou de la porte d'entrée, et étonnement, un air froid s'infiltra à l'intérieur.

— Hey, petit frère ! lança Aaron.

Les joues rouges, Isaac apparut dans l'entrée. Son sourire faiblit quand il aperçut David.

— Tout va bien ?

— On ne peut mieux, répondit Aaron. Nous avons de la bière froide dans le mini-bar, des pizzas en route, et tu peux nous parler de ce que tu as fait à l'école aujourd'hui.

Il se leva et prit la bouteille vide de David avec la sienne.

— Oh, et je me disais que nous pourrions aller dans un bar demain soir, et sortir nous amuser. D'accord ?

Une excitation nerveuse traversa David, et lorsqu'il vit un sourire éclairer le visage d'Isaac, il se débarrassa de sa morosité.

— Oui, accepta-t-il.

Alors qu'Aaron disparaissait dans la cuisine, Isaac s'assit près de lui, l'embrassant rapidement.

— Comment était ta journée ?

— Super, mentit David.

Il se sentait vraiment bien maintenant qu'il avait parlé à Aaron, et il ne servait à rien d'accabler Isaac avec ses stupides sentiments et sa paresse. Pas quand celui-ci vibrait pratiquement de joie.

— Qu'en est-il de toi ?

— Je pense que je me suis fait un ami. Même plus d'un. J'ai déjeuné avec eux, et nous avons parlé. Ils étaient vraiment gentils. Je pense qu'ils m'apprécient vraiment.

David sourit pour de vrai, cette fois-ci.

— Bien sûr qu'ils t'apprécieraient, à moins qu'ils ne soient idiots.

Bientôt, la tête de David lui tourna avec la bière, et tous les trois mangèrent des pizzas dans le salon directement dans les boîtes. Isaac parla avec animation à propos d'un travail qu'on lui avait donné – « *c'est un vrai livre, et ce n'est pas un qui concerne la Bible !* » —et David se détendit. C'était peut-être de la procrastination, mais il allait profiter ce soir, et réfléchir au reste demain.

IL Y AVAIT bien trop de circulations le samedi soir comme c'était le cas durant les week-ends. David jeta un coup d'œil par la fenêtre, à l'arrière de la Toyota d'Aaron, regardant toutes les lumières et les animations. Il ne savait pas où ils étaient dans la ville, mais les boutiques qui se trouvaient entre les cafés et restaurants étaient agréables à regarder.

Il réalisa que sa ceinture s'était enroulée sur elle-même sur son torse, et il la redressa, passant sa paume sur les boutons de sa nouvelle chemise, sous sa veste ouverte. Elle était faite d'une matière synthétique de couleur rouge et était douce contre sa peau. Il la portait par-dessus son jean moulant, qu'il trouvait bien trop serré pour s'habiller ainsi en public. Mais Aaron avait dit qu'ils étaient à la mode, et Isaac avait hoché la tête avec enthousiasme quand David l'avait mis.

Alors qu'il jouait avec la sangle de la ceinture, il pensa aux chariots de sa maison, et que la seule chose qui les protégeait était la volonté de Dieu. Il ferma les yeux brièvement alors que des souvenirs de sang et de neige envahissaient son esprit. Si Mary avait heurté l'arbre, elle serait sûrement morte. Il remercia le Seigneur que Mère et elle aient survécu, mais si Zebulon permettait les triangles de sécurité sur les chariots, cela aurait pu être évité. Pourquoi l'accident s'était-il produit ?

Tu sais pourquoi.

Mais si cela était arrivé pour le punir vraiment de ses péchés, alors qu'arriverait-il à sa famille maintenant qu'il le faisait ouvertement ? Le Seigneur allait-il le punir à nouveau en les blessant, mais en pire, cette fois-ci ? Ou Isaac serait-il le prochain ? Se concentrant sur sa respiration, David se força à retourner son regard sur les boutiques devant lesquelles ils passaient, et regarda les gens sur les trottoirs vaquant à leurs occupations.

— Nous allons retrouver Clark et Dylan au bar, dit Aaron. Clark était dans les photos de mariage, vous vous en rappelez ? Et Isaac, souviens-toi, tu n'as pas le droit de boire. Tu peux entrer puisque tu as dix-huit ans, mais tu ne peux pas boire avant l'âge de vingt-et-un ans.

— Pas de problème, dit Isaac. Je ne pense pas que j'aime boire de toute façon.

Aaron se mit à rire.

— Ouais, je sais ! Ça m'a pris du temps pour m'y habituer, dit-il, puis il regarda dans le rétroviseur. David, tu as vingt-deux ans, alors tu peux boire si tu veux, même si tu n'as pas encore de carte d'identité. Je peux me porter garant pour toi auprès du parton. C'est un ami de Clark, alors ça devrait aller. Tu aurais probablement un problème n'importe où ailleurs.

— D'accord.

David essaya d'arrêter de s'inquiéter à propos du Seigneur et de ses péchés. C'était un cercle infini et il savait qu'il n'y avait pas de bonnes réponses. Il croisa les jambes nerveusement, les semelles de ses nouvelles chaussures grinçant sur le tapis en caoutchouc.

— Tu es sûr que nous serons acceptés à l'intérieur ? demanda-t-il.

— J'en suis sûr, sourit Aaron. Je suppose que j'aurais dû te dire que c'est un bar gay.

David le fixa, se demandant si cela voulait dire ce qu'il pensait que ça voulait dire. Il avait vu des bars dans les films, mais un bar *gay* ? Son cœur battit plus rapidement.

Isaac tourna sa tête vers Aaron.

— Tu veux dire… que veux-tu dire ?

— Je veux dire que c'est un bar pour des gens gays. La plupart sont des hommes, mais des lesbiennes aussi. Des transsexuelles également.

— Que se passe-t-il là-bas ? demanda Isaac, regardant David avec des yeux écarquillés.

Aaron se mit à rire.

— La même chose que dans les bars hétéros. Des gens sortent avec d'autres. Ils boivent quelques verres, parlent avec leurs amis, jouent peut-être du billard. Ils dansent. C'est un bar discret, ne vous inquiétez pas. Nous allons commencer lentement.

— Les gens gays peuvent danser les uns avec les autres ?

David n'avait jamais dansé dans sa vie, et la pensée de le faire devant d'autres personnes rendit ses mains moites.

— Ouais, répondit Aaron. Dans un bar gay, vous n'avez pas besoin de vous inquiéter qu'une personne puisse être offensée. Vous pouvez être totalement libres.

Libres. David sourit.

— Mais comment peux-tu aller dans un bar gay si tu n'es pas gay ?

demanda Isaac à son frère.

— C'est assez mélangé au Beacon. Jen et moi y sommes allés quelques fois. C'est amusant. Tout le monde est le bienvenu.

Aaron mit le clignotant et ralentit pour tourner dans une rue étroite.

— J'admets que j'ai été choqué, la première fois que j'ai vu deux hommes s'embrasser et se tenir la main. Bon sang, je l'ai été aussi en voyant une femme et un homme s'embrasser après mon départ de Red Hills. Voir combien les gens pouvaient être affectueux dans le monde extérieur… ça m'a pris du temps pour m'y habituer.

— Nous avons vu deux hommes dans la rue, le premier jour lorsque nous sommes allés au magasin pour acheter du pain. Je ne pouvais pas en croire mes yeux, dit Isaac. Je sais que tu as dit que c'était normal, mais…

— Mais le savoir et le voir pour de vrai sont deux choses différentes ? Je suis sûr que mes yeux sont presque sortis de leurs orbites. Je ne pouvais pas m'arrêter de les regarder, et l'un d'eux m'a même fait un clin d'œil.

Aaron se mit à rire.

— J'ai dû devenir si rouge ! Mais maintenant, c'est normal.

Normal. David allait vraiment rencontrer deux hommes qui étaient comme Isaac et lui. Leur parler. Il passa ses paumes sur son jean. Que penseraient ce Dylan et Clark à propos d'un paysan Amish venu d'un coin perdu ? Pourraient-ils, Isaac et lui, s'adapter ? Même avec leurs coiffures et vêtements Anglais, les gens pourraient-ils sentir qu'ils étaient différents ?

Aaron s'arrêta devant un feu rouge.

— Il y a autre chose dont je dois vous parler, les gars, et il n'y a aucun autre meilleur moment pour le dire, donc…

Il inspira profondément.

— Vous n'utilisez probablement pas de préservatifs, n'est-ce pas ?

Isaac émit un bruit étranglé qui sortit plus comme un couinement.

La gorge de David fut soudain sèche, et il se racla la gorge.

— Euh… non. Nous sommes tous les deux… nous n'avons jamais… avec personne d'autre.

— C'est vrai, et vous n'allez sûrement pas vous rendre à la pharmacie pour en acheter, dit Aaron alors qu'il accélérait, puis il regarda Isaac. Comment vas-tu ? Tu respires toujours ? Sais-tu ce qu'est un préservatif ?

Isaac réussit à hocher la tête. Sa voix fut tendue quand il parla.

— Mervin m'a dit.

— Donc, en général, les Anglais passent d'un partenaire sexuel à un autre, ou d'une relation à une autre, jusqu'à ce qu'ils s'installent. Si vous avez du sexe non protégé – ce qui veut dire sans préservatif – avec quelqu'un d'autre, vous pouvez attraper des maladies sexuellement transmissibles, y compris le Sida, qui est une maladie qui peut être fatale. C'est une chose que j'ai apprise après mon départ de la maison, et vous devriez aussi. Je n'ai aucune raison de penser que l'un d'entre vous prévoit d'avoir des relations sexuelles avec quelqu'un d'autre, mais si vous le faites, vous devez utiliser un préservatif. Pas de « si, et, ou, mais. »

— Pourquoi le ferions-nous… avec quelqu'un d'autre ? demanda David.

Il essaya de l'imaginer et ne savait pas ce qu'il ressentait. Confus, en majeure partie.

— Nous sommes ensemble.

Il savait ce qu'étaient les préservatifs, mais n'y avait jamais pensé. Il connaissait aussi le sida, mais seulement que c'était quelque chose de mauvais.

— Je sais. Je suis moi-même un traditionaliste, et je ne m'attends certainement pas à ce que vous alliez voir ailleurs ou ayez une relation ouverte. Je…

Aaron laissa échapper un long soupir.

— Je m'y prends probablement de travers.

— Une relation ouverte ? demanda Isaac. Je ne comprends pas.

— C'est quand tu es engagé avec une autre personne, mais que tu peux avoir des relations sexuelles avec d'autres.

David ne pouvait en croire ses oreilles.

— Alors, comment peut-on être engagé ?

Son estomac se noua à l'idée de faire les choses qu'il faisait avec Isaac avec quelqu'un d'autre. À la pensée qu'Isaac soit avec un autre homme… il serra les poings. Non. Ce serait si mal.

— Je vois que ça peut être confus, dit Aaron. C'est pourquoi il est important d'être éduqué. Je veux m'assurer que vous compreniez les risques du sexe, et comment vous protéger. Vous n'êtes pas des enfants, mais je sais que vous n'avez pas appris ces choses-là. Au bar, vous allez rencontrer des hommes qui vont vous draguer, et chercher des coups rapides. D'autres personnes comme vous, engagées dans une relation exclusive. D'autres qui sont ouverts, et d'autres encore qui cherchent que du sexe occasionnel. C'est juste très différent ici de ce à quoi vous êtes habitués.

— Apparemment, marmonna Isaac.

Aaron fit courir une main dans ses cheveux alors qu'il s'arrêtait à un nouveau feu rouge.

— Donc, comme je le disais, je veux juste m'assurer que vous connaissiez les faits. Je ne veux pas que vous tombiez dans une situation inattendue, et que vous ne compreniez pas les risques. Cela a-t-il un sens pour vous ? Je sais que c'est bizarre d'en parler. Mais si jamais vous avez des questions, posez-les-moi s'il vous plaît, d'accord ? Même si vous êtes embarrassés.

— D'accord, dit David, les oreilles rouges.

— Quand je suis venu dans le monde extérieur, tout ce que je savais, c'était les racontars de mes amis.

Aaron grimaça.

— Après avoir attrapé une mauvaise petite maladie à cause d'une fille à une fête, j'ai compris combien c'était important de se protéger.

Isaac se redressa vivement, sa voix soucieuse.

— Tu as été malade ? Tu vas bien ?

— Totalement. Heureusement pour moi, on m'en a débarrassé avec de la pénicilline. Mais j'ai réalisé combien c'était irresponsable. Je ne veux pas que cela vous arrive.

David soupira, soulagé qu'Aaron aille bien. Il pensa à Joshua, et toutes les choses folles qu'il avait faites ; les fêtes Anglaises dans lesquelles il s'était incrusté. Avait-il su à propos des préservatifs ? Finalement, cela n'avait plus aucune importance.

Aaron se mit à rire doucement.

— Tu sais, je n'avais même pas compris comment les bébés étaient faits pendant des années. Je me rappelle avoir écouté Hannah quand elle a parlé à maman de ses règles.

Il sourit.

— Isaac, j'aurais voulu que tu voies ton visage maintenant !

— Tu en parles comme si ce n'était rien ! s'exclama Isaac.

Il s'interrompit et baissa la voix comme si on pouvait l'entendre, même s'ils étaient seuls dans la voiture.

— C'est la chose du mois que les filles ont quand elles, tu sais… *saignent* ? Mervin m'a parlé de ça aussi.

— C'est vrai. Cela fait partie du cycle d'ovulation.

David fronça les sourcils, répétant les mots étranges dans sa tête. Isaac devait sûrement penser la même chose parce qu'il paraissait déconcerté, puis Aaron agita la main.

— Nous regarderons une vidéo qui nous expliquera ça. Je suis sûr qu'il y a quelque chose sur YouTube. Je pense que ce serait bien pour vous d'avoir quelques bases biologiques même si vous n'avez pas à vous soucier de mettre une fille enceinte. Bref, la pauvre Hannah était si confuse quand elle a eu ses règles. Je ne savais même pas de quoi elles parlaient, bien sûr. Maman lui a juste dit que cela arriverait chaque mois, et *halt dich fret fuhn mansleit*.

Il accéléra à nouveau et tourna dans une autre rue.

Tiens-toi loin des hommes. David se demanda ce que Mère avait dit à ses sœurs. Anna s'était plainte comme à son habitude de temps en temps de douleur, mais on ne parlait jamais de choses comme ça ouvertement. Il ne pouvait pas se rappeler comment il l'avait su. Joshua lui en avait sûrement parlé.

Aaron se mit à rire.

— Je ne pouvais pas comprendre ce que maman avait voulu dire. Tiens-toi loin des hommes ? Et qu'en était-il de papa ? Finalement, je l'ai découvert grâce aux chevaux et aux vaches.

Il y eut un silence pendant quelques instants avant qu'Isaac ne parle.

— Je ne comprends toujours pas les relations ouvertes.

Alors qu'Aaron s'arrêtait et stationnait dans une place trop étroite, David y réfléchit. C'était déjà un péché pour deux hommes de coucher ensemble, mais le faire avec plus de deux personnes ? La jalousie le brûla alors qu'il imaginait Isaac embrassant quelqu'un d'autre, lui tenant la main.

Cela aurait été une torture s'ils étaient restés à Zebulon pour Isaac avec sa femme, surtout si cela avait été Mary. Mais au moins, David savait que son amant ne ressentait pas la même chose pour elle. David aurait pris une épouse aussi… peut-être Grace. Il essaya d'imaginer dormir dans le même lit qu'elle. La toucher et partager avec elle les mêmes choses qu'il faisait avec Isaac, mais c'était impensable.

Aaron éteignit le moteur et se tourna dans son siège afin de leur faire face.

— Bon, alors quelques couples conviennent entre eux qu'ils peuvent aller voir d'autres personnes, parfois. Il y a des règles, et c'est juste du sexe avec les autres.

Isaac cilla.

— Alors, Jen et toi, vous…

— Non ! s'exclama Aaron en secouant la tête, et riant. Pas question. Ce ne serait jamais le cas pour nous.

Il haussa les épaules.

— J'admets que je regarde les jolies femmes dans les rues, parfois. C'est humain, je dirais. Mais Jen est la seule que je veux.

David prit une profonde inspiration pour dire qu'il ne voulait personne à part Isaac, mais il hésita alors que son amant restait silencieux. Il aurait voulu voir son visage. Il était sûr qu'Isaac ressentait la même chose… n'est-ce pas ? Ou était-ce l'une des choses du monde extérieur qu'il voulait explorer ? Il allait déjà à l'école et se faisait de nouveaux amis. Qu'est-ce qui changerait encore ?

Peut-être qu'il va rencontrer quelqu'un qu'il aimera plus et qu'il ne voudra plus de moi, après tout. Pourquoi ne dit-il rien ? Peut-être que...

— Je ne veux être avec personne d'autre que David, dit calmement Isaac.

La tension qui montait dans la poitrine de David se relâcha.

— Moi non plus. Je ne veux que toi.

Isaac se tourna dans son siège, souriant.

— Pendant une seconde, j'ai eu peur que tu y penses vraiment.

David se mit à rire.

— Même pas un peu. J'ai eu peur que tu le fasses.

Les joues d'Aaron gonflèrent alors qu'il laissait échapper un long souffle.

— D'accord. Content que nous ayons mis les choses au point.

Puis il sourit.

— Allons nous amuser ! Le Beacon nous attend !

CHAPITRE Neuf

— VEUX-TU UNE bière ? demanda Dylan, tenant une carafe et un verre.

David hocha la tête, se rappelant de respirer. Il avait l'impression que tous les yeux étaient sur Isaac et lui, cependant, quand il osa jeter un coup d'œil au bar, personne ne semblait regarder dans leur direction.

Tous les cinq étaient assis à une table en bois sombre au milieu de la salle. Comme promis, il y avait un espace au fond, que David supposait être pour la danse – vide pour le moment – et beaucoup de grandes tables vertes sur le côté. Il était pratiquement sûr que les Anglais les appelaient tables de billard, avec d'autres petites tables pour s'asseoir dispersées entre elles.

Les tabourets tout au long du bar étaient occupés, et il régnait un léger brouhaha dans l'air, ainsi que de la musique avec des paroles qu'il ne put comprendre. Personne ne semblait écouter, même si c'était bruyant.

Il jeta un autre regard aux photos encadrées sur le mur le plus proche, stupéfait de voir deux hommes s'embrasser. L'art était définitivement ce qui rendait le Beacon différent des autres qu'il avait vus dans les films. Des photographies encadrées d'hommes à demi nus – et parfois même complètement nus. Des hommes qui se touchaient. Il y avait quelques femmes aussi, leurs poitrines nues alors qu'elles s'embrassaient.

Regardant les photos, le visage de David devint rouge, ce qui était idiot, compte tenu des choses qu'Isaac et lui avaient faites. Les choses qu'ils s'étaient dites, et les obscénités Anglaises qu'ils utilisaient.

— Tu as de la…, dit Isaac en indiquant le visage de David.

Celui-ci baissa la tête, s'essuyant la bouche de la main. C'était la mousse blanche qui se trouvait au-dessus de sa bière. *Essaie de ne pas avoir l'air complètement stupide.* Aaron discutait avec Clark et Dylan, et ils ne semblaient pas l'avoir remarqué, au moins. Il regarda à nouveau son amant avec un sourcil haussé pour demander s'il l'avait enlevé.

Isaac hocha la tête. Sa jambe bougeait rapidement, son genou rebondissant. Il sirota son verre de cola avec une paille, et jeta un coup d'œil autour de lui.

— Qu'en penses-tu ?

Bien sûr, l'autre chose qui différenciait le Beacon, mis à part la pornographie, c'était les gens. Comme Aaron l'avait dit, la plus grande partie était des hommes, mais il y avait quelques femmes également. Ce n'était pas comme si tout le monde s'embrassait ou se caressait, mais il y avait quelque chose dans la manière dont ils se tenaient proches, ou se penchaient l'un vers l'autre ou inclinaient la tête. Un effleurement de mains ; un petit coup de coude affectueux. C'était si détendu. Si *facile.*

David prit une autre gorgée de bière, s'assurant de s'essuyer la bouche après.

— C'est bien. Différent.

— Ouais, dit Isaac, se penchant vers lui. Peux-tu imaginer ce qu'ils en penseraient à la maison ?

Déglutissant la bile qui lui remontait dans la gorge, David secoua la tête. Alors qu'il jetait un coup d'œil autour de lui, son souffle se bloqua. Isaac suivit son regard, ses yeux écarquillés. Deux hommes à l'autre bout de la salle s'embrassaient. L'un d'eux était appuyé contre une table de billard, et ils tenaient tous les deux de longs bâtons en bois. Ils riaient à propos de quelque chose, entrecoupé de doux baisers.

Nous ne sommes vraiment pas les seuls.

La gorge de David se serra, et pendant un moment, il pensa qu'il allait pleurer, là, au milieu d'un bar. Il avait vu un couple gay dans le film à Sky-Vu, et bien entendu les hommes dans le magazine secret qu'il avait acheté. Il y avait aussi les deux hommes qui s'étaient tenus la main dans la rue, et Aaron et Jen leur avaient dit, encore et encore, que c'était normal. Qu'il y avait des millions de gens gays.

Mais là, dans ce bar, entouré par au moins une *centaine* d'autres personnes comme lui, David réalisa que c'était *vraiment* vrai.

— Penses-tu qu'un jour, nous nous habituerons à ça ?

Isaac détourna les yeux des hommes près de la table de billard.

— Un jour, je suppose.

Un homme qui passait par là laissa son regard s'attarder sur Isaac, qui portait un des tee-shirts moulants avec de longues manches… un Henley, comme l'avait appelé Aaron. Le vert sombre mettait en valeur ses yeux et ses cheveux châtains, qui étaient redressés un peu sur son front avec le gel. Même assis, le jean sombre d'Isaac montrait ses cuisses minces. Ses baskets bleu marine étaient en une matière qu'ils appelaient « daim », c'était doux et duveteux.

Lançant un regard noir à l'homme, qui fixait déjà quelqu'un d'autre, David posa sa paume sur le genou rebondissant d'Isaac.

— Qu'en penses-tu ? Tu aimes cet endroit ?

Isaac s'arrêta de bouger, et il hocha la tête.

— C'est tellement agréable de voir d'autres personnes comme nous.

Timidement, il couvrit la main de David avec la sienne.

— Ohhhh ! D'accord, alors vous êtes trop *adorables*, tous les deux, et nous voulons tout entendre sur vos aventures dans la grande ville, dit Clark, tournant son regard intense et envieux sur eux.

Isaac retira sa main, et David reprit sa bière. Il essaya de penser à quelque chose à dire, mais il ne trouva rien.

— Euh…

Clark était grand et mince, avec quelques vagues de cheveux sombres qui semblaient durs au toucher. Sa peau était pâle, et David était presque sûr qu'il pouvait voir ses tétons à travers son tee-shirt gris à manches courtes, qui était fait d'un quelconque matériau brillant. David ne savait pas quel âge il avait, puisque son visage était lisse, bien qu'il ait des lignes autour de sa bouche.

— Clark, ne les étouffe pas, dit Dylan en claquant la langue. Calme-toi, mon vieux.

Dylan avait une peau très sombre, et ses cheveux étaient noués en une douzaine de petites tresses. Il portait un jean et un tee-shirt simple – rien de chic comme Clark – bien que le tissu collait à ses muscles épais. Il avait l'air d'avoir la trentaine, mais encore une fois, David n'en était pas certain. À Zebulon, il avait su l'âge de tout le monde, et personne ne portait de maquillage… encore moins des *hommes*. Dylan ne semblait pas en porter, mais les lèvres de Clark étaient anormalement brillantes.

— Je ne les étouffe pas ! s'exclama Clark en inclinant la tête. Est-ce que je vous étouffe ?

— Il y a beaucoup de choses auxquelles ils ont dû s'adapter, ces deux dernières semaines, leur rappela Aaron.

Puis il se tourna vers David et Isaac tandis qu'il ajoutait.

— Clark s'excite facilement parfois.

— Ce n'est pas grave, sourit Isaac. Euh… c'est très gentil à vous de nous avoir invités.

Clark agita la main, tournant son poignet.

— Bien sûr ! Nous devons accueillir comme il se doit nos nouveaux gays. En plus, tu es le frère d'Aaron, et tu es le petit ami du frère d'Aaron.

Puis il haussa un sourcil.

— Oui ? Des petits amis ?

— Oui, répondirent-ils à l'unisson.

— Nous n'avons pas de relation ouverte si c'est ce que vous demandez, ajouta Isaac.

— Bien noté, répondit Clark avec un petit gloussement.

Dylan leva la carafe en direction de David.

— Encore ?

Il fut surpris de voir que son verre était vide.

— Il ne reste presque plus rien, cependant.

Il ne voulait pas être gourmand.

Mais Dylan le servait déjà.

— Il y en a en réserve.

— Ce que tu es poli ! dit Clark, souriant à David.

Puis il grimaça.

— Et je promets d'arrêter de te traiter comme une expérience anthropologique et exotique maintenant. Ma faute.

— L'anthropologie est l'étude des autres cultures, expliqua Aaron.

— Ma faute, encore, dit Clark en se penchant vers eux. D'accord, je dis juste que vous avez de petits accents mignons !

— Accents ? demanda Isaac.

— Ouais, mais c'est dur à placer. C'est parce que vous parliez l'allemand, n'est-ce pas ? demanda Dylan.

Clark intervint.

— Je pensais que c'était le néerlandais ?

— C'était de l'allemand, répondirent Isaac, David et Aaron à l'unisson.

Tout le monde se mit à rire, et Clark leva les mains, les bracelets sur ses poignets cliquetants.

— C'est ma faute, trois fois. Je suppose qu'on vous l'a fait souvent, hein ?

— Tout ce néerlandais de Pennsylvanie est confus pour certaines personnes, dit Aaron. C'est un dialecte unique d'Allemand. Je n'avais pas réalisé que j'avais un accent au début non plus. Je pense qu'il est parti maintenant. La chose qui est vraiment dure, c'est le dialecte Anglais dont nous n'avons jamais entendu parler en grandissant. Dans le monde extérieur, c'est différent.

Dylan hocha la tête.

— Je comprends. Demandez-nous juste si vous ne comprenez pas du tout, d'accord ?

— En parlant d'accents, combien de bières as-tu bues ? demanda Clark, dirigeant ses yeux intenses vers lui. Ta voix traînante du Texas ne ressort habituellement qu'après minuit.

— Que puis-je dire ? Cela a été une longue semaine, et j'ai dû commencer plus tôt ce soir.

Il leva la main alors qu'un serveur passait et indiqua la carafe vide.

— Isaac, Aaron nous a dit que tu as commencé des études dans l'une de ces écoles parallèles, cette semaine. Comment ça se passe ? demanda-t-il.

— C'est génial jusqu'ici. Les professeurs sont vraiment gentils, et personne ne s'est moqué de moi. Pas encore, en tout cas. Mais c'est effrayant de réaliser combien de choses je dois apprendre. Toute cette histoire que je ne connaissais pas. Les guerres, et comment les gens avaient l'habitude d'être différents. Je n'ai jamais réalisé à quel point on nous gardait dans l'ignorance à la maison.

— Ils ont vraiment de petites classes et la plupart des étudiants sont âgés, pas vrai ? demanda Clark. Des horaires souples et ce genre de choses ?

— Oui. Quelques-uns d'entre nous sont des jeunes – je veux dire adolescents –, mais il y a beaucoup de personnes dans la vingtaine. L'école fonctionne différemment d'un lycée normal. Du moins, c'est ce qu'ils me disent. Nous venons pour avoir des cours et retrouver des professeurs par petits groupes. C'est apparemment très flexible.

— L'enfant de mon collègue de travail va dans l'une de ces écoles parce qu'il ne peut pas rester dans un lycée normal. Il a un TDAH, mais qui n'en a pas aujourd'hui ? dit Clark.

David pensa au Sida et se demanda si c'était similaire.

— Est-ce sérieux ?

Clark leva les yeux au ciel.

— Nan, ça veut juste dire que le petit con ne peut pas rester assis toute la journée, et qu'il a l'attention d'un poisson rouge.

— *Clark*, dit Aaron en lui lançant un regard noir. Tu sais que c'est un vrai problème pour certaines personnes.

— Je sais, je sais. Mais tout est sujet à un trouble ou un syndrome quelconque, de nos jours. Comme le TAD. Les gars, c'est le Trouble Affectif Saisonnier, alias l'hiver craint. Je veux dire, allez ! En hiver, les journées sont courtes et froides, et c'est déprimant comparé à l'été. Mais ce n'est pas un *trouble* !

— Je suis assez d'accord avec lui à ce sujet, ajouta Dylan. Tout le monde est plus heureux avec un peu plus de soleil.

— Vous n'avez pas tort, dit Aaron en prenant la carafe et servant les verres. Bien que ceux qui habitent la Californie ne devraient pas se plaindre de l'hiver. Bien entendu, il fait étonnement froid ici à San Francisco, mais ce n'est rien comparé à la neige et à la glace qu'il y a dans l'Est.

— Il fait étonnement froid ici en *août* ! dit Clark en sirotant sa bière. C'est pourquoi ils ont fait de cette ville un endroit si fabuleux, sinon personne ne vivrait ici. Êtes-vous du Minnesota, les garçons ?

David hocha la tête.

— Il y fait très froid.

Pfff. Ils le savaient déjà.

— Plus froid qu'en Ohio, ajouta Isaac.

Il frissonna.

— Il est clair que les dépendances ne me manqueront pas.

— Waouh… vous utilisez des dépendances ? Sérieusement ? siffla Dylan. C'est dur. Et en hiver en plus ? Aïe !

Clark posa sa main sur sa gorge. Ses ongles vernis de couleur noire brillèrent.

— Je ne peux tout simplement pas l'imaginer ! Et je ne le veux pas. Pauvres de vous.

David repensa à la manière dont la porte des dépendances gelait durant les mois les plus froids, et se demanda qui balayait le chemin depuis la maison. Pendant ce temps, il était là, dans un bar Anglais – un bar *gay* – entouré de chaleur et du bavardage d'une centaine de personnes. Il faisait trop chaud pour porter sa veste… une veste qui était bien plus légère que n'importe quel vêtement qu'il avait porté à Zebulon.

— Parfois, j'ai l'impression que tout ça n'est qu'un rêve.

Cela prit un moment à David pour réaliser qu'il avait parlé à haute voix. Il baissa les yeux sur sa bière, conscient de tous les yeux posés sur lui.

— C'est idiot.

Je devrais juste la fermer et ne pas parler.

Isaac lui frôla le bras.

— Je ressens la même chose.

— Ce n'est pas idiot du tout, dit Dylan. Je viens de Nulle part, au Texas. Quand je suis arrivé ici, c'était un tout autre monde. C'est un cliché, mais c'est vrai. Ma petite ville aurait tout aussi bien pu être sur la lune. C'est ce qui est super à propos d'une ville. Vous pouvez venir ici et tout recommencer. Tout le monde à cette table l'a fait.

David jeta un coup d'œil autour de lui.

— Je suppose que c'est vrai.

Il se fit une note de chercher la signification du mot *Cliché*.

— Aaron dit que tu es menuisier, dit Clark en posant un doigt sur son menton. Tu sais, j'ai besoin d'une nouvelle table pour dîner. J'ai cherché dans une centaine de boutiques, et j'ai simplement abandonné. Peut-être que tu pourrais m'en faire une sur mesure.

— Bien sûr !

Une sensation d'excitation noua l'estomac de David.

— Je ne sais pas si vous allez aimer mon style, ou ce que vous cherchez, mais…

— Ils peuvent le voir dès maintenant, dit Aaron en tirant son téléphone et en tapotant sur le clavier. Il a déjà un site. Attendez de voir ses pièces. Magnifiques !

Tandis que Clark et Dylan se penchaient pour regarder l'écran, le cœur de David battit plus vite. Isaac lui adressa un sourire encourageant. *Ils vont adorer*, articula-t-il.

Vraiment ? Même s'il avait utilisé des outils Anglais chez June, il n'avait pas les machines sophistiquées qu'une entreprise de menuiserie aurait. Ses designs étaient simples, et fonctionnels, sûrement pas assez chics. Ses clients Anglais semblaient les adorer, mais peut-être qu'ils ne seraient pas assez bien pour San Francisco.

— Très élégant ! s'exclama Clark. Oh, mon Dieu, j'adore cette chaise ! Dylan, tu vois ça ?

Celui-ci sourit à David.

— Waouh, mec ! C'est impressionnant.

— Merci, dit David en essayant de ne pas paraître trop fier.

— Tiens-moi au courant dès que tu t'installes, parce que je t'engage ! Tu fais tout ça à la main ? demanda Clark. Isaac, tu es un garçon chanceux ! Ton homme a des doigts de fées !

Rougissant, David ne put s'empêcher de rire. Isaac baissa la tête.

— Désolé… je fais plein d'insinuations, dit Clark, bien qu'il ne semble pas du tout désolé.

Aaron se mit à rire.

— Vous allez vous y habituer. Clark… est une force de la nature !

— C'est vrai !

Clark prit une expression déterminée.

— Auxiliaire juridique la journée, et pourvoyeur de paillettes la nuit ! Soixante-dix kilos de pure merveille !

— Soixante et combien ? marmonna Dylan dans sa barbe.

— Oh la ferme ! Très bien, soixante-onze kilos.

— Les maths n'ont jamais été son fort, murmura bruyamment Aaron.

— Que faites-vous ? Un auxi… ? demanda Isaac.

— Un auxiliaire juridique, répondit Clark. Es-tu prêt à t'ennuyer ferme ? Mais c'est plus intéressant que ce que fait Dylan. Il travaille dans la technologie… bien sûr, c'est San Francisco, après tout. Il créé des codes toute la journée. Mais son bureau a un tremplin, je le reconnais.

Pendant que Clark et Dylan parlaient de leurs jobs, David se perdit dans ses pensées. Il n'avait pas pensé à ce sujet de toute la journée avec Isaac à ses côtés, mais maintenant qu'il le faisait, l'anxiété était de retour. De la sueur humidifia sa nuque. Trouver un atelier abordable était juste le commencement. Où trouverait-il le bois ? Comment fonctionnerait la livraison une fois qu'il aurait terminé ses meubles ?

June s'était occupée de cet aspect des choses, et il ne voulait pas la déranger. Il reconnaissait qu'il ne voulait toujours pas l'appeler parce qu'il ne souhaitait pas savoir ce que Mère avait dit. Cela prendrait des mois avant que l'avocat de l'Ohio ne réussisse à avoir leurs certificats de naissance, et David ne savait pas quand il pourrait obtenir son permis de conduire. Devrait-il aller dans les magasins de bois Anglais ? Non pas qu'il ait une voiture, de toute manière. Quand il s'imaginait conduire dans les rues enchevêtrées de la ville ou sur l'autoroute, là où les véhicules *volaient* pratiquement, son estomac se nouait.

— Ça va ? murmura Isaac.

Prenant une profonde inspiration, David hocha la tête et avala sa bière. Les autres parlaient de quelque chose qu'il ne comprenait pas.

Isaac fronça les sourcils.

— Tu en es sûr ?

Il voulait parler de toutes ses inquiétudes, mais quel bien cela aurait-il fait ? Isaac en avait déjà bien assez avec ses premiers jours d'école… il n'avait pas besoin de se soucier de David également.

Il sourit.

— Je suis sûr.

Alors que la conversation se calmait à la table, Isaac agita la main entre Dylan et Clark.

— Alors, vous êtes…

Ils se mirent à rire tous les deux de bon cœur, et Clark secoua la tête.

— Retournons en arrière pendant une seconde. Voyons voir… j'étais en deuxième – étudiant en deuxième année – à l'université de San Francisco, et Dylan était un jeune diplômé et tout nouveau, sortant du bus. Avec de grands yeux et tout vulnérable.

Il pinça la joue de Dylan en disant cela.

Celui-ci éloigna la main de Clark avec un rire.

— Oui, et j'ai pris mon courage à deux mains, et je suis allé à l'Angel Dust, un club gay qui existait depuis que le nom représentait quelque chose.

David ne savait pas ce que ça voulait dire, mais il ne l'interrompit pas pour demander.

Clark intervint.

— Et là, il a rencontré le sien, un ange tombé du ciel pour être son guide dans la ville et le monde du merveilleux !

Il posa une main sur un côté de la bouche et siffla.

— Il portait en fait une chemise en flanelle pour aller danser !

— Comme vous pouvez le voir, mes choix de vêtements se sont améliorés, dit Dylan. Aaron, bon travail vestimentaire en ce qui concerne nos nouveaux amis ici présents. Vous déchirez, les gars.

— Vraiment ? demanda Isaac avec espoir.

— Absolument ! dit Clark en dessinant un cercle dans l'air avec son doigt. Ça vous va à merveille !

David ne savait pas s'il devait sourire ou courir aux toilettes pour se voir dans le miroir. Il s'agita sur sa chaise, mal à l'aise. Il portait un boxer caleçon ce soir, et il les aimait plus que les slips. Il prit une autre gorgée de sa bière froide, remarquant que sa tête bourdonnait agréablement.

— Bref, revenons à moi. Et à Dylan, je suppose, dit Clark en agitant son poignet. Donc, pendant quelques jours, nous sommes allés partout, et avons tout fait. Le sexe était bon, mais ensuite, nous nous sommes réveillés un jour, et avons réalisé que nous n'étions que des amis.

— Et le reste, c'est de l'histoire ancienne, ajouta Dylan. Jen et lui étaient amis déjà lors du camp catholique, et quand elle venue ici pour son internat, nous nous sommes tout de suite entendus.

David dévisagea Clark.

— Vous êtes allé à un camp religieux ?

— Bien sûr !

Clark tira un tube de sa poche et le passa sur ses lèvres, les pinçant bruyamment.

— Quoi ? Je n'ai pas l'air de quelqu'un qui est allé dans un cercle de prière et des camps de Jésus ? Disons juste que les Adventistes du Septième Jour et moi nous sommes séparés dès que j'ai pu partir de Stockton.

Il frissonna.

— Pfff, Californie Centrale.

— Il voit toujours sa famille, cependant, dit Dylan. Ils sont très ouverts, tout compte fait.

Clark ricana.

— Comme s'ils avaient eu le choix ! Qu'allait-il faire ? Me renier ?

Une soudaine tension emplit l'air, et David avala le reste de sa bière.

Clark inspira brusquement, tendant sa main pour agripper celle d'Aaron.

— Désolé !

En un clin d'œil, tout son dynamisme semblait s'être évaporé, et ses épaules s'affaissèrent.

— Je n'ai pas réfléchi.

— Ce n'est pas grave, dit Aaron en tapotant la main de Clark. Ne t'inquiète pas.

— Moi qui ne réfléchis jamais ? dit Clark en s'adressant à David et Isaac. C'est une chose qui m'arrive parfois ! D'accord, ça m'arrive tout le temps. Alors, s'il vous plaît, je ne veux pas vous offenser. Vous devez être assez stressés à propos de votre famille et de votre départ.

Isaac sourit tristement.

— Ouais. Nous espérons qu'ils nous écrivent.

— Savent-ils que vous êtes gays ? demanda Dylan, prenant la carafe pour verser plus de bière pour tout le monde, mis à part Isaac.

David garda son regard rivé sur ses mains.

— Non. S'ils le découvrent, ils ne l'accepteront jamais.

Il haussa les épaules.

— Ils ne le peuvent pas.

Clark soupira.

— Eh bien, c'est déprimant. Désolé, les gars… c'est moi qui ai amené ce sujet sur la table.

Il se redressa et secoua la tête.

— Assez, parce que c'est votre première fois dans un bar gay, et ce ne serait pas déprimant si j'ai mon mot à dire. Hey, est-ce que Jennifer va se sortir la tête de sa blouse pour une fois, et nous rejoindre ? demanda-t-il à Aaron.

Ce dernier sortit son téléphone de sa poche.

— Son dernier message dit qu'elle sera là à 22 h 30.

Dylan se mit à rire.

— Donc, ça veut dire qu'elle passera peut-être avant la fermeture du bar. Elle est dévouée, et c'est pour cette raison qu'on l'aime.

— Une des nombreuses raisons ! s'exclama Clark. Elle était la meilleure amie dont un gay pouvait rêver ! Cette fille rendait ces étés catholiques supportables, et c'était un véritable exploit !

Puis il adressa à Aaron un regard taquin.

— Je me rappelle du jour où elle a ramené celui-là. C'était encore un bébé, mais nous savions que c'était l'homme de ses rêves. Quand elle réussissait à accorder à un mec pas plus de cinq minutes de son temps, ils étaient tous en quelque sorte des hommes qui n'avaient rien dans le pantalon ! Mais Aaron était l'homme parfait.

— Que veut dire « qui n'avaient rien dans le pantalon » ? demanda Isaac.

Souriant, Aaron, Dylan et Clark échangèrent un regard.

— Bonne question, et nous allons te donner toutes les réponses. Même celles que tu ne veux pas entendre parce que nous allons aussi parler de vagins, dit Clark.

Il fit mine de relever ses manches même s'il n'en portait pas.

— Bon, commençons. Alors, il y a des hommes qui en ont dans le pantalon, et d'autres non ! Il y a même des femmes qui en ont dans le pantalon. Une seconde ! Vous ne savez sûrement pas ce qu'il y a dans le pantalon d'une femme…

Aaron se mit à rire.

— C'est drôle que tu en parles, parce que nous parlions des règles un peu plus tôt dans la voiture.

— Waouh ! Alors, nous allons probablement commencer par le commencement ! *Beep, beep, beep !* lança Clark vers un serveur. Plus de bière !

David se retrouva en train de rire, puis grimacer, et rire encore. Et quand il prit une profonde inspiration et passa son bras autour des épaules d'Isaac, personne ne cilla.

CHAPITRE Dix

— IL EST temps que cette vieille femme aille au lit, dit Jen en bâillant largement.

Elle s'étira sur l'un des canapés, ses pieds sur les genoux d'Aaron. Elle le tapota de ses orteils.

— Ouais. Je dois retourner au travail demain. Nous n'avons pas tous des congés, dit son mari en lui chatouillant la plante du pied.

— Je sais… je suis une vraie paresseuse. Je vais penser à tous tes sacrifices la prochaine fois que je serais jusqu'au cou dans les intestins d'un quelconque gars, et que je travaillerais de nuit.

— Tu n'étais à l'hôpital que treize heures aujourd'hui, dit Aaron en levant les yeux au ciel. Ce que tu peux être une drama queen avec tes « je sauve des vies ».

David sourit alors qu'il les regardait se mettre debout. Isaac et lui se trouvaient dans l'autre côté du canapé, se tenant proches, mais sans se toucher. Du bruit résonnait à travers la pièce, venant de la télévision, une chanson rapide qui se jouait tandis que le générique passait à l'écran. Il tournait à chaque fois la tête, certain qu'une porte s'ouvrait derrière eux. Mais bien entendu, c'était les haut-parleurs qui se trouvaient sur les murs et le plafond qui lui donnaient cette impression.

Jen mit ses pantoufles.

— Vous savez comment ça marche, les gars, n'est-ce pas ? Il y aura un autre film après celui-ci, ou vous pouvez changer les chaînes pour trouver autre chose. Et nous avons beaucoup de Blu-rays et des DVD dans l'armoire. Tout ce que vous voulez.

Le téléphone sonna, et elle fronça les sourcils, vérifiant son portable sur la table basse.

— L'hôpital m'aurait appelé sur mon téléphone.

Le téléphone fixe se trouvait sur la table également, et elle regarda le petit écran avant de décrocher. Elle fut silencieuse pendant un moment.

— Oh salut ! Oui… je suis la femme d'Aaron. Est-ce que tout va bien ? Il doit être minuit là-bas.

Ses yeux croisèrent ensuite ceux de David.

— Il est là. Un instant.

Le cœur de David s'arrêta.

— Qui est-ce ? demanda-t-il.

Jen couvrit le téléphone de sa main.

— Ton amie June.

Pendant un moment, il fut terriblement tenté de lui demander de prendre un message, ce qui était ridicule. Il aurait dû être excité de parler à June. *Qu'est-ce qui ne va pas avec moi ?* Il tendit sa main, conscient que la télévision devenait silencieuse. Isaac se pencha vers lui, le regardant avec inquiétude.

David porta le téléphone à son oreille.

— Allô ?

La voix de June était si claire qu'elle aurait pu être assise juste à côté de lui.

— Salut, David ! Mon Dieu, qu'il est bon d'entendre ta voix ! Est-ce qu'il est tard chez vous ?

— Non. Quelque chose ne va pas ? Il est un peu tard pour toi.

Il regarda Aaron et Jen, qui se tenaient près de la télévision, attendant.

— Tout va bien. Je ne pouvais pas dormir, et j'ai pensé que je pouvais t'appeler. Je suis désolée de t'avoir inquiété.

Il expira brusquement.

— D'accord, je suis heureux de l'entendre, dit-il en souriant aux autres.

Jen et Aaron agitèrent leurs mains en leur souhaitant une bonne nuit, et Isaac se redressa également, appuyant sur le bouton rouge de la télécommande. La télévision s'éteignit.

— J'ai juste besoin… une seconde, s'il te plaît, dit David à June.

Puis il se tourna vers Isaac.

— Tu n'es pas obligé de partir, murmura-t-il.

— Ce n'est rien. Prends ton temps. Passe-lui le bonsoir, dit Isaac, en se penchant vers lui et en déposant un baiser sur sa joue avant de disparaître à l'étage.

— Allô ? dit David en reportant le téléphone à son oreille. Tu es toujours là ?

— Bien sûr, mon chou. Salue Isaac de ma part.

— Je le ferai.

David s'adossa contre les coussins. Il ne savait pas quoi dire.

— Comment ça se passe ? demanda June.

— Tout se passe bien. Merci.

Elle ricana.

— À qui crois-tu parler ? Allez, dis-moi ce qui se passe. J'ai été très patiente, mais il est temps pour toi de cracher le morceau. Comment va Isaac ?

Il sourit faiblement. La bonne vieille June.

— Isaac va bien. Il va déjà à l'école, et il est heureux d'être avec son frère. Aaron et sa femme sont très accueillants. Ils ont tant fait pour nous.

— Contente de l'entendre. Et qu'en est-il de toi ? Ça doit être sur-réaliste d'être dans une grande ville.

Surréaliste.

— C'est le bon mot. Ça… fait beaucoup.

Il s'arrêta avant de poursuivre.

— Je pensais que je serais mieux préparé que ça. C'est plus différent que ce à quoi je m'attendais, être là dans une grande ville et vivre dans une maison Anglaise. L'odeur du bois brûlant me manque, mais il fait si chaud à l'étage, la nuit.

— Comment est le temps ? Tu rates beaucoup de neige ici.

— Il fait plus chaud ici. Il peut faire froid, surtout quand il y a du vent, mais pas le froid qu'on avait là-bas. Pas de neige ou quoi que ce soit.

— Je parie que ça ne te manque pas.

Quand sa gorge se serra soudain, il haleta, et à ce moment-là, il mourrait d'envie d'être près de sa famille.

— Les as-tu vues ?

La question était à peine un murmure.

— Oui. J'ai pris ton argent du compte comme tu me l'as demandé et l'ai donné à ta mère. Je peux dire qu'elle ne voulait pas le prendre, mais qu'elle n'avait apparemment pas le choix.

Il ferma les yeux, serrant le téléphone contre son oreille.

— Comment va-t-elle ?

June soupira.

— Elle est triste, David. Triste et en colère. Pas qu'elle me l'ait dit. J'aurais voulu te dire qu'elle comprend, mais ce n'est pas le cas. C'était une rencontre assez intense. Mary et Anna étaient là aussi. Mary n'a pas l'air de beaucoup dormir. Aucune d'entre elles. Bien sûr, ta mère voulait savoir d'où venait l'argent, et comment j'y étais impliquée.

— Qu'as-tu dit ?

Il se pencha en avant, posant ses coudes sur ses genoux, et regardant le sol pâle entre ses pieds nus.

— Eh bien, j'ai pensé que la vérité était la meilleure chose à dire. J'espère que j'ai fait le bon choix. Je suis désolée si ça ne l'était pas.

David haleta alors qu'un frisson le traversait.

— Tu lui as parlé de notre travail ? À propos de… tout ?

— Du travail, oui. Mais pas le fait que tu allais au drive-in. Mais elle sait que tu as utilisé l'électricité et tout le reste à la maison. J'ai essayé d'expliquer que tu voulais seulement mieux les aider.

Maintenant, Mère savait qu'il lui avait menti. Pas seulement pendant des mois, mais pendant plus de deux ans. Il trembla, imaginant son visage et se demandant si elle avait montré une émotion devant June. Elle s'était probablement figée.

— Elle ne comprendra jamais…

— Peut-être pas, surtout après la manière dont tu es parti. Je ne dis pas que c'est mal, parce que je pense que tu devais y aller. Mais c'était un total choc pour tes sœurs et elle. Tu as bien caché tes vrais sentiments, David. J'espère que savoir que ce n'était pas sur un coup de tête va les réconforter. Éventuellement, peut-être. Savoir que ce n'était pas une envie passagère, mais que tu allais vraiment t'éloigner de la vie simple pendant un certain temps.

Il déglutit difficilement. Il n'y avait aucun réconfort à savoir cela. Le seul réconfort serait qu'il retourne là-bas, rejoigne l'église, se marie, et vive une belle vie Amish. Il n'y avait aucun entre-deux.

— Peut-être. Penses-tu que l'argent leur suffirait ? Ont-elles de la nourriture ?

— Bien sûr qu'elles en ont. Mon chéri, elles vont bien. Monsieur Helmuth est passé, pensant que j'étais là-bas, et il m'a accompagnée dehors. Il m'a demandé si je te parlais, et il veut que tu saches qu'il va prendre soin d'elles. À mon avis, je pense qu'il est heureux de l'opportunité qui s'est présentée, et il semble être un bon parti.

— Oui, répondit David en inspirant et expirant profondément. Je dois toujours leur envoyer plus d'argent. Et si quelque chose arrive à Eli ? Il en va de ma responsabilité. Quand Père est mort…

— Quand ton père est mort, tu avais dix-neuf ans. Trop jeune pour tout assumer. David, tu as dû endosser ce fardeau pendant longtemps. Détends-toi. Tu mérites la chance de trouver ta propre voie. De vivre ta propre vie. Je ne dis pas que ta famille n'est pas bouleversée, parce qu'elle l'est. Mais elles ne vont pas mourir de faim, d'accord ?

Il hocha la tête.

— *D'accord ?*

— Oh ! Oui. J'ai oublié que tu ne pouvais pas me voir, dit-il en ayant un rire tremblant. C'est idiot, hein ?

— Pas même un peu, mon chou. Hey, une fois que tu sauras te servir du net, nous allons parler via skype, et tu pourras me voir dans toute ma gloire !

— C'est comme parler en vidéo ?

Mon chéri. Mon chou. Il savait que c'était juste des mots, et que sa mère l'aimait, mais la manière dont June lui parlait le faisait se sentir en sécurité et le réchauffait de l'intérieur.

— C'est ça ! Ma sœur Deb me l'a appris. C'est facile. Si je peux le faire, tu le pourras aussi.

— Ce serait génial de te voir à nouveau, dit-il tandis qu'une vague d'affection l'envahissait. Je ne sais pas comment te remercier pour tout ce que tu as fait.

— Je n'ai rien fait, et c'est à ça que servent les amis. En fait, puisque le compte en banque que tu as est celui que nous avons en commun, tu devrais ouvrir le tien également.

— D'accord.

— Maintenant, je ne veux pas te harceler parce que je sais que tu es passé par une dure transition, mais quand tu seras prêt, j'ai eu une douzaine d'emails de clients qui veulent des meubles. Le site a encore énormément de succès. Après l'accident du chariot, j'ai mis une note pour les informer qu'il y avait une urgence familiale et que le business était en stand-by. En attente, je veux dire. J'ai reçu beaucoup d'autres emails inquiets après ça.

— Les clients étaient inquiets ? C'est très gentil de leur part. Je cherche un atelier ici.

— Super ! J'aimerais leur dire que tu seras de retour bientôt. Je ne savais pas si tu voulais te charger des clients et leur faire la livraison toi-même. Maintenant que tu es dans une grande ville, tu n'as probablement plus besoin de moi…

David se redressa.

— Tu veux dire que tu voudrais m'aider ?

— Bien sûr ! Ça m'évitera toutes sortes d'ennuis que d'avoir quelque chose à faire.

Il cligna des yeux rapidement. Peut-être que ce ne serait pas si dur à gérer si June l'aidait toujours.

— D'accord. Si tu pouvais continuer à te charger des clients, alors, je ferais les meubles, et essaierais de comprendre comment les livraisons fonctionnent ici. Nous nous partagerons les bénéfices.

— Je ne le pense pas.

David s'affaissa contre le canapé.

— Je comprends, murmura-t-il.

— Pas si vite, jeune homme ! Bien sûr que tu peux travailler de là-bas comme tu le faisais ici, mais nous ne nous partagerons pas les bénéfices. J'achetais du matériel, tu te rappelles ? Tu dois t'en charger toi-même dorénavant, et de la livraison aussi. Mais je vais entretenir le site, communiquer avec les clients, et faire les factures. Je vais prendre dix pour cent, et pas un centime de plus.

— Mais…

— Pas de mais ! C'est équitable. Je suis en retraite, et ça me donne un peu de travail à faire sans que ça me prenne tout mon temps pour faire mon album-souvenir. Marché conclu ?

Il se mit à rire doucement.

— Marché conclu, renchérit-il.

— Bien. Maintenant que nous avons fini avec ça, il y a autre chose que je voudrais te dire.

David se figea.

— Quoi ?

— Ta sœur Anna est passée, cet après-midi. Je ne sais pas comment elle a pu passer inaperçue, et bien que ta mère m'ait dit qu'elle me pardonnait de t'avoir sorti du droit chemin, elle m'a fait comprendre clairement qu'elle ne voulait pas que je parle à ses enfants à moins que ça ne soit une urgence. Mais Anna ne semble pas être une fille que les règles arrêtent.

Il dut sourire à ça.

— Non. Pas notre Anna.

— Elle m'a dit de te dire qu'elle savait que tu n'allais pas pécher toutes ces nuits, et elle m'a remerciée de t'avoir aidé à partir. Elle veut te parler. Je lui ai dit que je devais te demander d'abord. Qu'en dis-tu ? Ça ne te dérangerait pas qu'elle t'appelle parfois quand elle peut venir ici ?

Son cœur bondit. Combien cela serait merveilleux d'entendre à nouveau sa voix.

— Bien sûr ! Oui. Elle n'était pas… comment était-elle ? En colère ?

— Un tout petit peu. Triste en plus grande partie, et très frustrée avec la vie, en ce moment, à mon avis.

Il imagina le sourire espiègle d'Anna, et l'exaspération de Mary. Il était dur de penser à l'une sans l'autre.

— A-t-elle mentionné Mary ?

Il y eut une pause, et puis June soupira.

— Oui. Je pense que la pauvre Mary a le cœur brisé. Il me semble qu'elle en pinçait pour Isaac, pas vrai ?

Il hocha la tête, puis se rappela de dire « oui ».

La honte le couvrit comme une vieille couverture. Puis il se rappela ce qu'Isaac avait dit. Avant qu'il ne puisse penser, les mots franchir ses lèvres.

— Penses-tu qu'Anna sache ?

Avec un sursaut, il réalisa que *June* pourrait ne pas le savoir. Quand Isaac et lui étaient arrivés chez elle, essoufflés, après leur fuite de l'église, elle n'avait même pas posé une question. Son pouls battit rapidement.

— Je dois te dire qu'Isaac et moi… que nous sommes…

Étonnement, elle se mit à rire.

— Oh, chéri, je sais.

— C'est vrai ? murmura-t-il.

— Je me posais des questions à ton sujet, mais la nuit où tu as amené Isaac pour la première fois, j'ai su sans un doute. La manière dont tu le regardais ? Comme s'il t'avait décroché la lune et la moitié des étoiles.

— Cela ne te dérange pas ?

Il ne savait pas s'il devait rire ou pleurer.

— Pourquoi cela me dérangerait-il ? Tu es comme le Seigneur t'a fait. Isaac et toi, vous vous aimez l'un l'autre, et cela réchauffe mon vieux cœur.

Il réfléchit sur la bonne chose à dire.

— Merci. Je ne sais pas ce que j'aurais fait sans toi.

Une chose qu'elle avait dite surgit dans son esprit.

— Si tu as pu deviner quand tu m'as vu avec Isaac, penses-tu que quelqu'un d'autre le sache ?

Il redressa pour faire les cent pas devant la télé.

— Je ne sais pas, David. Elle n'a rien dit, mais je pense que nous pouvons dire qu'Anna l'a découvert. La manière dont elle parlait d'Isaac et toi… il y avait juste quelque chose dans son expression…

— Rien ne lui échappe. Mais si Mary le découvre… si ma *mère* le découvre…

Il s'efforça de respirer.

— Ne te fais pas de souci. Il n'y a aucune raison de penser qu'elles sachent.

Ses poumons se relâchèrent, et il se sentit léger dans sa tête pendant un moment, comme s'il avait bu beaucoup de vin ou de bière.

— Elles ne peuvent pas le découvrir. Je ne peux pas leur faire ça après tout le reste. Après mon frère… ce serait trop.

— Tu sais que je ne vais pas leur dire, mon chou. Essaye de ne pas t'inquiéter à ce sujet. Fais en sorte de t'installer dans ta nouvelle vie. C'est largement suffisant pour l'instant. Rappelle-toi, tu peux m'appeler quand tu veux si cela devient trop. Si tu as besoin d'argent, ou d'un conseil, ou de parler seulement…

Sa voix s'affaiblit.

— David, je n'ai jamais pu avoir mes propres enfants. C'est une terrible perte qui t'a amené à ma porte, mais je remercie le Seigneur chaque jour de t'avoir dans ma vie.

Un sanglot le fit haleter, et les larmes roulèrent sur ses joues.

— Je t'aime, dit-il.

Mis à part Isaac, il n'était pas sûr qu'il ait dit à quelqu'un d'autre à voix haute. Il l'avait dit à Mère à l'hôpital, mais elle avait été inconsciente, une machine émettant les battements de son cœur.

June renifla.

— Très bien, ça suffit les petits mots doux, hein ? Je ferais mieux d'aller au lit. Restons en contact. J'espère qu'Anna pourra revenir bientôt pour t'appeler. Dors bien, mon grand.

— Bonne nuit. Merci.

Après quelques instants, un bruit continu retentit du téléphone, et il pressa des boutons jusqu'à ce que ça s'arrête. Après avoir éteint les lampes, David se tint près de la fenêtre, regardant les lumières rouges et blanches d'une voiture bizarre qui passait dans la rue avec un rapide *whoosh*. Pour une fois, la ville semblait calme.

Dans la petite salle de bain près de la porte d'entrée, il s'éclaboussa le visage avec de l'eau froide et se regarda dans le miroir. Ses yeux étaient un peu rouge, mais rien qui ne pourrait inquiéter Isaac. Il était content que June ait appelé… dans le bon sens, cela l'avait fait sentir plus proche de Zebulon. Sa famille allait très bien, et il devait croire en Dieu pour les garder ainsi. Il ferma les yeux et dit une prière.

Quand il eut fini, David se redressa et se regarda à nouveau. Une nouvelle semaine commençait demain, et trop, c'était trop. Il était temps d'arrêter de se laisser aller et d'utiliser des excuses. Il trouverait un atelier et comprendrait toutes les choses qui les échappaient.

— Je peux le faire.

Sa voix était timide, et il se racla la gorge.

— Je peux le faire, répéta-t-il, plus fort.

Mieux. Ça suffirait pour l'instant.

À l'étage, Isaac était déjà sous les couvertures. Il leva la tête.

— Tout va bien ? marmonna-t-il.

— Oui. Rendors-toi.

— Mmm… j'allais te dire… ce truc…

Ses yeux se fermèrent.

Riant doucement, David éteignit la lampe et s'avança sur la pointe des pieds vers la salle de bain, fermant la porte légèrement. Il étala du dentifrice sur sa brosse à dents électrique. Aaron en avait acheté deux au magasin appelé Costco qui avait de grandes versions de tout dans un grand hangar. David et Isaac l'avaient suivi dans les rayons avec émerveillement.

Il pressa le bouton et enfouit la brosse dans sa bouche, sursautant toujours un peu à la vibration. C'était comme utiliser une ponceuse éclectique sur ses dents, mais ils n'avaient jamais été aussi blancs et propres.

Quand il cracha le reste de son dentifrice mentholé, il fit courir sa main sur sa barbe de trois jours. Il ne s'était pas rasé, ce matin, et le chaume sombre assombrissait déjà ses joues et son menton, et au-dessus de sa lèvre. Quelques hommes Anglais le faisaient exprès… des personnes peu soignées, avait dit Jen. David pensait avec vanité que c'était pas mal. Peut-être qu'il la garderait pendant quelques jours.

De retour à la chambre, il se déshabilla dans le noir, et écouta la respiration profonde d'Isaac. Il avait toujours dormi en chemise de nuit auparavant, mais maintenant, il le faisait nu, comme son amant. David se glissa entre les draps et roula sur le côté, attirant le dos d'Isaac contre lui. Il frotta sa joue contre la douceur des cheveux de son amant, et embrassa sa nuque.

Lorsqu'il se réveilla, il faisait toujours nuit. Les ombres de la pièce se précisèrent alors que David réalisait que le bruit venait d'Isaac, roulé en boule au bord du lit avec son dos à David, sa tête enfouie dans l'oreiller. Murmures, reniflements… un sanglot.

— Isaac ?

David fut tout de suite réveillé, et réduisit l'espace entre eux pour étreindre son petit ami.

— Qu'est-ce qui se passe ?

— Je suis désolé, marmonna Isaac, étouffant un autre sanglot.

— Shh…

David caressa le bras d'Isaac et frotta sa hanche, l'attirant contre son corps.

— Tout va bien. Tout ira bien.

Le cœur de David bondit.

— Je suis là. Tu es en sécurité, continua-t-il.

La tête d'Isaac était encore baissée et sa voix était étouffée contre l'oreiller.

— Ce n'est rien. Juste un rêve.

— Un rêve de quoi ? demanda David en caressant la tête de son amant, et posant des baisers sur ses épaules.

Isaac frissonna.

— Cela semblait si réel. J'étais de retour à la maison, et…

David déglutit difficilement, repoussant la nausée qui menaçait de l'envahir.

— Quoi ? demanda-t-il.

— Nous étions à l'église, et tout le monde était là, raconta Isaac en frissonnant. Ils connaissaient la vérité. Père et Mère étaient si furieux. Ils me détestaient, David.

Il tourna Isaac vers lui et posa sa tête contre son torse.

— C'était juste un rêve. Promis.

— J'aurais voulu pouvoir les appeler et entendre leurs voix. Savoir juste s'ils vont bien.

Il trembla.

— Nous sommes si loin. Ils me manquent. Je ne veux pas rentrer, mais je veux les voir. J'aurais voulu…

Les larmes d'Isaac mouillèrent le torse de David, et il frotta le dos d'Isaac.

— Je sais. Je l'aurais voulu aussi, dit-il.

— Je suis si heureux que tu sois là. Si tu étais resté, je ne sais pas ce que j'aurais fait. Tu m'aurais tellement manqué que je n'aurais pas pu le supporter.

— Je ne te laisserai jamais, Eechel. Je suis juste là. Rendors-toi, dit David en embrassant sa tête.

David regarda la forme floue des lampadaires de la rue à travers les stores, les ombres et lumières qui s'étalaient sur les murs et plafond. Sa résolution d'un peu plutôt devint plus forte avec chaque souffle tremblant qu'Isaac prenait.

Plus de procrastination et de sieste. Il commencerait son affaire afin qu'il puisse prendre soin d'Isaac. Il le garderait en sécurité et heureux. Il ne le décevrait pas. Tandis que son amant se collait contre lui, David le caressa et lui chantonna une berceuse qu'il n'avait plus entendue depuis des années.

    — *Schlof, bubeli, schlof…*

    Il n'échouerait pas, cette fois-ci.

Partie
Deux

— EH BIEN, eh bien ! siffla Clark alors qu'il enlevait ses lunettes de soleil. Ça m'a l'air super. L'endroit n'est pas mal non plus.

David rougit, essayant de ne pas sourire. Il posa la scie et essuya son sourcil. Il portait juste un tee-shirt et un jean, les journées étant plus chaudes depuis leur arrivée dans la ville à la fin de janvier. C'était presque avril, maintenant, et le printemps était éblouissant.

— Merci. Ce n'est pas beaucoup, mais ça fera l'affaire.

— Pas beaucoup ? Chéri, c'est San Francisco. Ce garage est un palace. Aaron et toi avez fait du bon travail en trouvant cet endroit. Pas trop loin de la maison non plus.

— Oui, il y a juste que deux arrêts de bus.

La partie de la journée qu'il aimait le moins, mais inévitable.

— Trois arrêts de mon bureau. Il faut que tu saches que je ne m'aventure pas à Excelsior juste pour n'importe qui.

Il lui fit ensuite un clin d'œil.

— Mais je fais des exceptions pour de beaux hommes Amish qui me construisent des meubles.

David baissa les yeux et joua avec une entaille dans la table de travail qu'il avait construite. Il commençait à s'habituer au flirt de Clark, mais cela le déstabilisait à chaque fois. Il se concentra sur la table. Elle était plus petite que celle qu'il avait à Zebulon, mais il commençait à voir que tout était plus petit dans la ville. Il louait un garage plus cher qu'il ne l'avait pensé possible pour un rectangle poussiéreux derrière une rangée de petites maisons, mais ça lui appartenait.

Il y avait à peine la place pour bouger avec toutes les fournitures rangées là. C'était un soulagement, que l'entrepôt de bois les ait livrées. Éventuellement, il allait prendre un pick-up, mais pour l'instant, cela ferait l'affaire. Il se déplaça en traînant les pieds afin que Clark puisse contourner la table.

— Désolé, c'est assez étroit.

— C'est ce qu'elle a dit. Ou lui, sourit Clark.

David n'était pas sûr de comprendre la blague, mais il rit et indiqua le petit canapé, serré entre la porte de la salle de bain et le mur.

— Veux-tu t'asseoir ?

Le garage avait été utilisé auparavant comme un atelier, et le propriétaire avait heureusement construit une petite salle de bain.

— Tu as même pris une causeuse. Oh, David Lantz, essaierais-tu de suggérer quelque chose ? s'exclama Clark en battant des paupières.

David se figea.

— Euh… non. J'ai juste pensé que tu voudrais peut-être t'asseoir. C'est d'IKEA. C'est suédois ? Pas vraiment bien fait, mais c'était bon marché. C'est assez confortable, mais tu n'as pas à t'asseoir si tu ne le veux pas.

— Chéri, ça va aller. Respire ! Ne fais pas attention à moi, je suis un dragueur-né, et je ne peux m'en empêcher, dit Clark en jetant un œil à la rangée de bois coupé sur la table. Alors, c'est là où la magie opère, hein ? Ne te sens-tu pas seul en restant enfermé ici toute la journée ?

David repensa à la douce rosée de l'herbe sous ses pieds nus quand il marchait vers la grange durant les matinées d'été, et la rugosité humide de la langue de Kaffi lorsqu'il approchait avec des sucres nichés dans sa paume. Le sourire d'Isaac alors qu'il essuyait la sueur de sous son chapeau, et la chaleur douce de cookies chauds.

— Pas vraiment, mentit-il, éraflant la sciure de bois couvrant le béton de sa basket. C'était vraiment agréable à la maison quand Isaac était avec moi tous les jours, et dans la grange, le toit était si haut et les chevaux étaient là. J'aurais voulu qu'il ait plus d'espace pour des animaux, mais je suppose que je n'ai pas besoin d'un cheval à San

Francisco.

— Non… juste des ours, dit Clark en haussant ses sourcils.

David avait le sentiment que l'autre homme faisait référence à quelque chose de sexuel comme à son habitude, mais il ne put imaginer quoi. Pendant qu'il pensait à quelque chose à dire, la musique commença du garage d'à côté. Il se tendit, essayant de repousser l'irritation instantanée qui l'envahissait à chaque fois que le *thump-thump-thump* résonnait dans l'allée. David ne pouvait jamais entendre les paroles… juste le rythme bruyant.

— On dirait que quelqu'un aime Jay-Z. Qui est ton voisin ?

— Alan. Il travaille sur des motos, et il aime écouter de la musique. Beaucoup.

— Tu devrais installer un système de son ici, bébé. Pour coincer l'ennemi, bosse avec lui !

— Peut-être.

Mais David ne voulait pas écouter du bruit trop fort. Il voulait entendre le grattement de sa vastringue et la musique de sa scie alors que le bois se transformait en ce qu'il voulait qu'il soit.

— J'ai entendu dire qu'Isaac aime l'école, hein ? dit Clark en enlevant son cartable, qu'il portait en bandoulière sur son épaule.

— Oui, sourit David. Il est doué comme un poisson dans l'eau. Il voulait devenir charpentier auparavant, mais il y a tellement plus pour lui ici.

Et si cela le blessait plus que ça ne le devrait, David essayait d'ignorer le pincement. Il était juste égoïste en voulant que son amant soit avec lui tous les jours, comme ça l'était avant.

— Mais il vient toujours ici, deux fois par semaine pour travailler avec moi.

Appuyant une hanche contre la table de travail, Clark ouvrit son léger manteau et le posa sur son épaule avant de pointer du doigt vers la pile de bois.

— Est-ce pour les chaises ? La couleur est super, dit-il en souriant. Je suis excité !

— Mmm…, fit David en fixant Clark.

Ce dernier fronça les sourcils et arrangea ses cheveux.

— Quoi ? demanda-t-il en lissant sa chemise de sa paume. Ne me dis pas que j'ai un faux pli.

David détourna les yeux.

— Non. C'est juste que je ne t'aie jamais vu habillé comme…

— Un homme ennuyant ?

Clark se mit à rire.

— Mon uniforme de travail : large chemise, cravate, mocassin. Rincez et recommencez.

Il toucha le tissu violet enfoui dans la poche de sa chemise.

— J'essaye de les rendre plus vifs en ajoutant un peu de couleur, mais quand j'ai essayé quelque chose qui brillait, scintillait ou avait une once de merveille, mon boss ne le supportait pas.

Clark tapota sa bouche.

— Pas de gloss non plus, mais ce connard ne prendra mon Studio Fix que de mes mains froides et mortes !

David parcourut mentalement la liste des nouveaux mots qui grandissait, mais ne put trouver ce que ça pouvait être vraiment.

— Ton quoi ?

Il essayait de s'améliorer en posant des questions quand quelque chose n'avait aucun sens pour lui.

— Une des choses les plus merveilleuses jamais crées ! dit Clark en ouvrant son cartable et sortant un disque noir en plastique.

Il l'ouvrit et le tendit vers le visage de David.

— Tu relèves le couvercle du bas et l'éponge est juste là, mais j'utilise une brosse. C'est un mélange de font de teint et de poudre, alors ça met ta peau en valeur et enlève le surplus de gras.

David regarda le petit miroir rond.

— C'est du maquillage ? Pour hommes ?

— Hommes, femmes, et ceux qui n'ont pas encore décidé ! Là.

Il sortit un tube de son cartable, d'où apparut un grand pinceau.

— Ferme les yeux.

David fit ce qu'on lui dit, et le pinceau parcourut son visage, lui chatouillant le nez. C'était similaire à la brosse du barbier, mais en plus léger.

— Ouvre, dit Clark en levant devant lui un miroir. Regarde comment ça compense. Mais tu n'as pas besoin de beaucoup. Et Isaac ! Sa peau est tellement crémeuse que je pourrais le mettre dans mon café à la crème ! Ça doit être à cause de cette vie au grand air.

Le nez de David était moins lustré et ses joues un peu moins rouge. Il ne pouvait s'imaginer porter du maquillage tous les jours, mais ça n'avait pas l'air trop mal.

— Merci.

Clark ferma son Studio Fix et le laissa tomber dans sa sacoche.

— Quand tu veux. Même un grand gaillard comme toi peut être mis en valeur. C'est San Francisco, après tout. Oh, et *mazel tov* ! C'est félicitations en juif, mais le reste du monde l'a opté !

Il sortit une bouteille noire avec une étiquette dorée.

— Champagne ! Il doit être bu froid, alors mets-le dans le réfrigérateur pour une occasion spéciale ! Désolé de venir en retard… je voulais le faire depuis des semaines.

— Merci beaucoup, dit David en prenant la bouteille et faisant courir ses doigts autour du papier d'aluminium au-dessus. Je n'ai pas encore goûté au champagne.

Il alla la glisser dans le petit réfrigérateur près du canapé.

— Ohhh, je te déflore, alors ! dit Clark en agitant la main. Peu importe ce que ça veut dire. Bref, j'ai juste voulu venir et voir comment tu te débrouillais. Ma table est super, et j'ai hâte de voir les chaises. C'est incroyable à quelle vitesse tu l'as finie ! Si j'avais commandé une table sur mesure ailleurs, cela aurait pu prendre des mois. Des mois ! Tu es un faiseur de miracles.

David haussa les épaules, mais ne put s'empêcher de sourire.

— Je suppose que je suis habitué à travailler vite.

— C'est cette éthique sexy des Amish ! Tes parents t'ont bien élevé.

Son estomac se noua. June n'avait plus eu de visite d'Anna. *Peut-être qu'elle ne veut pas me parler après tout. Peut-être qu'elle y a réfléchi, et qu'elle est dégoûtée. Si elle sait la vérité à propos d'Isaac et moi, pourquoi voudrait-elle parler avec moi à nouveau ?*

Il y eut un bip sonore, et Clark sortit son téléphone avec un soupir.

— *Der Führer !* Je te jure qu'il ne peut rien faire sans moi. Une seconde.

Il sortit par la porte ouverte du garage.

David pouvait entendre le murmure de Clark, et il retourna à son travail. Mais au lieu de prendre sa scie, il fixa une pile de bois alors qu'il se perdait dans ses pensées. La musique d'Alan résonnait toujours, et David souhaita sans aucune indulgence qu'Alan parte et se taise. Sa tête tournoya.

Il avait découvert que parfois, il pouvait passer des heures sans s'inquiéter… surtout quand il était en présence d'Isaac. Puis quelque chose lui rappellerait un souvenir, et le sentiment désagréable retournerait. Il pouvait se dire des milliers de fois qu'il avait pris la bonne décision, mais avec la culpabilité venait le besoin de voir sa mère et ses sœurs qui s'infiltrait en lui comme les battements infinis et lointains des chansons d'Alan.

Chaque jour, il espérait une lettre. Il avait finalement posté la sienne, mais il n'y avait rien en retour. David secoua la tête, répandant une pile de clous et ensuite reprenant encore. À quoi s'attendait-il ? Il aurait pu écrire des pages, mais il ne pourrait jamais leur dire toute la vérité.

Les clous s'enfoncèrent dans sa paume alors qu'il serrait sa main. Il ne pourrait jamais partager ce qu'il y avait vraiment dans son cœur. Jamais. Et mère n'avait même pas écrit pour l'implorer de revenir à la maison, et au droit chemin qui l'emmènerait vers le paradis. Non qu'il la blâme après la manière dont il s'était enfui, comme un criminel. Pourquoi s'inquièterait-elle s'il allait en enfer ?

— Comment trouves-tu ces nouveaux outils ?

Les clous s'éparpillèrent alors que David sursautait.

— Je ne t'ai pas entendu revenir, dit-il en les ramassant un par un.

— Ma faute ! dit Clark, puis il indiqua le mur. C'est intelligent, tous ces crochets. En ville, nous devons utiliser chaque centimètre carré d'espace.

Il fit ensuite courir ses mains sur la ponceuse.

— Je n'arrive pas à croire que tu as l'habitude de tout faire avec tes mains ! Pas étonnant que tu aies tous ces muscles !

David essaya d'ignorer la dernière partie, mais ses joues rougirent quand même.

— J'ai utilisé quelques outils électriques auparavant, mais c'était un secret. J'avais un atelier Anglais chez mon amie.

— Dis-moi tout ! ordonna Clark en tapant des mains et agitant les doigts. Cet ami était-il grand, ténébreux et beau comme toi ? Qu'avez-vous fait ? Je veux plus de détails.

— Euh… nous avons bu du thé, parfois ?

— Avant que vous ne baisiez comme des malades sur une scelle de cheval ?

David éclata de rire.

— Elle a soixante-huit ans, alors non.

Clark plissa le nez.

— C'est décevant ! Mais attends, Isaac était ton apprenti ?

Il haussa les sourcils.

— Je parie que tu lui as appris une chose ou deux, hein ?

Gardant son regard baissé, David aligna tous les clous dans la même direction avant que les souvenirs n'envahissent son esprit. *Sur ses genoux dans la stalle avec le sexe d'Isaac pulsant dans sa bouche. Pencher Isaac sur la table. Frissonnant ensemble dans la cabine de douche, nettoyant la sueur et la semence de leurs corps.*

— Ne dis rien ! Ton manque de contact visuel me révèle tout ! Je parie qu'Isaac…

Clark s'interrompit brusquement.

— Quand on parle du loup !

Son pouls se mit à battre plus rapidement, David releva les yeux et trouva Isaac à l'entrée du garage. Il portait sa nouvelle tenue habituelle… jean, baskets, et un long tee-shirt. Sa veste légère se trouvait autour de sa taille. Comme toujours, le cœur de David rata un battement et le désir l'enflamma quand il le vit. Il attendit le sourire qui illuminait toujours le visage de son petit ami, mais l'expression d'Isaac était fermée.

— Oh, salut, Clark, dit Isaac en hochant la tête vers lui.

— Hey, gamin ! Je venais juste voir le nouvel atelier. Comment ça va à l'école ?

— Ça va.

David cligna des yeux de surprise. C'était le ton le moins enthousiaste qu'il n'avait jamais entendu de la part de son amant quand il s'agissait d'école.

— Quelque chose est arrivé ? Tu ne sors pas si tôt, habituellement.

— Mes cours de l'après-midi ont été annulés à cause d'une réunion de professeurs. C'était si génial que j'ai pensé que nous pourrions aller à l'océan pour un petit moment. Mais si je dérange…

David fronça les sourcils.

— Pourquoi tu me dérangerais ?

Isaac haussa les épaules, enfouissant ses mains dans ses poches.

— Vous devez absolument profiter de ce temps ! C'est la première fois qu'il fait beau en quoi, *des mois* ? Pas de brouillard, pas de maudit vent, et le soleil brille ? Allez à la plage, tout de suite ! Mais prenez une veste. C'est San Francisco, après tout.

Clark soupira théâtralement, et remit son cartable sur son épaule.

— En ce qui me concerne, je dois retourner à ma prison. David, j'ai hâte d'avoir les chaises. Tu as pu encaisser le chèque sans problème ?

— Oui. Merci encore une fois. Tu n'étais pas obligé de tout payer à la fois.

— Pfff ! Très bien, messieurs. Ne faites rien que je ne ferais pas. Ce qui laisse vos options grandes ouvertes !

Il leur adressa un clin d'œil et mit ses lunettes de soleil, s'avançant vers la porte.

David n'attendit pas pour étreindre Isaac et l'embrasser. Il inspira profondément, soupirant tandis qu'Isaac l'enlaçait à son tour. Le contact familier de son corps et la douceur de ses lèvres chassèrent toutes autres pensées alors qu'Isaac blottissait son visage contre son cou. Alors que David se rasait tous les trois jours, les joues de son amant étaient quant à elles lisses et douces. Il fit courir ses mains sur le dos d'Isaac jusqu'à ses fesses.

— Mmm. Peut-être que nous devrions rester ici, murmura-t-il.

Isaac se mit à rire doucement.

— Très tentant.

David se recula et observa le visage de son compagnon.

— Est-ce que quelque chose est arrivé à l'école ? Tu semblais bouleversé.

— Non. C'est juste…

Isaac s'interrompit avant de secouer la tête.

— Ce n'est rien. Oublie tout ça. Viens… allons profiter du temps.

David regarda son projet à moitié fini.

— Je suppose que je peux prendre une pause. Sais-tu comment nous rendre à la plage ? Je connais seulement les bus qui viennent par ici.

Isaac sortit son téléphone de sa poche.

— J'ai une application qui nous le dira. Jen m'a montré comment ça marche.

— Tu es sûr que tu ne dois pas étudier ?

— Quelques heures ne changeront rien. Ce soir, je vais retrouver Chris, Derek et Lola pour un travail de groupe.

— Oh. D'accord.

C'était encore bizarre de penser à Isaac passant du temps avec des personnes qu'il ne connaissait pas. Aussi, il ne savait pas quelle sorte de nom était *Lola*, mais Isaac semblait l'aimer. *Non que je doive juger n'importe qui.*

— T'ai-je montré la vidéo que Derek m'a envoyée ? C'est une autre dans YouTube. Savais-tu qu'il y a des *millions* de vidéos sur ce site ? Celle-ci est à propos d'un chien qui joue du basketball, et c'était trop drôle !

David sourit.

— Tu me l'as montrée. C'était super.

Il avait appris comment envoyer des messages, des mails et parler au téléphone, mais c'était tout. Il savait qu'il devait savoir plus, cependant, il n'aimait pas demander à Aaron et Jen beaucoup trop d'aide, compte tenu de ce qu'ils avaient déjà fait.

— C'est génial que tes amis te montrent des choses.

— Ils m'ont aidé à comprendre beaucoup de choses. Tu dois vraiment les rencontrer. Je sais que tu es occupé ici, mais je pense qu'ils commencent à se demander si tu es réel.

David rit, mal à l'aise. C'était idiot d'être si nerveux de rencontrer les amis d'Isaac, mais que leur dirait-il ? Il passait ses journées au garage à construire des meubles. David doutait sérieusement qu'ils veuillent l'écouter parler des grains de bois.

— Je vais le faire. Bientôt.

— Je suis heureux de leur avoir dit que j'étais Amish, dit Isaac en faisant courir son doigt sur le bord de son téléphone, les yeux baissés et son sourire disparu. Mais je pense que je ne suis plus Amish. Pas un Anglais non plus. Quelque chose entre les deux.

— Que se passe-t-il ? demanda-t-il en serrant la mâchoire. Quelqu'un t'a-t-il dit quelque chose ?

Pendant un long moment, Isaac resta silencieux.

— Mère et Père m'ont finalement répondu, murmura-t-il.

La crainte envahit David. Il prit la main d'Isaac.

— Qu'ont-ils dit ?

— Que j'ai brisé leurs cœurs, répondit-il, la mâchoire serrée, puis il haussa les épaules. Que parce que je leur ai désobéi et à l'Ordre, maintenant, je suis sur un chemin dangereux. Que je dois revenir à la maison et supplier le Seigneur de repousser la tentation étrangère. Bien sûr, ils n'ont rien dit à propos d'Aaron.

Il exhala durement.

— Pas un mot ! Je ne sais pas pourquoi je m'attendais à autre chose. Mais j'avais espéré…

— Je sais, dit David en étreignant son amant, souhaitant pouvoir dire plus.

— Ils ont dit que je les tiens éveillés la nuit, qu'ils s'inquiètent que j'aille en enfer. Que *j'irai* si je ne retourne pas là-bas, continua Isaac en agrippant le tee-shirt de David. Ils le pensent déjà, que je vais aller en enfer, et ils ne savent même pas la vérité à propos de nous.

Tout ce que put faire David fut de le tenir contre lui. Il posa des baisers sur la tête d'Isaac.

— Je suis désolé, murmura-t-il.

Il ne sut pas combien de temps ils restèrent ainsi, tremblants.

Essuyant ses yeux, Isaac recula et eut un sourire sans humour.

— Ils ont envoyé une coupure de journal de *Die Botschaft* aussi.

— Laisse-moi deviner… c'était une histoire à propos d'une personne qui est allée dans le monde extérieur et a eu une mort misérable et atroce.

Isaac ricana.

— Comment le sais-tu ? Je suis sûr qu'ils découpent des histoires comme ça des journaux, chaque semaine maintenant et les cachent. Je parie que les enfants les entendent toutes les nuits.

Il soupira.

— Je leur ai écrit également, mais Mère et Père pourraient ne pas leur avoir donné. Ou peut-être qu'ils l'ont fait, et que Katie et mes frères me détestent à présent.

— Ils ne te détestent pas. Je sais qu'ils ne feraient pas.

La pensée que ses propres sœurs le détestant était trop dure à supporter.

Isaac entrelaça leurs doigts ensemble.

— Je ne sais pas ce que j'aurais fait si nous n'avions pas été ensemble.

— Tu aurais eu Aaron. Même si c'était le contraire, tu es si fort. Tu l'aurais fait.

Il serra la main d'Isaac.

— C'est moi qui serai perdu sans toi.

Isaac pressa leurs lèvres ensemble.

— C'est une bonne chose que nous ayons l'un l'autre alors.

Il eut un sourire tremblant.

— Allons voir l'océan.

LE PONT GOLDEN Gate remontait au ciel au loin. Ils marchèrent vers lui, le long de Baker Beach, le sable humide et froid entre les orteils de David en dépit de la chaleur de la journée. Inspirant profondément l'air frais, il écouta les cris des mouettes. Là, il n'y avait aucun klaxon ou musique bruyante.

La plage était remplie d'autres personnes qui profitaient de la journée, mais aucune ne leur accorda une attention particulière. Le soleil était encore haut dans le ciel sans nuage, et David entoura sa taille de sa veste. Il tenait ses baskets dans sa main droite, et après quelques moments d'hésitation, la main d'Isaac dans l'autre.

L'océan se trouvait à leur gauche, et Isaac regarda les vagues remonter puis rouler vers la côte. Les mouvements rythmiques de la mer bleue étaient quelque chose dont David ne se lasserait jamais, mais son regard retourna vers les yeux brillants et le large sourire d'Isaac encore, et encore.

— Ça te va, dit David.

Isaac se tourna vers lui pour le regarder.

— Quoi ? demanda-t-il en souriant toujours.

— Tout ça. Être à San Francisco. Vivre comme les Anglais. L'océan.

Un homme et une femme marchant de l'autre côté s'approchaient d'eux, et pendant un instant, David retint son souffle, attendant leurs remarques désobligeantes ou leurs murmures. Mais le couple sourit seulement quand ils surprirent l'attention de David.

— Belle journée, n'est-ce pas ? lança l'homme.

Serrant les doigts d'Isaac entre les siennes, David hocha la tête, soupirant.

Isaac cogna son épaule contre celle de son amant. Il posa un bref baiser sur sa joue, et se mit à rire joyeusement.

— J'aime faire ça où tout le monde peut le voir. Mais cela ne me semble toujours pas réel.

— Je me demande combien cela va prendre.

Mais David espérait bien qu'il ne prendrait jamais ça pour une garantie.

Isaac regarda l'océan alors qu'ils avançaient.

— Cette eau va jusque de l'autre côté du *monde*. Je ne peux croire que nous sommes vraiment ici. Parfois, je m'attends à ce que le Diacre Stoltzfus vienne frapper à la porte et me cite tout ce que nous avons brisé comme règles.

À la pensée du Diacre, David frissonna.

— Il me regardait parfois avec tellement de haine. Non que je le blâme après ce que Joshua a fait. Il a perdu sa fille à cause de mon frère.

— Ce n'est pas une raison pour te blâmer. Joshua a fait des erreurs, mais Martha et Rachel ont choisi les drogues. C'était un accident qu'ils se soient noyés. De plus, n'est-ce pas la volonté de Dieu ? Le Diacre ne peut pas choisir comme il le veut ce qui fait partie de la volonté du Seigneur ou pas.

David sourit tristement.

— Bien sûr que si. Du moment que tout le monde abdique et fasse ce qu'on leur dit.

Ils marchèrent en silence pendant une minute, regardant un bateau naviguer près du pont, ses voiles blanches s'élevant. C'était l'anniversaire d'Isaac en Juillet, et David se demanda combien cela coûterait de faire un tour en mer. Le ferry jusqu'à Alcatraz avait été excitant, et il pouvait imaginer combien ce serait merveilleux de pouvoir chevaucher ces vagues.

— Après l'accident du chariot, tu as dit que Dieu te punissait pour ce que nous avons fait. Pour nous.

David revint à la réalité.

— Mmh…

Isaac s'arrêta et l'observa attentivement.

— J'ai toujours su que ce que nous faisions était mal, mais je ne pouvais pas m'en empêcher. Je ne voulais même pas essayer. Mais là, dans le monde extérieur, tellement de personnes pensent que c'est normal. Même ceux qui avaient l'habitude de penser que c'était un péché. Penses-tu toujours que c'est mal ?

David fut perdu face à cette question inattendue comme si on l'avait laissé tomber dans les vagues. Fixant les yeux ambrés d'Isaac, les taches de rousseur sur son nez, et sa belle bouche que David voulait embrasser pour toujours… comment pouvait-il dire oui ? Au plus profond de lui-même, le doute menaçait toujours.

Il laissa tomber ses chaussures dans le sable, et caressa la joue d'Isaac.

— Je veux croire que ça ne l'est pas. Que c'est ainsi que Dieu nous a créés, et que c'est bien. À partir du moment où nous nous sommes embrassés, cette nuit-là, devant la maison de June, j'ai pensé ça, même si je me disais que c'était mal.

— Tu as dit une fois que ça n'avait pas de sens, que tous les changements que Dieu a faits dans le monde avant le dix-huitième siècle étaient bons, et que ceux qu'il a faits après étaient pécheurs et vaniteux. Alors, si les Amish ont tort à propos de ça, pourquoi n'auraient-ils pas tort à propos de ça aussi ?

David fit courir son pouce sur la lèvre inférieure d'Isaac.

— Bonne question.

— Je le pensais aussi, dit Isaac en souriant doucement. De plus, je ne voudrais jamais être au paradis sans toi.

Leurs lèvres se rencontrèrent, juste là, dans la plage, au milieu de la journée, avec le soleil si chaud sur la peau de David. Isaac l'explora de sa langue, ses petits soupirs pendant leur baiser embrumant la tête de David comme du vin. Le sable s'engouffrait entre ses orteils, et Isaac s'appuya contre lui.

— Nous devrions venir voir l'océan plus souvent, dit David en frottant leurs nez ensemble.

— J'aimerais ça.

David ramassa ses chaussures, et ils continuèrent à avancer.

— Nous devons toujours t'emmener sur un train.

Isaac sourit, balançant leurs mains jointes.

— Oui. Je suis allé sur le train BART, ce qui n'était pas la même chose comme un vrai train qui traverserait le pays. Mais c'était vraiment amusant.

— Quand as-tu fait ça ?

David ne put s'empêcher d'éprouver de la déception au fait qu'ils n'avaient pas partagé cette expérience.

— Après la classe, une fois. Chris m'a emmené.

À présent, un pincement de jalousie s'infiltrait en lui, même si David savait que c'était idiot. Isaac apprenait beaucoup sur la ville, et il sentait déjà qu'il ne pourrait pas le rattraper.

— Tes nouveaux amis t'ont montré beaucoup de choses.

— Ils sont très gentils. Ils s'en fichent même que… nous soyons… tu sais. Gay, dit-il en se mettant à rire. Je me demande combien de temps ça prendra avant que ce ne soit facile à dire. Bref, Lola pense que tu travailles beaucoup trop.

David se tendit. *Qu'est-ce que Lola en sait ?*

— Je le dois. Tu sais que nous avons besoin d'argent. Je ne peux pas demander encore à Aaron et Jen.

De plus, dans son atelier, il n'avait pas besoin de poser des questions interminables à propos de choses simples. Il comprenait exactement ce qu'il faisait.

— C'est bien que tu ailles à l'école et travailles durement, mais je n'ai pas ce luxe.

Isaac fronça les sourcils et relâcha la main de David, ainsi que ses baskets.

— Aaron et Jen nous ont dit que nous pouvions rester aussi longtemps que nous le voulions, sans payer de loyer, et tu as dit que tu voulais que j'aille à l'école ! Tu pensais que c'était une bonne idée !

— C'est une bonne idée. Je n'aime seulement pas être critiqué par une quelconque fille qui ne me connaît même pas !

— Lola ne voulait rien dire de mal. Elle veut te rencontrer, mais tu es toujours si occupé. Je t'ai demandé la semaine dernière de venir au musée, et tu n'as pas voulu. Et l'aquarium, la semaine d'avant.

David soupira et laissa tomber ses chaussures aussi.

— Parce que j'avais une table à finir pour Clark, tu te rappelles ?

Isaac serra les dents.

— Je m'en souviens, mais une heure ou deux ne t'auraient pas tué.

— Que penses-tu que je suis en train de faire là ? dit David en agitant le bras autour de lui. Nous sommes à la plage alors que j'ai du travail !

— Si tu ne voulais pas venir, tu n'aurais pas dû le faire !

Isaac croisa les bras.

— Je *voulais* venir, mais…

— Mais tu vas te plaindre durant tout ce temps, alors quel est le but ?

— Je ne me plains pas ! Quand étais-je en train de me plaindre ? Je voulais venir, mais cela ne change pas le fait que j'ai du travail à faire…

David serra les lèvres. Quelques minutes plus tôt, il avait été heureux, et maintenant, Isaac et lui étaient pratiquement en train de se crier dessus.

— Le fait que tu n'es plus intéressé par la charpenterie ne veut pas dire que moi aussi.

Les mots sortirent avant qu'il ne puisse s'arrêter.

Les narines d'Isaac s'évasèrent.

— Juste parce que je veux aller à l'école ne veut pas dire que je ne suis plus intéressé par la charpenterie. À Zebulon, c'était la seule chose que je pouvais faire, et ici…

— Si tu détestais tellement ça…

— Je n'ai jamais dit ça ! Je ne détestais pas ça. Je ne déteste *pas* ça. J'aime travailler avec le bois, et tu le sais. J'aime travailler avec *toi*. Mais il y a tout un monde, là dehors. Tout un océan !

Il se détourna pour faire face aux vagues.

David ferma les yeux et passa une main sur son visage, essayant de se calmer. Isaac avait raison… il était injuste.

— Je suis désolé.

Isaac fixait toujours l'horizon.

— Je suis désolé aussi.

Ils restèrent immobiles et en silence, regardant le flux et reflux des vagues.

— Je veux nager dans l'océan, David.

— Tu le feras, dit ce dernier en jetant un coup d'œil autour de lui. Nous pouvons revenir en été. Tu vois la corniche au-dessus. Nous aurons un pique-nique. Penses-tu …

Quand il se retourna vers son amant, il le vit à mi-chemin en direction de l'eau, laissant tomber ses vêtements derrière lui alors qu'il courrait. Le cœur de David bondit.

— Isaac !

Si Isaac répondit, ce fut perdu dans le bruit des vagues. Les pieds de David s'engouffrèrent dans le sable alors qu'il courait à son tour, essayant désespérément d'aller plus vite. Alors qu'il atteignait la rive, une vague glacée le frappa aux genoux, comme un coup de pied de cheval. Il haleta. Isaac plongeait déjà sous l'eau, et il disparut alors que l'océan le submergeait.

Pendant deux battements de cœurs, Isaac était simplement parti. David repensa à Joshua, et un cri sortit de sa gorge. Puis la vague reflua, et Isaac surgit, toussant. Il éclaboussa David, portant seulement son caleçon, qui le collait mollement.

— Es-tu fou ? s'exclama David en attirant Isaac contre lui, et avançant à nouveau vers la rive.

Du sable se collait à leurs pieds nus, et Isaac trébucha. David l'entoura de ses bras, frottant sa peau gelée.

— Elle est… f… froide, bredouilla Isaac en frissonnant.

— Bien sûr qu'elle l'est !

Il écrasa Isaac contre lui.

— T… tu vas te mouiller aussi.

— Je m'en fous.

David enleva sa veste de sa taille et fit courir sur les cheveux d'Isaac pour les sécher vigoureusement. Ils attiraient l'attention à présent des quelques personnes qui passaient près d'eux, mais il les ignora.

— À quoi pensais-tu ?

Tremblant, Isaac eut un demi-sourire, ses dents claquant.

— Je ne sais pas. Je voulais finalement n... ager dans l'océan après toutes ces années. Je ne voulais pas attendre. Et si quelque chose m'arrivait et que c'était ma seule chance ?

Le tenant fermement, David ne put s'empêcher de crier.

— Il ne va rien t'arriver !

Avec une main tremblante, Isaac effleura la joue de David.

— Mère et Père peuvent penser que je vais aller en... enfer, mais ils ne peuvent pas m'arrêter de vivre. Ils ne peuvent pas nous arrêter, David. Ils ont tort. Ils ont *tort* !

— Bien sûr qu'ils ont tort !

David se maudit. Il aurait dû savoir que la lettre envoyée par ses parents suffirait à le secouer. Son pouls battait toujours rapidement, et il fit courir ses mains sur ses bras et dos, se rassurant qu'Isaac soit toujours entier et vivant.

— Tu m'as fait peur.

Grimaçant, Isaac secoua la tête.

— Je suis désolé. Je n'en avais pas l'intention.

— Ça ne te ressemble pas de faire quelque chose comme ça, sans réfléchir.

David enveloppa les épaules d'Isaac de son sweat, reconnaissant que le soleil soit toujours là. Le choc de l'eau froide avait fait disparaître sa colère d'un peu plus tôt, et cela le laissait perplexe et inquiet.

— Oui, c'est moi. Tout comme la première fois où tu m'as embrassé. J'y ai plongé, tête la première.

Il posa ses mains tremblantes sur le torse de David.

— J'*aime* la charpenterie. Mais il y a tellement plus dans le monde. L'école, le travail, et l'océan. Je veux découvrir ce que j'aime d'autre.

David déglutit difficilement.

— Je veux juste que tu sois en sécurité. Ne t'éloigne pas de la rive.

Ne me laisse pas derrière.

— Oh, mon David, dit Isaac en l'embrassant doucement avec ses lèvres humides et salées. Je ne le ferais pas. Je te le promets.

Il examina le visage d'Isaac. De l'eau s'accrochait toujours à ses cils, et son sourire était vacillant. David inspira, mais ne put sortir un son.

— Tu n'auras jamais à avoir peur de ça. De plus, tu es là pour me ramener, dit Isaac en se collant à lui. Je veux découvrir le monde, mais je veux le faire avec toi. Toujours avec toi, d'accord ?

David inspira profondément alors que son cœur ralentissait, et que la tension disparaissait. Isaac était en sécurité, et tout irait bien. Rien d'autre n'importait. Il frotta la peau d'Isaac pour faire revenir la chaleur, fermant les yeux tandis que le soleil les illuminait.

— D'accord.

SES CHEVEUX HUMIDES de sueur, David se réveilla, haletant. Isaac s'étira à côté de lui, et il se figea sur place, le cœur battant jusqu'à ce que son amant s'installe.

Après la trempette dans l'océan, Isaac n'était pas allé à son groupe de travail, et ils s'étaient mis au lit, sous une couverture épaisse, et s'étaient plongés dans un film. Cela avait été une bonne nuit, mais elle n'était qu'un souvenir distant, maintenant.

David jeta un coup d'œil aux nombres électroniques rouges qui brillaient sur la table de chevet.

2 h 14

Le cauchemar était encore vif dans son esprit. Du sang couvrant la neige comme toujours, mais cette fois, il entendait les cris de la pauvre Nessie, ainsi que ceux de sa mère alors qu'ils étaient étendues sur la route. Ses sœurs étaient là, et il essayait de les atteindre, mais elles se trouvaient sur des bancs de neige, hors de sa portée.

Ensuite, il avait été au Baker Beach, ses pieds coincés dans le sable comme si c'était du béton. Il battait de l'aile et criait, mais Isaac courait toujours en direction des vagues. Quand il disparut sous l'eau, il ne refit jamais surface, et David ne pouvait pas le sauver. Puis, ils étaient de retour dans la neige sanglante, et le corps d'Isaac était gonflé et trempé, comme celui de Joshua.

Ils avaient laissé les stores un peu ouverts, et David pouvait voir le visage d'Isaac clairement, ses lèvres entrouvertes, plongé dans un sommeil paisible. Le torse de David se relâcha quand il vit son amant respirer pendant une bonne minute avant qu'il ne puisse se convaincre qu'il allait très bien. Il avait désespérément envie de l'attirer contre lui à nouveau, mais ce serait égoïste de le réveiller.

David ne savait pas si c'était la lune ou les réverbères qui entraient dans la pièce, mais il était reconnaissant que ce soit assez illuminé pour aller au placard, et prendre un boxer avant de descendre l'escalier. Pour autant qu'il sache, Jen pourrait bien être bipé au milieu de la nuit, et ce ne serait pas correct de déambuler en tenue d'Adam dans sa maison.

La lumière blanche de l'extérieur projetait un éclat pâle, et il marcha silencieusement d'une pièce à une autre, le bois étincelant ne craquant même pas sous ses pieds. Il devait se vider la tête et se réveiller complètement, afin qu'il ne puisse plus revivre ces rêves horribles. Pourtant, alors que les minutes passaient, les images du cauchemar refusèrent de disparaître, et plus de pensées surgissaient dans son esprit.

Mère dans un fauteuil roulant avec le plâtre lourd sur sa jambe, ne pouvant plus prendre soin d'elle-même. Mary et son cœur brisé. Sarah et les petites, se demandant où leur frère avait disparu. Anna avec ses sombres secrets, couvant à l'intérieur d'elle, bouillonnant à la surface.

Isaac se noyant parce que David ne pouvait pas le sauver.

L'impuissance et la culpabilité le ravagèrent comme une allumette le ferait d'une grange. Soudain, les murs du salon s'inclinèrent, et il posa une main sur la table alors que ses muscles se tendaient et que sa tête tournait. Il agrippa désespérément son visage, une sensation de piqure l'envahissant, et un poids lui écrasant sa poitrine.

Il cria – rien de plus qu'un son étranglé – alors qu'une sueur froide couvrait son corps, son cœur battant si fort qu'il pensa que son torse allait se briser. Sa vision devint floue et noire, et il tomba, ses genoux heurtant le sol.

Je suis en train de mourir ! Seigneur, aidez-moi ! Isaac !

Il était impuissant à l'arrêter… il allait mourir ici, sur le sol et il ne pouvait pas se sauver. Haletant, il avait l'impression qu'il regardait d'un endroit lointain. Il n'y avait pas assez d'air, et tout tournoyait. Sa gorge se fermait et son cœur allait exploser, et il ne s'était jamais senti aussi seul.

Mourir, mourir, mourir !

Ses mains grattant le bois dur, David réussit à inspirer un souffle frénétique. Ensuite un autre. Et un autre. Sa vision s'éclaircit assez qu'il put entrevoir les planches du bois, et il se concentra sur sa respiration.

Le vertige commença à disparaître, et les frissons qui le piquaient s'affaiblirent jusqu'à partir. Son cœur battait toujours rapidement, qu'il craignait qu'il ne sorte, mais il se concentra à relâcher ses poumons. Inspirer et expirer. Inspirer et expirer.

Tout va bien. Je ne suis pas mort. Je suis encore là.

David ne savait pas combien de temps il resta effondré sur le sol. Il repensa à son père dans le champ, et comment il avait serré son bras, et était tombé en un instant. Était-ce une crise cardiaque ? David mourrait-il de la même manière ?

Alors que la frénésie qui l'avait surpris se relâchait peu à peu, David réussit à se mettre debout. Il trembla en entier, et s'appuya contre la table lourdement, frottant ses yeux jusqu'à ce que sa vision s'éclaircisse.

La maison était encore silencieuse. Isaac, Aaron, et Jen dormaient toujours à l'étage. Au début, David se demanda comment ils avaient pu ne pas l'entendre, mais il réalisa qu'il avait à peine émis un son. Le hurlement avait été dans sa tête.

Ses battements de cœur et sa respiration étaient assez réguliers pour qu'il puisse s'examiner. Mis à part le tremblement qui ne voulait pas disparaître, il semblait aller bien. Pas une crise cardiaque après tout. Il verrait comment il se sentirait au matin, mais cela était une bien étrange réaction face à son cauchemar. Oui, il allait bien maintenant. Pas la peine de réveiller Isaac.

David regarda l'armoire de l'autre côté de la table en clignant des yeux. À travers un panneau de verre, il y avait des bouteilles qui étaient alignées, et une rangée de verres sur l'étagère du dessus. Il pensa à la manière dont le vin et la bière semblaient calmer ses nerfs.

Avant qu'il ne sache ce qu'il faisait, l'armoire était ouverte, et David tenait une bouteille dans sa main. De la Vodka de Russie, disait l'étiquette. Elle était remplie d'un tiers seulement. Aaron et Jen avaient dit qu'il pouvait boire n'importe lequel, alors ça ne les dérangerait sûrement pas. Juste un peu pour l'aider à dormir.

Il redressa un des petits verres et déboucha la bouteille. Le liquide clair s'écoula plus vite qu'il ne s'attendait, éclaboussant le bois de l'armoire. Il l'essuya maladroitement avec ses mains tremblantes, et nettoya ensuite sa paume sur son short avant de relever le verre à ses lèvres. Le goût de la vodka ne ressemblait à aucun autre.

Cela brûla alors qu'il déglutissait, mais ça ne le dérangeait pas. Il se concentra sur la nouvelle sensation dans sa gorge, et put la sentir descendre en lui également. Il imagina la boule de métal qui se trouvait là fondre tandis que la vodka traçait son chemin en lui.

Avant qu'il ne le sache, le verre était vide. Il en versa un peu plus pour faire bonne mesure. Il se sentait bien en quelque sorte, le doux bourdonnement ralentissant les pulsations de ses oreilles. Peu importe ce qui arriverait, c'était fini maintenant.

Il remonta l'escalier. Très lentement, David se glissa sous les couvertures. Le tremblement restant disparut tandis qu'Isaac marmonnait et se tournait dans ses bras, au chaud et en sécurité.

CHAPITRE Douze

LE SIEGE DES toilettes était déjà relevé quand David pénétra dans la salle de bain, et il pouvait voir la silhouette d'Isaac à travers le rideau de douche transparent. Il se pencha sur le lavabo et s'observa dans le miroir.

Ses yeux étaient un peu injectés de sang, et il y avait de sombres cernes sous eux. Il prit une profonde inspiration et expira lentement. Son cœur semblait battre normalement, et il se sentait bien. Un peu titubant et les nerfs à vif, mais bien. Pas besoin d'inquiéter Isaac avec ce qui s'était passé.

— Bonjour ! lança Isaac à travers la douche.

— Bonjour, marmonna David.

Il avait l'impression que sa bouche était pleine de coton, et sa tête était lourde. Il prit quelques comprimés marron du flacon du placard, et les avala avec un verre d'eau. Puis, un autre, et un autre encore.

Bâillant largement, il se soulagea. Cela avait été bizarre au début, de partager une salle de bain. Bien sûr, il l'avait fait avec sa famille à la maison, mais cela n'était arrivé qu'une fois. Ils avaient pris leurs tours, Isaac et lui, la première fois, fermant toujours la porte, jusqu'à un matin quand son amant n'avait pas pu attendre. Depuis, c'était comme si une barrière s'était baissée.

Alors qu'il rougissait, la main d'Isaac sortit pour l'attirer dans la baignoire. David sourit, espérant que l'ibuprofène ferait bientôt son effet. L'eau qu'il avait bue l'aidait déjà. Il ferma le rideau derrière lui alors qu'Isaac l'embrassait profondément, ne perdant pas une seconde à plonger sa langue dans la bouche de David.

Mais ensuite, Isaac se pencha en arrière, ses sourcils froncés.

— Tu as un goût différent.

L'estomac de David se noua, et il força un sourire.

— Désolé. Je pense qu'ils appellent ça l'haleine du matin.

Ce n'était pas complètement un mensonge. Il fit pivoter Isaac pour faire face au pommeau de douche, et savonna son dos.

— Pas de problème. Tu vas bien ? Tu as l'air fatigué.

— Je n'ai pas bien dormi, mais je me sens bien.

Il fit glisser ses paumes sur les épaules d'Isaac.

— Mmm, fit Isaac en faisant rouler son cou. Rappelle-moi de ne plus plonger dans le Pacifique en printemps. C'était si froid que je pense m'être froissé les muscles.

Une vague de nausée l'envahit alors qu'il se remémorait la manière dont Isaac avait disparu sous l'eau. Il se força à garder la voix légère.

— Je ne suis pas surpris.

Il posa le savon vert sur son petit support, et frotta doucement la nuque d'Isaac et ses épaules.

Isaac se laissa aller contre lui.

— C'est agréable.

— Bien, dit David en embrassant la colonne vertébrale d'Isaac.

— J'adore l'eau courante, murmura ce dernier. Bien que celle que tu as créée dans la grange était quelque chose aussi.

David repoussa ses inquiétudes et effleura les fesses d'Isaac de ses doigts.

— J'ai toujours rêvé de t'emmener à nouveau là-bas, humide et avide.

Les épaules d'Isaac tremblèrent, et il se tourna, se mordant la lèvre.

— Vraiment ?

Il attira David sous le pommeau de douche et le savonna.

— Mmm. Tu le sais.

— Dis-le-moi encore, dit Isaac en parcourant la poitrine de David de ses mains moussantes, frottant ses tétons.

Des étincelles de plaisir aidèrent à calmer sa migraine.

— Le premier jour où tu es venu travailler pour moi, tu te rappelles d'avoir pris une douche ? Pendant que tu étais là-dedans, j'étais si dur que j'ai pensé que j'allais me mettre dans l'embarras.

Isaac sourit. De l'eau glissait sur ses yeux, et il repoussa ses cheveux en arrière, une bulle de savon s'attardant sur son front avant d'éclater.

— C'est vrai ?

— Bien sûr ! Tu étais nu et humide dans ma grange. Je voulais entrer et te plaquer contre le mur.

Il devenait dur maintenant, et il put sentir le sexe d'Isaac faisant de même contre sa cuisse.

Isaac glissa ses doigts moussants entre les fesses de David.

— Tu sais ce dont je me rappelle le plus à propos de cette douche dans la grange ?

— Quoi ? grogna pratiquement David.

Il attrapa les hanches d'Isaac et le rapprocha de lui, se frottant contre son amant.

Isaac enfonça son doigt dans l'entrée de David. Il se lécha les lèvres.

— Quand tu as posé ta bouche sur moi. Ta langue *en* moi. Je ne pouvais pas croire que tu le faisais. C'était si bon.

Puis son regard glissa vers la bouche de David avant de revenir vers ses yeux.

— Puis-je …

David ne put que hocher la tête, et ils remuèrent dans le petit espace jusqu'à ce qu'il soit contre le mur au pied de la baignoire, avec ses bras et ses jambes largement écartés. Il trembla alors qu'il sentait le souffle chaud sur sa peau. Les mains douces d'Isaac l'ouvrirent, et David tendit le cou pour voir Isaac embrassant son ouverture tendrement.

Il grogna.

— Isaac, s'il te plaît…

Puis la bouche d'Isaac le suçait, sa langue s'enfonçait dans l'entrée nichée entre ses fesses. Les genoux de David s'affaiblirent. Il ne savait pas que cela pouvait être si bon. Il avait aimé quand il l'avait fait à Isaac… s'était délecté de le goûter, à *l'intérieur*. Cela lui avait donné l'impression d'être si *pervers*, mais de la meilleure façon possible.

Et à présent, il s'ouvrait pour Isaac, tremblant alors que le nez de son amant se collait contre lui. Il sentit ses dents, et sa langue – et maintenant, son doigt – s'enfoncer à l'intérieur de lui. Ça le brûla, mais Isaac cracha sur son ouverture, léchant et embrassant et rendant le membre de David rouge et dur, le bout luisant poussant contre le prépuce. Ses doigts glissèrent sur les carreaux du mur, et Isaac agrippa ses hanches.

— Ne t'arrête pas, s'il te plaît, supplia David, mais avec Isaac, il ne ressentait aucune honte.

Les doigts d'Isaac l'écartèrent davantage, sa langue plongeant à nouveau. Il lécha les fesses de David, marmonnant quelque chose que celui-ci ne put comprendre.

Bientôt, la langue d'Isaac ne fut plus suffisante.

— Je veux que tu me prennes, grinça David.

Ce dernier entendit son amant se redresser et ouvrir le flacon de lubrifiant qu'ils avaient caché dans la douche. Ses gestes étaient durs alors qu'il enduisait l'entrée de David, son souffle chaud sur sa nuque. Il tourna la tête d'un côté à l'autre, avant de se retourner.

— Je dois te voir, Eechel.

Il ouvrit le rideau de douche et ils trébuchèrent dans le sol, Isaac s'étendant sur le dos, sur le tapis bleu duveteux. David grimpa sur lui et chevaucha ses hanches avant de tendre la main derrière lui pour aligner le membre d'Isaac avec son entrée. Quand il s'abaissa, ils gémirent tous les deux.

— Oh, David ! fit Isaac en regardant leurs corps joints, ses yeux sombres et ses lèvres écartées. C'est si bon !

Fléchissant les cuisses, David s'empala sur le membre épais et dur de son amant, le bout l'étirant. Cela faisait mal, et il se pinça les tétons, la douleur de son entrée diminuant en quelque sorte.

— J'aurais voulu que tu voies de quoi tu as l'air à cet instant, dit Isaac en caressant les hanches de David. C'est ça. Tu y es presque. Je te tiens.

David ne put détourner le regard d'Isaac alors qu'il s'abaissait. *Il est encore là. Il est réel.* Avec une poussée, et un cri, il prit le reste du membre de son amant. La sensation d'être complet était si imposante qu'il aurait pu être heureux, juste en restant comme ça avec le membre d'Isaac à l'intérieur de lui.

Mais il pencha en avant, tous les deux gémissant, et étendit ses mains sur le torse d'Isaac. Avec les poussées impérieuses d'Isaac, David le chevaucha. Le tapis de bain était un peu rugueux contre ses genoux tandis qu'il s'empalait sur le membre de son amant, mais tout ce qu'il lui importait était la sensation d'être empli, d'Isaac l'étirant, et le complétant.

Ce dernier le toucha ici et là, de petits pincements et de caresses qui étaient désordonnés. Il murmurait le nom de David, et celui-ci le chevaucha plus fort encore, se relevant et s'abaissant durement. Son membre rebondissait et luisait même s'il n'avait pas été touché.

Son regard était fixé sur celui d'Isaac, et il repoussa les cheveux humides de son front. Isaac était en sécurité et ils étaient ensemble. Il sentit la brûlure du membre de son amant au fond de lui se répandant comme de l'électricité. Ce qu'il ressentait pour Isaac était toujours là, et quand ils appuyaient sur l'interrupteur, le désir s'enflammait et emplissait chaque pore.

Haletant, David ondula des hanches, rejetant sa tête en arrière alors qu'il caressait le point sensible à l'intérieur de lui. Encore et encore… jusqu'à ce que ses bourses se contractent et qu'il jouisse, éclaboussant Isaac, qui tendit la main pour le caresser, et le masturber comme David aimait pendant que son autre main caressait sa cuisse.

— Donne-m'en plus, l'exhorta Isaac.

David le fit… une autre ruée de plaisir le traversant et sa semence s'écoula dans la main de son amant. Il voulait s'effondrer, mais Isaac était encore comme un tisonnier en fer à l'intérieur de lui. David resserra les fesses.

— Ton tour, maintenant.

La poitrine haletante, Isaac plia les jambes et s'enfonça en David, gémissant à chaque poussée. Sa peau humide brillait avec la semence de

David, et celui-ci se demanda si la prochaine fois, il pourrait prendre une photo, parce qu'Isaac était magnifique, ainsi exposé et nu.

— Je veux te voir comme ça pour toujours, murmura-t-il. Mon Isaac. Jouis pour moi.

— Oh, oh, oh...

Sa tête frappant le tapis, Isaac trembla en jouissant, ses yeux fermés, et sa bouche grande ouverte.

David se délecta de la sensation humide à l'intérieur de lui. Quand Isaac sortit de lui, il se pencha sur lui, et ils s'embrassèrent paresseusement. Même s'ils devaient revenir dans la douche et aller au travail et à l'école, David ferma les yeux. L'eau coulait toujours, et la vapeur emplit l'air, les entourant dans un cocon, et gardant le monde à distance.

— PIÈCE D'IDENTITÉ ?

David cilla en regardant l'homme derrière le comptoir, qui le fixait en retour d'un air froid.

— Je... je... euh. Je n'en ai pas, bredouilla David.

L'homme mâcha quelque chose avec de lents mouvements de mâchoire.

— J'ai besoin d'une pièce d'identité.

La sueur recouvrit les paumes de David, et il regarda la femme derrière lui dans le petit magasin. Son expression s'était assombrie, lui adressant un regard dédaigneux. Il retourna à nouveau vers le comptoir.

— J'ai vingt-deux ans.

— Alors, montre-moi ta pièce d'identité, et nous pouvons en finir.

L'homme devait avoir la quarantaine, et il portait un tee-shirt où était dessinée une grande balle noire avec une empreinte de patte, et les mots *Alley Cats* au-dessus. Ils s'étiraient sur tout son ventre.

— Je n'en ai pas.

Devrait-il expliquer qu'il était Amish et qu'un quelconque avocat en Ohio essayait de lui procurer un extrait d'essence ?

— Elle a été volée, lâcha-t-il à la place.

L'homme haussa les épaules.

— Ça craint pour toi, gamin. Mais je ne peux pas vendre sans pièce d'identité.

La colère surpassa soudain son embarras.

— Je suis un adulte ! Prenez juste l'argent !

Il lui jeta quelques billets et prit la bouteille de vodka. Il devait la prendre pour remplacer celle de la maison qu'il avait bue. L'alcool était très cher, alors c'était logique.

Le vendeur tendit la main et l'entoura sur le dessus de la bouteille.

— J'ai dit : pas de pièce d'identité, pas de vente. Dois-je appeler la police ?

— Laisse tomber, gamin ! Il y a une queue ! dit une voix d'homme.

David réalisa qu'il y avait maintenant deux autres personnes derrière la femme, qui renifla dédaigneusement.

— Sérieusement… personne n'a le temps pour ça aujourd'hui. Reviens quand tu auras une pièce d'identité, dit le vendeur en reprenant la bouteille et en repoussant l'argent sur le comptoir. Vas-y.

Le visage brûlant, David prit les billets et les enfouit dans la poche de sa veste alors qu'il sortait en trombe. Il pleuvait et faisait froid, et il baissa la tête alors qu'il marchait sur la rue. *Gamin.* Mais ils avaient raison, n'est-ce pas ? Il n'avait même pas un portefeuille encore, juste des clés et de l'argent liquide éparpillés dans ses poches avec son téléphone. Pas une seule pièce d'identité pour prouver qui il était.

Qui suis-je ?

La pluie tomba sur son visage alors qu'il parcourait les rues. Il avait eu une bonne journée, satisfait dans son atelier où tout avait son sens. Il n'y avait pas eu de musique tapante aujourd'hui, et il s'était perdu dans le rythme de son travail, lissant le bois et le coupant pour former les pieds pour la chaise de Clark. Isaac avait appelé dans la soirée, et David était heureux de l'écouter parler d'un air excité à propos d'un compte rendu qu'il écrivait sur la guerre civile.

À présent, les nerfs de David étaient chamboulés. *Gamin.* Aaron avait dit qu'il débutait juste dans le monde Anglais… qu'il était jeune. Mais David ne pouvait pas être jeune. Il n'y avait aucun temps pour cela. Il devait être un homme.

Des voitures détalaient, et des gens obstruaient les trottoirs. L'air était lourd de fumée alors qu'un bus le dépassait, et David tourna sur une autre rue, puis une autre, essayant d'échapper au bruit. Alors qu'il arrivait vers un feu rouge, et relevait les yeux, il réalisa qu'il faisait presque sombre. Dans la lumière croissante des lampadaires, la pluie était une brume.

Fermant les yeux, il pensa à une toile d'étoiles, et chevauchant les champs avec Kaffi, fort et solide sous lui. La chaleur de ses flancs et la rugosité de sa crinière. Il imagina les bras d'Isaac autour de lui, sa tête posée contre le dos de David alors qu'ils avançaient dans la forêt, seuls dans la nuit avec le murmure des feuilles.

Un klaxon retentit, et David ouvrit brusquement les yeux, se rejetant en arrière alors que des phares l'illuminaient, aveuglants. Il ne savait pas comment, mais il était sorti du trottoir.

— Faites attention ! cria un homme.

Le cœur battant, David recula, se pressant contre un bâtiment proche. Il se trouvait sous une enseigne, et de la pluie tombait bruyamment sur sa tête et ses épaules. Il se concentra sur sa respiration jusqu'à ce que ses mains arrêtent de trembler. La crainte qu'il ait un autre accident comme celui de la nuit dernière faisait remonter de la bile dans sa gorge.

Mon Dieu. Aidez-moi.

Il dit une prière dans son esprit, et la peur reflua. Mais quand David regarda autour de lui, sa nuque frissonnait. Il jeta un œil aux enseignes de la rue, mais les noms étaient vides de sens. Il revint vers le trottoir et regarda dans toutes les directions.

Il y avait des magasins, et ce qui avait l'air d'être de petits bâtiments d'appartements. Il réalisa avec un frisson qu'il ne savait même pas quel chemin il avait pris. Un bus passa, mais il avait un numéro différent et un nom autre que celui qu'il prenait d'habitude *14 Mission*, jusqu'à ce qu'il voie *24 Divisadero* de l'autre côté de la rue.

Ça va aller. Je vais appeler Isaac. Il me trouvera. C'était pathétique la manière dont David se reprit à trois fois avant de presser les bons boutons, ses doigts humides alors que son cœur battait rapidement. Il n'avait pas pu aller si loin. Ce n'était pas grave. Il attendit que l'écran s'allume.

Rien.

Il pressa le bouton rond à nouveau. Le téléphone restait obstinément noir. Marmonnant des jurons Anglais, David essuya l'écran avec sa manche, et appuya à nouveau, encore et encore avant d'essayer celui du dessus.

— Allez !

Cela ne servait à rien. Il secoua le téléphone violemment, se retenait à peine de le jeter. L'envie de crier était écrasante, et il cligna des yeux, en repoussant les larmes.

— Arrête ! Ça va aller. Tu vas bien.

Il devenait ridicule. S'il était vraiment un adulte, il pouvait sûrement trouver son chemin. Pourtant, l'inquiétude qui nouait son estomac persistait tandis qu'il avançait. Rue après rue, il semblait juste se perdre plus.

David marchait rapidement tandis qu'un vent humide se levait. Il s'arrêta devant une grande fenêtre, jetant un coup d'œil à l'intérieur, apercevant des tables au bois sombre et des télévisions sur les murs. C'était ce que les Anglais appelaient un pub, pensa-t-il. C'était chaleureux et accueillant, et il ouvrit la porte.

Il portait le nom de Flanagan, et à l'intérieur, il dépassa des banquettes douillettes, la plupart d'entre elles vides. Il y avait des gens ici et là, mais le bar n'était pas aussi bondé que le Beacon où ils étaient allés avec Aaron, ce qui était un soulagement.

Il ouvrit sa veste, et l'accrocha à un grand poteau près du bar. Heureusement, sa Henley violette était seulement un peu humide au niveau du col. Le tabouret rond couina tandis qu'il s'asseyait. Il n'y avait qu'un seul autre client, de l'autre côté, une bière devant lui et regardait la partie de basketball sur la télévision derrière le comptoir.

Le barman, un grand homme musclé et d'un certain âge avec des cheveux gris, hocha la tête vers lui alors qu'il posait des serviettes en papier devant David.

— Qu'est-ce que ce sera ?

Il pensa à la nuit dernière.

— Vodka.

— Comment la veux-tu ?

David cilla.

— Comment les gens la boivent ?

L'homme inclina la tête sur le côté.

— As-tu une pièce d'identité ?

Pendant un instant, David pensa qu'il allait en fait pleurer. Il passa une main sur son visage.

— Non. Je suis Amish, et j'ai quitté la maison il y a quelques mois. Je n'ai pas de pièce d'identité encore. Je me suis perdu, et je n'ai pas pu trouver le bon bus pour revenir à Bernal Heights. Je veux juste un verre.

Les sourcils du barman se haussèrent.

— C'est une chose qu'on n'entend pas tous les jours.

David se força à prendre une voix normale.

— J'ai vingt-deux ans, je le jure.

— D'accord. Je te crois. Tu as l'air d'avoir besoin d'un verre. Que dirais-tu d'une vodka tonique ?

Il n'avait aucune idée de ce que c'était, mais il hocha la tête.

— Merci, dit-il.

Le barman retourna une minute plus tard avec un petit verre rempli de glaces et un liquide clair et étincelant. Une tranche de citron était posée sur le côté, et une paillette qui dépassait.

— Et voilà ! Tu veux que je la mette sur ta note ?

— D'accord, dit David qui ne savait pas ce qu'il voulait dire, mais ce n'était probablement pas mal.

Il regarda le citron.

— Est-ce que je mets ça dans le verre ? demanda-t-il.

— Oui. Tu presses et remues. Quel est ton nom ?

— David, dit-il en prenant le citron et en le pressant, sursautant quand le jus éclaboussa son menton.

— Je suis Gary, se présenta le barman en tendant sa main. Ravi de te rencontrer.

David serra la main de l'autre homme.

— Moi aussi.

Il prit une gorgée de sa vodka tonique. C'était amer, mais il soupira de soulagement. S'il buvait ça, il se sentirait bien. Il ne serait pas malade comme la dernière fois.

— Dure journée, hein ? demanda Gary en prenant un chiffon et en commençant à essuyer les verres.

— Oui, répondit David en se sentant terriblement idiot. Je ne sais pas comment j'ai réussi à me perdre.

— Ça arrive aux meilleurs d'entre nous. Ne t'inquiète pas… je te donnerai les directions afin que tu trouves le bus. C'est seulement à quelques rues d'ici.

— Vraiment ?

David sourit pour la première fois de ce qu'il lui semblait être des heures.

— Merci, dit-il.

Il prit une autre gorgée, la brûlure réconfortante et le bourdonnement l'envahissant déjà.

Gary portait un simple tee-shirt et pantalon noirs, et à part les boutons brillants, David pouvait presque imaginer qu'ils soient des habits simples. Ce qui était stupide, puisque Gary n'avait pas de barbe et n'était évidemment pas Amish. Pourtant, il y avait quelque chose à propos de lui qui mettait David à l'aise.

— Je ne me suis jamais perdu comme ça avant.

Gary se mit à rire.

— Cette ville n'est pas vraiment facile. Ne t'en fais pas. Viens-tu de l'Est ? Pennsylvanie ?

— Minnesota, à vrai dire.

— Il y a des Amish au Minnesota ? OK.

Gary prit le verre suivant du plateau et l'essuya pensivement.

— Alors, qu'est-ce qui t'amène dans la côte ?

— Mon…

David s'interrompit, hésitant. Il ne pensait pas que ce soit un bar gay, alors il devrait être prudent.

— Je suis parti avec quelqu'un d'autre, et son frère vit ici. Nous habitons avec sa femme et lui.

— C'est bien que vous ayez des gens qui vous aident. Ça doit être un grand changement. Non que j'en sache beaucoup sur les Amish, mis à part ce que j'ai vu dans les films et à la télévision. Mais je sais que, si tu me laissais dans une ferme sans technologie, je serais grillé. Un vrai choc culturel.

Les cubes de glace tintèrent dans son verre alors que David finissait sa boisson. *Choc culturel.*

— Ouais, je pensais que j'en savais beaucoup sur le monde Anglais, mais finalement, je ne connais pas grand-chose.

— Un autre ? demanda Gary en indiquant le verre vide de David.

Il l'enleva quand celui-ci hocha la tête et lui versa un autre.

— Anglais ?

— Anglais est le nom que l'on donne aux non-Amish.

— Compris. Alors, comment saviez-vous des choses à propos de nous ?

— J'ai vu quelques films et j'ai utilisé de l'électricité dans la maison de mon amie. Je n'ai jamais pensé que ce serait si dur.

Alors qu'il disait les mots à haute voix, il éprouva un étrange soulagement. C'était *dur.*

Gary plaça la boisson fraîche dans le sous-verre.

— Tu vois des films et tout ? L'as-tu fait durant… comment vous l'appelez ? Rumspringa ? J'ai vu quelque chose de ce genre à la télé, des gamins Amish qui vendaient de la meth. Un truc dingue.

Il hocha la tête vers quelqu'un d'autre de l'autre côté du bar.

— Une seconde. Je vais resservir Joe.

Tandis que Gary versait une autre bière de l'un des robinets luisants, des souvenirs traversèrent l'esprit de David. Joshua profitant de son rumspringa à Red Hills, et leurs parents déplorant son attitude, impuissants. Le coup dur sur la porte, et deux policiers se tenant dehors, leurs chapeaux sous leurs bras. L'horrible douleur qui les avait conduits à Zebulon et à plus de règles.

David fit tourner sa paille autour de son verre, des images d'Isaac reprenant le contrôle de ses pensées. L'éclat de son sourire, et la manière dont ses yeux devenaient sombres de passion. La douceur de ses baisers, et comment son rire et ses cris de plaisir retentissaient dans la grange. Toutes les règles du monde n'auraient jamais pu les arrêter Isaac et lui de s'aimer. C'était bien plus qu'un rumspringa.

— Eh bien, voilà une expression heureuse, dit Gary alors qu'il reprenait son essuyage. Un sou pour tes pensées.

— Je pensais juste à mon ami. Celui qui est venu avec moi.

David savait qu'il rougissait en répondant, et il fixa son regard sur le comptoir, faisant courir ses doigts dessus.

— Un très bon ami, hein ?

David prit une profonde inspiration.

— Plus que cela. Nous sommes…

Il releva les yeux vers Gary. L'homme était un parfait étranger, mais il était à l'aise à l'idée d'en parler avec lui. *Peut-être que les Anglais et leurs technologies déteignent sur moi.*

— Je l'aime.

Dès que les mots quittèrent sa bouche, il se tendit.

Mais Gary sourit seulement alors qu'il posait un autre verre sur l'étagère.

— C'est bien, dit-il, puis il siffla doucement. Ah, mon garçon, j'imagine qu'être gay n'est pas très répandu chez vous. Étant religieux et tout ça.

David sourit tristement.

— Non. Pas du tout.

— C'est bien que vous vous soyez trouvés alors. Quel est son nom ?

— Isaac.

— Hey ! C'est le nom de mon fils aussi, dit le barman en sortant un portefeuille de sa poche, et l'ouvrant. Elle, c'est ma femme Karen avec Isaac et Julie. Les enfants sont plus grands maintenant. Nous aussi, bien sûr. Nous devons prendre une autre photo…

David regarda la photo d'une famille heureuse, qui se trouvait sous une pochette en plastique. Gary et sa femme se tenaient derrière leurs enfants, qui étaient adolescents. Ils souriaient tous largement devant une sorte d'arrière-plan qui était tacheté de bleu. Isaac avait le nez de son père, et son front large.

— Vous êtes tous beaux. J'aurais voulu avoir une photo de ma famille.

Gary reprit son portefeuille, et le remit dans sa poche.

— N'as-tu rien sur toi, ou bien les photos sont interdites ?

— Interdites, répondit David en sirotant son verre. Parfois, je me dis que je vais oublier leurs visages.

Il força un sourire.

— C'est stupide.

Il prit quelques cacahuètes dans un bol et les mangea.

— Pas du tout stupide. Alors, c'est pour ça que toi et Isaac êtes partis de votre ville ? Parce que vous êtes gays ?

David hocha la tête.

— Nous n'aurions jamais été ensemble là-bas. Mais il y a d'autres raisons aussi. Toutes ces règles, et la vie simple… C'était difficile. Je me posais des questions parfois.

Les mots semblaient sortir avec chaque gorgée avalée.

— Je pense que *difficile* est un euphémisme.

— Je me demandais si c'était la seule voie. Peut-être que Dieu se soucie plus de ce qu'il y a dans nos cœurs que de savoir si nous avons de l'électricité, ou de quelle largeur nos chapeaux doivent être. Ou seulement si nous devrions porter des chapeaux.

Il dit les mots, mais il aurait voulu les croire vraiment. Il fit courir une main dans ses cheveux humides.

— Je suis désolé. Je parle beaucoup. Si vous avez du travail à faire, s'il vous plaît, ne vous arrêtez pas pour moi.

Gary lui montra son chiffon et un verre.

— Je le fais. En plus, je suis un barman. C'est mon travail, d'écouter les clients.

Il sourit.

— Et en passant, ce que tu as à dire est beaucoup plus intéressant que Joe se plaignant des Warriors. Dis-moi, qu'est-ce que tu fais ? Ton travail, je veux dire.

— Je suis charpentier.

— C'est vrai ? Je n'ai jamais été très habile de mes mains, alors je te tire chapeau.

— Avez-vous toujours été un barman ?

Cela ne lui semblait pas être un mauvais travail.

— Ouais. Depuis l'université. J'ai réussi à éviter l'enrôlement de justesse, et je me suis promis de faire quelque chose que j'aimerais vraiment, une fois que j'ai eu mon diplôme de commerce sur lequel mon père insistait. Et me voilà ! Je dois admettre que le diplôme était utile quand j'ai décidé d'avoir mon propre business.

— C'est votre bar ?

— Exactement. Gary Flanagan, à ton service ! Tout comme le nom sur la fenêtre, dit-il en souriant. Depuis vingt ans maintenant, et j'en suis toujours fière.

— Peut-être que j'aurais ma propre entreprise de menuiserie, un jour.

La pensée réchauffa David à l'intérieur.

— Je parie que tu l'auras ! Il faut juste travailler dur, un peu de chance et oh ouais ! Travailler encore plus dur !

Il indiqua le verre vide de David et haussa les sourcils. Ce dernier hocha la tête.

— Ça ne me dérange pas. Je suis habitué à ça.

Quelque chose que Gary avait dit le turlupina.

— C'est probablement une question stupide, mais que vouliez-vous dire par l'enrôlement ?

— Pour la guerre. Vietnam, répondit Gary en préparant à David un autre verre, versant la vodka en levant bien le bras, et n'en perdant pas une goutte. Ils enrôlaient des hommes – dans l'armée, je veux dire – jusqu'à la fin de l'année soixante-douze, et j'ai eu dix-huit ans deux mois plus tard. Je ne voulais pas vraiment aller à l'université, mais j'ai pensé que je ferais mieux d'y aller. Nous ne savions toujours pas s'ils allaient prolonger l'enrôlement après tout.

Celui lui rappelait vaguement quelque chose.

— Alors, si vous vous étiez enrôlé, vous n'auriez eu aucun autre choix que celui d'aller en guerre ?

— C'est ça, répondit Gary en essuyant le comptoir avec un chiffon. Peut-être que c'était lâche, mais je n'avais aucun désir d'aller tuer dans la jungle. Ou de mourir là-bas, non merci !

— Je ne vous blâme pas, dit David en frissonnant en pensant à la guerre. Il y a tellement de choses que je ne sais pas. Nous allons seulement à l'école jusqu'à la huitième année, et nous n'apprenons pas beaucoup à propos du monde extérieur. J'ai lu des livres Anglais durant ces dernières années, mais je dois lire plus apparemment.

— Pas de honte à avoir sur ça. Crois-moi, il y a beaucoup de personnes qui ont toutes les opportunités pour apprendre, mais qui ne peuvent même pas trouver leur cul avec deux mains. Je vais te raconter une histoire à propos d'un gars que je connaissais à l'université.

Riant, David écouta les histoires de Gary. Quand il finit son verre, il pensa à avoir un autre. Il se sentait si satisfait. Mais ensuite, il remarqua l'heure derrière le bar.

— Il est presque neuf heures ?

— En effet.

L'estomac de David se noua. Il avait sûrement parcouru les rues plus longtemps qu'il ne l'avait pensé.

— Je rentre à la maison vers six heures et demie, d'habitude. Isaac va se demander où je suis.

Il sortit de l'argent de sa poche.

— Combien vous dois-je ?

— Le premier était sur la maison, alors quinze dollars pour les autres.

Dois-je protester ? Serait-ce grossier ?

— Très bien. Merci beaucoup.

David prit un billet de vingt dollars.

— Est-ce assez pour un pourboire ? Je n'en sais vraiment rien.

Gary sourit.

— C'est bien plus qu'assez. Je vais te donner de la monnaie.

— Non ! S'il vous plaît, prenez tout. Merci.

— D'accord alors. C'était un vrai plaisir de te rencontrer, David. Reviens vite. Oh et laisse-moi te donner ces directions.

Il prit un stylo et prit une serviette en papier.

— C'est vraiment très facile.

— Merci pour votre aide, et pour le verre. C'était agréable de vous rencontrer aussi.

— Reviens vite, dit Gary.

Ils se serrèrent les mains, et quand David tourna à quelques rues, où il pouvait prendre le bus, il souriait, tout son corps détendu et rougi. Il s'arrêta dans une épicerie pour acheter des pastilles mentholées. Il ne voulait qu'Isaac sache qu'il avait bu. Les Anglais le faisaient tout le temps, mais cela pourrait l'inquiéter. Pourtant, David avait eu besoin de directions, alors c'était une bonne chose qu'il ait trouvé le bar.

Il suça une pastille alors qu'il attendait le bus. Sa peur d'un peu plus tôt était bien loin maintenant, et il fredonna une chanson inconnue. Il pleuvait à nouveau, mais cela faisait briller les lampadaires, et il se fichait bien que ses pieds soient trempés.

CHAPITRE Treize

— TU AS le chargeur, n'est-ce pas ?

— Oui, répondit David en glissant sa main sur le dos d'Isaac et en embrassant sa joue alors qu'il se levait de son tabouret. Je te promets que ça ne se reproduira plus.

Isaac remua sa cuillère dans son bol.

— Je ne veux pas te harceler. C'est juste que…

Il croqua quelques céréales et joua la fermeture éclair de sa veste bleue.

David savait qu'Isaac avait été fou d'inquiétude quand il était enfin arrivé à la maison. Il avait même obligé Aaron à l'accompagner à l'atelier pour vérifier s'il était là et s'il allait bien. La culpabilité se mélangea à de l'affection quand il pensa à la manière dont Isaac s'était désespérément accroché à lui alors qu'ils étaient sur le point d'aller au lit.

Le lave-vaisselle était un appareil que David n'avait pas encore essayé de comprendre encore, mais il mit sa cuillère et son bol à l'intérieur. Cela, il pouvait le faire. Il revint vers le comptoir et entoura Isaac de ses bras en posant son menton sur les épaules d'Isaac.

— Je suis désolé.

Isaac se pencha en arrière, traçant ses doigts sur les mains de David.

— Toutes ces pensées horribles parcouraient ma tête. Si tu avais été heurté par une voiture, ils ne sauraient même pas qui appeler.

Imaginant ça arriver à Isaac envoya un frisson glacé à travers David.

— Nous devrions acheter des portefeuilles, et nous pouvons écrire nos numéros dessus. Pour une urgence.

— C'est une bonne idée. Je suppose que nous aurons besoin de portefeuilles, de toute façon. Avec un peu de chance, nous aurons nos pièces d'identité bientôt.

David repensa à la bouteille de vodka qu'il devait toujours acheter, et fut content qu'Isaac ne puisse pas voir son visage. Il pouvait sûrement trouver un endroit qui leur vendrait, et il s'assurerait qu'il ne boive plus et n'aurait pas besoin de la remplacer encore.

Il fit courir ses mains sur les hanches d'Isaac et ses cuisses, sentant ses poches vides.

— Tu ne prends plus le petit couteau.

À la place, il se trouvait sur la table à chevet de leur chambre.

— Je ne suis pas autorisé à l'amener à l'école.

C'était logique, mais cela attristait David pour une raison inconnue.

— Hey, veux-tu voir un film, ce soir ? demanda Isaac.

— D'accord.

Le souvenir d'Isaac à côté de lui dans le pick-up de June, regardant l'écran énorme du Sky-Vu fit sourire David. Il aurait voulu que San Francisco ait un cinéma en plein air. Peut-être qu'il y aurait un tout près, en été. Bien entendu, il devrait avoir son permis, et la pensée de conduire en ville rendait ses paumes moites et faisait bondir son cœur.

— Chris dit qu'il achètera les billets, cet après-midi, alors nous allons juste lui donner l'argent, ce soir.

Isaac tourna sa cuillère dans le bol.

Le sourire de David disparut.

— Chris ?

— Ouais. Lola vient aussi. Ils veulent vraiment te rencontrer. Ce sera amusant !

Amusant. David savait que ça le serait, mais des pensées anxieuses s'engouffrèrent dans son esprit. *Et s'ils ne m'aiment pas ? Et si je dis quelque chose de stupide ? Et si j'embarrasse Isaac ?* Posant un baiser sur la nuque d'Isaac, il alla vers le frigidaire et jeta un coup d'œil à l'intérieur.

Il n'avait pas vraiment eu d'amis à Zebulon. Après qu'il ait quitté l'école, il y avait eu tellement de travail à la maison, mais pire encore, il avait commencé à réaliser que les envies contre-nature qui le laissaient éveillé la nuit, avec des draps honteusement collants devenaient plus fortes alors que le temps passait. Et si ses amis s'en apercevaient ? C'était mieux de garder ses distances.

Jusqu'à ce qu'Isaac change tout. Il était content que son amant se soit fait des amis à l'école, mais l'idée de les rencontrer était décourageante. Il repensa à quelque chose qu'il avait vu à la télé… faire une bonne impression, disaient les Anglais. Il voulait être au mieux de sa forme pour rencontrer les nouveaux amis d'Isaac. Plus intelligent. Il les verrait quand il aurait la chance de lire beaucoup de livres. Quand il aurait beaucoup de choses à dire. *Bientôt.* La semaine prochaine, même. Oui, il les rencontrerait la semaine prochaine.

— Oh, attends, dit David.

Il ouvrit l'un des placards et prit un pot de beurre de cacahuètes. Il ne regarda pas Isaac alors qu'il faisait son sandwich.

— Je viens juste de me rappeler que j'ai beaucoup de travail, ce soir.

— Vraiment ? Pourquoi ?

David fit aller nerveusement son orteil sur la ligne de l'une des planches du bois dur alors qu'il posait deux tranches de pain sur le comptoir. Du coin de ses yeux, il pouvait voir qu'Isaac le fixait, sa cuillère en l'air.

— J'ai une nouvelle commande que je dois faire. Pour l'un des amis de Clark.

C'était vrai que l'ami de Clark avait demandé un bureau.

— Clark ? demanda Isaac, et puis, il marmonna quelque chose.

— Il a parlé de la table à beaucoup de personnes. Il m'a vraiment aidé.

David étala le beurre de cacahuètes sur le pain, s'assurant qu'il en mettait dans tous les coins.

Isaac ricana.

— Ouais, c'est ça.

— Quoi ? demanda David en le regardant. Qu'y a-t-il ?

Les yeux fixés sur son bol, Isaac haussa les épaules.

— Rien. Il est juste bizarre.

David fronça les sourcils. Isaac n'avait pas l'habitude de parler de quelqu'un de cette manière.

— Pourquoi ? Je sais qu'il porte du maquillage et la manière dont il s'habille est… différente. Mais il est gentil. Et c'est un client qui paye.

— Je sais, dit Isaac en secouant la tête. Je suis juste déçu à propos de ce film. Veux-tu que je reste aussi et t'aide ?

Oui !

— Non, bien sûr que non. Va voir le film avec tes amis. Amuse-toi.

— Tu en es certain ?

Non !

— Absolument.

Il n'était pas juste qu'Isaac manque le film parce que David était trop nerveux pour rencontrer de nouvelles personnes.

— Mais je n'ai pas assez travaillé. Tu donnes à Aaron de l'argent pour les choses qu'il nous a acheté à tous les *deux*.

— Évidemment. Tu n'as pas à t'inquiéter de l'argent.

Il sortit un rouleau de papier en aluminium du tiroir avec un froncement de sourcils. Jen et Aaron lui répétaient à chaque fois qu'il pouvait manger ce qu'il voulait, mais David savait qu'il devrait faire ses propres courses. Il donnait à Aaron autant d'argent qu'il pouvait le plus rapidement possible, mais le voilà qu'il mangeait quand même leur nourriture.

Pourtant, lorsqu'il s'était arrêté à l'épicerie sur son chemin vers la maison, une nuit, il avait seulement parcouru un rayon avant d'être complètement submergé. June en avait toujours mis dans le petit frigidaire de son atelier, dans sa ferme, et bien sûr, Mère s'occupait de la nourriture à la maison.

Isaac renifla alors qu'il contournait le comptoir.

— Si, je dois m'inquiéter à propos de l'argent. Je ne peux pas juste m'attendre à ce que mon frère et toi payez pour tout. Ce n'est pas juste !

David agita une main.

— Isaac, ça va. Tu devrais t'amuser.

— Toi aussi ! Mais tout ce que tu fais, c'est *travailler* ! s'écria Isaac en ouvrant le lave-vaisselle. Et il est rempli ! Pourquoi ne l'as-tu pas allumé ?

— Je ne sais pas comment.

— Ce n'est pas si dur !

Isaac ouvrit le compartiment sous le lavabo et sortit du détergent.

— Tu remplis juste un peu de savon dans le support, dit-il en pressant violemment la bouteille. Puis tu fermes la porte et tu appuies sur ce bouton ! Tu vois ? C'est facile. Si j'ai pu apprendre à le faire, alors toi aussi !

Alors que le bruit de l'eau bourdonnait ensuite dans le lave-vaisselle, David essaya de garder sa voix plate.

— Oui, je vois. Et nous sommes juste allés à la plage deux jours plus tôt.

Bien que ça n'avait pas été *amusant*.

— Je dois rattraper le temps perdu.

— Je sais ! Mais…

Isaac s'interrompit en secouant la tête.

— Oublie ça.

— Très bien !

David tira sur le papier aluminium et l'arracha sur le bord irrégulier, grimaçant quand il se coupa l'index. Gémissant, il secoua la main.

— Tu vas bien ?

— Oui, marmonna-t-il, essuyant la goutte de sang de son doigt.

— Laisse-moi regarder ça, dit Isaac en attrapant le poignet de David et en levant sa main.

Il pressa son pouce sur la petite coupure.

— Ce n'est rien.

Mais David ne s'éloigna pas, profitant de la chaleur de son amant. Il ne savait pas comment ils en étaient arrivés d'un petit-déjeuner calme à se crier l'un sur l'autre. Il frotta son autre main sur la hanche d'Isaac, l'attirant plus près.

Un petit sourire apparut sur le visage d'Isaac avant que celui-ci n'amène doucement le doigt de David dans sa bouche.

— Je l'embrasse pour qu'il aille mieux, murmura-t-il. J'ai vu ça à la télé.

Quand David couvrit la bouche d'Isaac de la sienne, il goûta un peu de son sang. Aaron était allé travailler, et Jen ne serait pas à la maison avant un moment, puisqu'elle était de garde cette nuit et qu'elle faisait encore quelques heures supplémentaires. David attrapa les hanches de son amant et le fit reculer vers le bord du comptoir.

Alors qu'il suçait sa bouche, aimant la manière dont Isaac tordait ses cheveux, tout le reste disparut. Là, il revenait sur la terre ferme… juste son amant et lui, pas d'inquiétudes sur l'argent, ou comment acheter des courses, ou allumer le lave-vaisselle, ou impressionner de nouveaux amis. Là, David savait ce qu'il faisait. Il se laissa tomber à genoux et tira sur le tee-shirt d'Isaac et sa veste, embrassant le ventre de son amant et jouant sur le bouton de son jean.

Le plancher dur sous ses genoux, il pouvait presque imaginer qu'ils étaient de retour dans la grange, cachés dans l'une des stalles avec un Kaffi hennissant tout près. Isaac caressa la tête de David et ses épaules, ses doigts s'enfonçant sous le col du tee-shirt de ce dernier. Après avoir fait descendre le jean de son compagnon sur ses cuisses, et blotti son nez contre son sexe à travers son sous-vêtement, David lui sourit.

— Tu essayes encore les slips ?

— Oui, fit Isaac en se léchant les lèvres. Ils sont serrés. Surtout maintenant.

— Mmm, j'en suis sûr.

David suça le membre d'Isaac à travers le tissu gris pendant qu'il traçait de sa main la forme de ses hanches. Il portait des boxers, mais à la maison, il ne portait rien sous son pantalon de pyjama ou de survête-ment. Il ouvrit la bouche pour prendre le bout humide du sexe d'Isaac pendant que ses doigts caressaient les cuisses de celui-ci, effleurant ses taches de rousseur et ses fins poils clairsemés.

— S'il te plaît…, gémit Isaac, ondulant des hanches.

David le taquina pendant une autre minute, baissant le slip avec plus de baisers et de caresses. Quand il enfonça finalement le membre de son amant dans sa bouche, il gémit au goût familier. Il aimait la sensation de son sexe étirant ses lèvres, de la salive débordant des coins de sa bouche tandis qu'il suçait.

Tremblant, Isaac posa la main sur l'arrière de la tête de David, l'autre tenant le comptoir derrière lui.

— Oui, mon David. C'est si bon ! Ressens-tu ce que je ressens quand je te le fais ?

Il haleta.

— Si parfait ? continua-t-il.

Hochant la tête, David suça plus fort et prit les boules d'Isaac dans sa bouche, il en avait fini avec les taquineries et mourrait d'envie de goûter sa jouissance… ayant besoin d'être le seul qui la lui donnerait. Il toucha les endroits sensibles qu'il avait découverts durant des mois, chaque cri et tremblement des lèvres d'Isaac l'emplissant de satisfaction et de fierté. C'était quelque chose sur lequel il ne se tromperait pas. Ce serait toujours la même chose, peu importe où ils seraient.

Quand Isaac jouit dans sa bouche, David déglutit avidement, ses narines frémissantes. Il était dur dans son jean, mais il ne se toucha pas… se concentrant seulement sur Isaac, et tirant chaque dernier frisson de plaisir jusqu'à ce que son amant repousse sa tête.

— OK, OK, trop !

Puis Isaac fut sur le sol avec lui, l'embrassant profondément et tirant sur le pantalon de David. Ils roulèrent ensemble au milieu de la cuisine, riant quand Isaac jura à propos de la fermeture éclair de son pantalon. Ils se goûtèrent et se touchèrent jusqu'à ce qu'Isaac se mette sur son dos et que le boxer et le jean soient autour de ses chevilles. Puis il attira les hanches de David vers lui et les genoux de ce dernier furent écartés largement sur chaque côté du cou d'Isaac.

— Ma bouche, insista ce dernier.

David n'avait pas besoin qu'on le lui demande deux fois. Se relevant avec une main sur le sol, il glissa l'autre sous la tête d'Isaac, tenant son crâne alors qu'il ondulait les hanches. Il vit son membre emplir la bouche du jeune homme, et celui-ci gémit autour de lui, envoyant des vibrations à travers les bourses de David et qui ricochèrent le long de sa colonne vertébrale.

— Plus pour longtemps, marmonna David.

Isaac caressa ses hanches et cuisses, ses doigts vadrouillant jusqu'à taquiner les fesses de David et l'obliger à s'enfoncer plus. Quand Isaac s'étrangla un peu, il se recula. Ses yeux étaient embués, pourtant, il planta ses doigts dans les hanches de David.

— Si près, haleta ce dernier tandis que ses boules se resserraient.

Le plaisir l'envahit en un instant, une vague le balayant et volant son souffle. Il trembla à chaque pulsion tandis qu'Isaac déglutissait. Un peu de sa jouissance s'écoula de ses lèvres, et la vue déclencha en David un autre jet. Il frissonna quand Isaac le nettoya en le léchant.

— Oh, oh…, murmura-t-il.

David roula sur le dos à côté de son amant, et leurs torses s'élevèrent et s'abaissèrent rapidement. La langue d'Isaac sortit pour attraper les gouttes qu'il avait manqué, et David sourit. Il savait qu'ils devaient probablement parler à propos de leur querelle, mais pourquoi revenir là-dessus encore ? Tout allait bien à présent.

— Je devrais me nettoyer et aller à l'école, et toi, tu dois travailler.

— Mmm…

Isaac embrassa la joue de David et se pressa contre lui.

— Merci pour tout ce que tu fais. Tu travailles si dur. Que disent les Anglais ? C'est toi qui amènes de quoi manger.

David se mit à rire.

— Oui.

— Et le chocolat ! Je ne t'ai pas remercié pour le petit cadeau que tu as glissé dans mon cartable. Comment savais-tu que les Reese étaient mes préférées à Red Hills après la glace ?

Il haussa les épaules.

— Aaron l'a mentionné. Ce n'est pas grand-chose.

Isaac l'embrassa encore.

— Ça l'est pour moi.

Ici avec Isaac, tout semblait possible. David posa son visage contre sa joue.

— Peut-être que je viendrais au film, ce soir.

La pensée rendait ses mains moites, mais il se devait d'être courageux.

— Vraiment ? dit Isaac, son visage s'illuminant. Ce sera tellement amusant. Ils vont t'aimer, j'en suis certain !

David ne le savait pas, mais il sourit. Après quelques instants, il gémit.

— Nous devrions y aller.

Quand ils finirent de s'arranger, et enfilèrent leurs chaussures à la porte d'entrée, Jen entra. Une partie de sa chevelure sombre était raide et terne autour de son visage, et son sourire était sans enthousiasme.

— Hey, les garçons. Passez une bonne journée.

Elle enleva ses chaussures et mit ses pantoufles, laissant tomber un paquet d'enveloppes sur la table basse.

— Tu vas bien ? demanda Isaac en la regardant avec inquiétude.

Jen agita la main.

— Ouais. Juste une longue garde. Il y a eu un énorme accident plus tôt dans la journée avec un camion à remorque.

— Un camion ? demanda David.

— Ouais, répondit-elle en accrochant sa veste dans le placard et en levant les mains au-dessus de sa tête, bâillant.

Sa blouse verte était tachée et froissée.

— J'ai besoin d'une douche et d'un peu de sommeil. À plus tard.

— Bye, dit Isaac en ouvrant la porte d'entrée.

David le suivit, se figeant quand il regarda le courrier sur la table. Une lettre sortait de dessous un prospectus de papiers toilettes.

M. David Lantz.

Il aurait reconnu l'écriture désordonnée de sa mère partout. Isaac se trouvait déjà sur les marches, dehors, et David ne put parler. Il vit sa main se tendre pour attraper la lettre comme si c'était quelqu'un d'autre.

— David ? Nous devons y aller !

Les yeux fixés sur l'enveloppe blanche avec aucune adresse retour,

David hocha la tête.

— David ?

— Je viens, dit-il, la voix rauque.

Il plia l'enveloppe et la glissa dans la poche de son manteau.

Sous la pluie fine, ils marchèrent vers l'arrêt de bus que David prenait. Isaac lui dit au revoir avec un sourire avant de tourner à la prochaine rue. La lettre qui se trouvait dans sa poche pesait si lourd que David pouvait à peine bouger. Alors qu'il regardait le bus approcher dans la matinée grise, il réalisa que son sandwich au beurre de cacahuètes se trouvait toujours sur le comptoir. Il n'y retourna pas.

LE SEUL MORCEAU de papier se trouvait à ses pieds, froissé.

De sa place du canapé, David pouvait toujours voir l'écriture éraillée de Mère. Cela lui importait peu qu'il ne puisse pas voir tous les mots… il avait l'impression que chacun d'eux était gravé au fer rouge dans son esprit. Il donna un coup à la lettre avec son pied, le regardant trottiner dans le sol en béton.

À David,

Je n'ai jamais pensé que ce serait possible d'être aussi déçu par un fils, mais tu m'as prouvé le contraire. Je prie le matin, le soir, et la nuit pour que tu nous reviennes. Que tu reviennes vers ta famille et ta communauté, et par-dessus tout, vers Dieu, qui te pardonnera tes péchés si tu te repentis. Tu sais que c'est la seule voie pour aller au paradis.

Je ne sais pas ce qui t'est arrivé pour que tu sois si désobéissant. Que tu puisses céder à la vanité étrangère et à la tentation. Je suis seulement heureuse que ton Père ne soit pas obligé de supporter la honte, comme je le fais.

Je te supplie de trouver l'humilité encore une fois, et de revenir à Zebulon. Tu as brisé mon cœur.

Ta Mère.

Il avait fermé la porte du garage, à cause du matin humide, et la lumière qui avait été si lumineuse. Le *thump-thump-thump* de la musique d'Alan retentit à travers lui, et David regarda à la pile de bois qui se trouvait dans le coin, et les outils accrochés au mur.

Il ne savait pas quelle heure il était. Il savait que, s'il appelait, Isaac se serait précipité et l'aurait pris dans ses bras. Qu'il pourrait se perdre dans Isaac, et oublier chaque mot de Mère. Au moins, pour un moment.

Non.

David devait être fort. Isaac avait école. Isaac s'adaptait. Isaac allumait le lave-vaisselle, et avait des amis. Il n'avait pas besoin d'être entraîné dans tout ça. Il avait eu sa propre lettre déjà, et cela l'avait assez bouleversé. David sortit son téléphone avec des mains tremblantes et tapa doucement un message à Isaac, disant qu'il avait du travail après tout et qu'il ne pourrait pas venir au film. Il détestait mentir, mais c'était mieux pour tout le monde. Il ne voulait pas qu'Isaac le voie ainsi et s'inquiète. Une image de son amant disparaissant sous les vagues le hantait.

Espérant qu'il puisse arrêter d'entendre la voix de Mère dans sa tête, David frotta ses mains sur son visage.

— À quoi je m'attendais ?

Sa voix était rauque et étrange.

Il savait que Mère ne comprendrait jamais pourquoi il était parti, et bien entendu, elle ne connaissait même pas la raison. Il ferma les yeux.

Supporter la honte.

Son souffle devint court et rapide, David se força à ne pas pleurer alors que des pensées s'infiltraient dans son esprit... l'horreur de sa mère si elle découvrait sa vraie nature... le cœur brisé de Mary rendrait le tout amèrement douloureux... les larmes de confusion de sa sœur. Elles avaient tellement perdu déjà.

Si seulement Mère savait la honte que David amènerait à elle et ses sœurs, elle aurait… il ne pouvait honnêtement pas imaginer comment elle le prendrait. Son amour pour Isaac serait impensable pour elle. Elle ne pourrait jamais connaître la vérité. Aucune d'elles ne le pourrait. Il les avait assez blessées en partant, et il n'y aurait jamais de mots justes pour leur faire comprendre sa nature.

Que tu reviennes vers ta famille et ta communauté, et par-dessus tout, vers Dieu, qui te pardonnera tes péchés si tu te repentis.

— Je n'irais jamais au paradis.

Il devait l'accepter, mais cela le blessait si profondément.

Peut-être qu'il pourrait voir Mère et les filles à nouveau dans ce monde, mais Père était déjà perdu. Il essaya de se rappeler si ce dernier lui avait parlé d'autre chose que de la ferme ou de l'Ordre, mais échoua. Ce jour-là, Père l'avait réprimandé d'avoir juré quand il s'était blessé le pouce avec le marteau. David pouvait toujours entendre sa voix basse résonner, bien qu'il ne sache pas si les années l'avaient déformée et lui donnaient l'impression qu'elle était plus dure dans son esprit.

«—Tu iras en enfer si tu parles ainsi ! Jurer est une offense à Dieu. Tu le sais, et pourtant, tu pèches. »

Une heure plus tard, David avait vu Père s'effondrer parmi les champs. Son visage était déjà pâle.

Peut-être que je ne l'avais pas mis en colère avec mon péché, il n'aurait pas eu de crise cardiaque.

La mort de Père avait amené David à June, et une partie de lui avait aimé croire que c'était la volonté de Dieu… un signe que le monde Anglais n'était pas si mal après tout. Un signe que, peut-être, l'Ordre n'avait pas toujours raison, même si les dernières paroles de Père avaient été un avertissement.

Pourtant, je pèche toujours.

Il était là, à des milliers de kilomètres, dans une *ville*, avec son amant. Il avait brisé le cœur de sa mère et ignoré les avertissements de son père.

Tout se ferma brusquement sur lui comme l'autre nuit, et il avait l'impression qu'une dizaine d'oiseaux étaient piégés à l'intérieur de son torse, leurs ailes le martelant. Haletant, David s'adossa contre le canapé, la certitude qu'il allait mourir l'étranglant alors que sa vision était réduite à un tunnel avec seulement un soupçon de lumière.

Tremblant, David pria le Seigneur d'être clément, piégé dans l'emprise de la nausée… ou peut-être la folie. Il avait l'impression que ça s'éternisait, et il pensa aux mots allemands, incapable de faire plus que de haleter et de déglutir jusqu'à ce que la panique passe et qu'il puisse respirer à nouveau, sa vision s'éclairant. Il avait l'impression que tout son corps souffrait avec une envie de pleurer. Il était si pathétique. Il devenait fou dans le monde Anglais.

Le petit réfrigérateur bourdonna dans le coin. Frissonnant, David rampa vers lui. L'étiquette de la bouteille de champagne s'arracha facilement, mais cela prit quelques minutes à ses doigts tremblants de dévisser la pièce de métal, et du travail, pour le retirer. Le son retentit faiblement dans le sol alors que quelques bulles se déversaient sur ses doigts.

S'effondrant dans le canapé, David inclina la bouteille à ses lèvres. Le champagne remonta rapidement vers sa tête alors qu'il avalait. Il se sentait bien. Il n'allait pas mourir. Il avait juste besoin d'être fort. C'était la seule chose qui avait de l'importance… sa propre faiblesse.

David respira plus facilement alors que le bourdonnement bienvenu l'emplissait, bloquant tout le reste. Il imagina que c'était ainsi que le pardon de Dieu serait.

CHAPITRE Quatorze

— *LA HUITIEME ANNEE ?*

David prit une autre gorgée de sa bière. Dans la chaise à côté de lui, Isaac sirotait son soda, et hochait la tête à un homme dont le nom était… Liam, peut-être ? Logan ? Il y avait trois nouvelles personnes, et ils avaient dit leurs noms, mais David ne savait plus ce qu'ils étaient. Il devait y porter un peu plus d'attention, mais c'était si bruyant.

— Il y a beaucoup trop de travail à faire dans la ferme pour rester à l'école, expliqua Isaac.

De l'autre côté de la table, Liam/Logan siffla.

— Whaou ! Je ne peux même pas l'imaginer. J'ai vu des trucs à la télévision, et ça m'a toujours semblé si vieillot ! Mais même pas avoir une éducation digne de ce nom ? C'est comme de la maltraitance d'enfants !

David remua dans sa chaise, ravalant l'envie de défendre les coutumes Amish. Bien sûr, alors que le temps passait, il réalisait encore et encore combien il était non-instruit. Mais les mots comme la *maltraitance d'enfants* laissaient un goût amer sans sa bouche. Il aurait voulu qu'Aaron soit là. Aaron aurait su quoi dire, mais il arrivait bientôt avec Jen.

— Ils ne nous maltraitaient pas ! C'est juste une vie différente de la vôtre, dit Isaac d'un ton sec.

— Bien sûr, dit Liam/Logan en levant les mains. Je suis désolé. Je n'aurais pas dû dire ça. C'est juste dur pour moi de l'imaginer. C'était déjà assez difficile de grandir en étant gay à Sacramento. Gay et chinois n'étaient pas un bon mélange. Quand je suis venu ici, j'ai cru que j'étais mort et que j'étais arrivé au paradis des homos !

Il sourit.

— Tellement d'hommes à explorer, et si peu de temps !

— Nous sommes ensemble, dit David.

Ce dernier se demanda si c'était étrange qu'Isaac et lui ne se touchaient pas. Jetant un coup d'œil autour du Beacon, il y avait certainement beaucoup de contacts entre les hommes. Il se pencha vers Isaac et entoura ses épaules de ses bras.

— Ils sont comme des amoureux de lycée, ajouta Clark. N'est-ce pas adorable ?

Un des autres gars – Steve ? – parla.

— Ohhh ! C'est si mignon ! Je me rappelle de mon petit ami de lycée. Son nom était Craig. Il avait la voix d'un ange et le cul d'un patineur artistique ! Nous avons pensé que nous serions toujours ensemble, bien sûr.

Tout le monde rit, à part Isaac et David. Ce dernier ne savait pas pourquoi c'était drôle. Il savait que les Anglais ne se mariaient pas aussi jeunes que les Amish, mais quelques jeunes couples restaient sûrement ensemble ?

Son genou remuant sous la table, Isaac jouait avec la manche de son tee-shirt. David et lui portaient tous les deux des jeans et des chemises ouvertes. Celle d'Isaac était d'un bleu clair, tandis que celle de David était noire. Après toutes ces années portant des habits sombres à la maison, il savait qu'il devrait essayer d'autres couleurs, mais il avait l'impression de se fondre dans le décor.

Alors qu'une nouvelle chanson commençait, des cris retentirent à travers le Beacon. Clark dansa dans son siège.

— J'adore cette nouvelle Kylie ! La diva assure toujours !

— Oui, c'est vrai, dit Dylan en tapant sur la table au rythme de la musique.

David et Isaac partagèrent un regard étonné. Parfois, il avait l'impression qu'ils ne parlaient même pas l'Anglais.

Le regard de Liam/Logan glissa vers David.

— Vas-tu retourner à l'école aussi ?

Tous les yeux convergèrent vers lui, et il eut l'impression que tout le monde à Beacon regardait et écoutait – et jugeait – même s'il savait que ce n'était pas vrai. Il pouvait sentir son visage devenir rouge.

— Non.

David resserra son emprise sur sa bière. Pourquoi avait-il accepté de sortir ? Durant les jours qui avaient suivi l'arrivée de la lettre de Mère, tout ce qu'il avait voulu faire était se recroqueviller et dormir. Il avait pensé à se détendre et à s'amuser, mais c'était plus facile à dire que faire.

— David est un menuisier doué, dit Clark en levant ses mains d'un geste théâtral.

Il portait une chemise noire et un maquillage brillant sur ses paupières.

— Tu te rappelles de ma nouvelle table de dîner ? C'est lui qui l'a faite !

Liam/Logan et les autres hommes s'écrièrent, tous le félicitant pour son travail. David sourit et les remercia, et Isaac serra son genou sous la table. C'était agréable de recevoir des éloges, ce qui, de son côté, le faisait sentir un peu coupable. Il revint brusquement au présent quand Clark posa sa main sur son bras.

— Je disais à Tyler que tu es un homme parfait à avoir dans une chambre…

Il s'interrompit.

— Pour faire sa nouvelle tête de lit, ajouta-t-il.

Tout le monde se mit à rire, mais Isaac ne le fit pas, terminant son soda avec sa paille.

David sourit.

— Euh… merci.

Il leva son verre alors que le serveur leur posait une autre carafe de bière.

— Clark, tu le fais rougir ! s'écria l'homme qui devait être Tyler en levant les yeux au ciel. Tu es incorrigible.

Les ongles de Clark brillaient de rose sombre, et il serra le bras de

David à travers le tissu fin de sa chemise ouverte.

— Je dis juste ce que je pense.

Il se pencha en arrière à travers la table avec un clin d'œil.

— Non, sérieusement, si l'un d'entre vous a besoin de quelque chose qui inclut du bois dur, demandez à David.

Il y eut encore plus de rires. David ne savait pas vraiment pourquoi, mais connaissant Clark, il supposait que sa dernière phrase avait une connotation sexuelle. Il regarda Isaac, dont les sourcils étaient froncés. Ce dernier jouait avec sa paillette, repoussant les glaçons dans son verre.

— Franchement, je ne voulais rien dire par là, protesta Clark en levant les mains. Je le jure !

Dylan se mit à rire.

— Ça suffit, les taquineries.

Il se trouvait de l'autre côté d'Isaac, et il pencha pour murmurer quelque chose à son oreille, ses tresses tombant sur son front. Les épaules d'Isaac se détendirent, et il sourit avant de hocher la tête.

— Je voudrais vraiment te parler de mon lit, dit Tyler à David.

Il se mit à rire et repoussa ses cheveux en arrière.

— Bon sang… tout a l'air sous-entendu, maintenant ! Clark, ton influence est terrible, tu le sais, ça ? Je veux faire une tête de lit. As-tu une carte ?

— Euh…

David aurait voulu qu'Aaron soit là.

— Non ? répondit-il.

Dylan intervint.

— Ça veut dire une carte professionnelle. Je ne sais pas si tu en as déjà vu. Quelqu'un a-t-il une carte ?

Liam/Logan tira son portefeuille de sa poche arrière.

— Voici la mienne.

Il tendit un morceau de papier à David. La carte était faite d'un papier épais et brillant, et les mots étaient imprimés en de simples lettres à côté d'un symbole que David reconnut, appartenant à l'une des grandes banques de San Francisco.

Logan Lin, Cadre MBA.
Conseiller financier.

L'email de Logan, son adresse ainsi que son téléphone étaient inscrits dessus. David était presque sûr que MBA était un diplôme de l'école.

— Je comprends. J'ai un site que mon amie m'a créé. Je suppose que je pourrais faire des cartes et le mettre également ?

Il la redonna à Logan.

Celui-ci agita la main.

— Garde-là. Si vous avez besoin d'aide avec la banque et les investissements, les gars, appelez-moi. Et ouais, tu devrais avoir une carte avec ton site et tes infos. N'importe quelle imprimerie te les fera. Ça ne coûte pas cher.

— Merci, dit David en la glissant dans sa poche.

— J'ai besoin d'un compte en banque, intervint Isaac.

— Ça doit être bizarre pour vous, les gars, dit Logan en secouant la tête. Je peux imaginer combien je serais foutu si je devais tout abandonner et partir travailler dans les champs. Sérieusement, si vous avez besoin d'aide pour comprendre des trucs concernant l'argent, je serai heureux de vous retrouver quelque part. Gratuitement.

Isaac sourit.

— Merci. Nous apprécions.

David sourit aussi. La bière l'aida à relâcher la tension qui l'accompagnait à chaque fois, et il se sentait revenir sur la terre ferme. Clark et Dylan et leurs amis étaient déroutants, mais ils leur voulaient clairement que du bien.

— D, vas-tu à Volume ce vendredi ? demanda Clark.

Dylan secoua la tête.

— Pas ce mois-ci. Peut-être la prochaine fois.

Puis il se tourna vers David et Isaac.

— Le Volume est un club gay, ajouta-t-il. Nous sommes trop vieux pour y aller chaque semaine comme nous avions l'habitude, mais un vendredi par mois, ils font une soirée rétro. La musique est superbe.

— Rétro ? demanda Isaac.

— Oh, rétro veut dire…

Dylan sourit avant de poursuivre.

— Eh bien, ça veut dire *vieux*. Ils jouent de la musique des années quatre-vingt-dix et des années vingt afin que nous puissions revivre les bons vieux jours !

— Vous devriez venir avec nous ! s'exclama Clark avant de serrer les lèvres. Bien que tu ne puisses pas y aller, gamin. Tu dois avoir vingt et un ans pour Volume.

Il tourna son regard vers David.

— Mais tu dois venir un de ces quatre !

— Si Isaac n'y va pas, je ne veux pas y aller.

Après un moment, Isaac haussa les épaules.

— Non, tu devrais y aller. Tu me raconteras plus tard.

— Vraiment ? demanda David.

Il n'était même pas sûr d'avoir envie d'aller à un club. Le Beacon était déjà bruyant et bondé.

— Mais…

— Pas de mais. Je ne veux pas que tu te restreignes parce que je ne suis pas assez vieux.

— Nous verrons, dit David en haussant les épaules.

— Je disais… est-ce le Dr. Paculba et son superbe mari que je vois ? s'exclama Clark en bondissant de chaise.

Il jeta les bras autour de Jen, l'embrassant bruyamment.

— Vous êtes arrivés bien tôt. Pour toi.

Puis il embrassa Aaron directement sur les lèvres.

— Hey, mon beau !

David et Isaac partagèrent un regard, leurs sourcils haussés. Mais Aaron souriait et ne semblait pas du tout dérangé.

— Hey, toi-même.

Il se tint derrière Isaac et David, serrant leurs épaules.

— Vous vous amusez, les garçons ?

— Oui, répondit Isaac.

Jen leur donna à tous les deux un baiser sur la joue.

— Salut, les garçons !

Elle s'écria soudain quand une nouvelle chanson commença.

— Aaron ! Allons danser maintenant ! Ne perdons pas de temps. C'est deux cents dollars, mort ou vif !

Elle le tira vers la piste de danse, qui était déjà bondée de gens. Clark, Logan et Steve suivirent, laissant Dylan et Tyler parlant et riant à propos de quelque chose.

Alors que David pensait en quoi deux cents dollars avaient quelque chose à avoir avec ça, Isaac sourit et lui donna un coup de coude.

— Hey ! Mes amis viennent d'arriver !

David se raidit.

— Tu ne m'as pas dit qu'ils allaient venir.

Isaac repoussait déjà sa chaise et agitait la main de l'autre côté du club.

— Je n'étais pas sûr s'ils allaient vraiment venir.

La nervosité envahit David, nouant son estomac.

— Pourquoi sont-ils là ? Tu les vois presque tous les jours.

Isaac fronça les sourcils.

— Ils veulent te rencontrer. J'ai pensé que tu le voulais aussi. Pourquoi ?

C'était une bonne question… à laquelle David n'avait aucune bonne réponse. Il essaya de sourire.

— Bien sûr que je veux les rencontrer.

Il avala le reste de son verre et se redressa alors que trois personnes approchaient. Elles avaient l'air d'avoir son âge.

— Salut !

La fille se jeta dans les bras d'Isaac.

Les deux autres gars levèrent une main de leur côté, mais au lieu de serrer celle d'Isaac, ils cognèrent leurs poings avec lui.

Isaac se tourna vers David, en souriant largement.

— Lola, Chris, et Derek, voici David.

L'un des gars sourit. Il était grand et chinois comme Logan, les cheveux coupés courts, et un sourire brillant sur le visage.

— Hey, mec ! dit-il en levant la main. Je suis Chris.

David essaya maladroitement de cogner le poing de Chris comme Isaac l'avait fait.

— Salut.

Derek était blond aux yeux bleus, et avait de faibles marques rouges sur sa peau qui ressemblaient aux cicatrices que Joseph Wagler avait eues à cause des boutons. Il leva la main à son tour, et David fit de même qu'avec Chris.

— Heureux de te rencontrer, dit Derek.

Lola tendit la main pour serrer la sienne, de façon normale.

— Le fameux David ! Comment ça va ?

Elle était grande, et avait des cheveux marron coupés au niveau de son menton avec quelques mèches violettes sur son front. Elle était ce que Mère aurait appelé rondelette, avec des hanches larges et une poitrine ample. Elle portait un tee-shirt court qui mettait ses seins en valeur.

Elle lui serra la main.

— Très bien, merci. Et toi ?

— *Fantastique* ! dit-elle en bondissant, son short qui tourbillonna sur ses cuisses. Les bars gays sont les plus amusants !

Derek jeta un coup d'œil autour de lui.

— Cet endroit est cool.

Puis il lança un regard à Lola.

— Mais tu sais que tu n'es pas autorisée à nous abandonner.

Elle leva les yeux au ciel, et se mit entre Derek et Chris, liant leurs bras.

— Oui, je vais protéger votre vertu !

Chris se mit à rire.

— Hey, tu sais que ça ne me dérange pas, mais je ne joue pas dans cette équipe-là.

— Ce n'est pas grave. Mon frère est ici et ça ne le dérange pas non plus, dit Isaac. Vous voulez boire quelque chose, les gars ?

— Est-ce que le pape est catholique ? demanda Derek.

Puis il baissa la voix.

— Tu veux qu'on te pique un verre ?

Isaac secoua la tête.

— Je ne veux pas avoir d'ennuis.

— Nous devons te faire de faux papiers, dit Chris. David, qu'est-ce que ce sera ?

— De la vodka tonique, répondit-il avant qu'il ne puisse y réfléchir à deux fois.

Peut-être que ça l'aiderait à calmer la tension nerveuse qui lui serrait l'estomac. Il aurait voulu partir et ne pas s'embarrasser.

Chris et Derek s'engouffrèrent dans la foule et se dirigèrent vers le bar. David dansa d'un pied à l'autre, et adressa à Lola un sourire gênant. Quelqu'un le bouscula, et il s'approcha plus près de son amant, regardant leur table et cillant quand il vit des personnes qu'il ne connaissait pas à leurs places, parlant avec animation à Dylan.

— David, comment va le travail ? demanda Lola en s'écriant à travers la musique qui semblait devenir de plus en plus bruyante. Nous avons vu ton site, et tes meubles sont *extras* !

— Merci. C'est bien.

Il se força à dire quelque chose.

— Comment va l'école ?

— Super ! Je vais bientôt graduer et avoir mon diplôme. Et Isaac est *si* brillant ! Il est comme un petit poisson dans l'eau.

David essaya de penser à autre chose à demander, mais son esprit était vide. Il fut bousculé encore, et la sueur trempa son sourcil. Il avait l'impression que des fourmis rampaient sur sa peau. Entre-temps, Isaac dit quelque chose à Lola qu'il ne put entendre, et ils se mirent à rire tous les deux. Alors qu'ils discutaient, David sourit et hocha la tête, son esprit tournant inutilement comme une roue de chariot.

Heureusement, Derek et Chris revinrent bientôt, et David avala son verre. La dernière chose dont il avait besoin était d'avoir son problème devant les autres.

— Combien te dois-je ?

Chris agita la main.

— La prochaine tournée est pour toi. Ça nous mettra à égalité. Alors, comment trouves-tu la ville ?

— Bien.

Il serra les dents. Il avait l'air si *stupide* et ennuyeux.

— Heureux de l'entendre, dit Chris.

David sentait parfaitement les secondes passer. Il devait penser à quelque chose à dire. *N'importe quoi.*

— Pourquoi n'avez-vous pas fini l'école quand vous le deviez ?

Chris haussa une épaule et baissa le regard sur ses chaussures.

— Tu sais comment c'est. C'est la vie.

David pouvait sentir la tension d'Isaac, et Lola le regardait avec un sourire forcé. Il réalisa qu'il avait dit quelque chose de mal.

— Je ne voulais pas dire que c'était mal de finir maintenant.

Ses joues étaient rouges. *C'est pour cette raison que je ne devais pas parler.*

— Pas de souci, mec, dit Chris avant de se tourner vers Derek. Alors, comment s'est passée ta présentation ?

Alors qu'Isaac et ses amis discutaient à propos de l'école, David hocha la tête et essaya de suivre. *Pourquoi est-ce si difficile ?* La musique était comme des ongles grattant son crâne, et de la sueur coulait le long de sa colonne vertébrale. De plus en plus de personnes semblaient venir. Son verre était vide, et il avait besoin d'un autre.

— David, quand as-tu commencé la menuiserie ? demanda Lola.

— Voulez-vous danser, les gars ? lâcha-t-il.

Il ne voulait pas parler du travail ou de Zebulon… ou de n'importe quoi.

Lola sourit.

— *Toujours* !

Isaac haussa un sourcil.

— Tu veux vraiment danser ?

Le tirant vers la piste de danse, David hocha la tête. *C'est mieux que de parler.* S'engouffrant entre les corps qui bougeaient pour trouver une place vide, ils agitèrent la main en direction d'Aaron, Jen, Clark, et Logan. Isaac et lui bougèrent bizarrement, et David essaya de se concentrer sur le rythme. Aaron avait l'air totalement à l'aise, dansant avec la musique, alors il n'y avait aucune raison que David ne puisse pas le faire, mais alors qu'il voyait les amis d'Isaac danser librement, il se sentait désespérément déplacé.

Le souffle d'Isaac frappa son oreille.

— Peut-être que nous devrions prendre des leçons. Je ne sais même pas ce que je fais.

Il posa ses mains sur les hanches de David.

Celui-ci hésita un moment avant de toucher les épaules d'Isaac. *C'est un bar gay ! Tu es autorisé à le faire !* Il sentait déjà mieux en ayant Isaac plus près de lui.

— Je suppose que nous devrions juste… suivre le mouvement. Je pense que c'est ce qu'ils disent.

Isaac se mordit la lèvre, et puis se jeta contre David, l'embrassant durement.

— Ça m'a l'air bien.

Il embrassa à nouveau David.

Inspirant profondément son odeur, David étreignit Isaac, bougeant et suivant le rythme. La musique devint plus rapide alors que le temps passait, mais il s'en fichait. Le reste du monde autour d'eux paraissait disparaître tandis qu'Isaac pressait leurs lèvres ensemble. Le collant à lui, David n'avait même pas besoin d'un autre verre pour se sentir mieux.

LE BRUIT ASSOURDI pouvait à peine être entendu par-dessus la scie, et David l'éteignit rapidement avant d'attraper son téléphone du coin de la table. Le nom de June apparut sur l'écran et il tapa dessus avant de se rappeler qu'il fallait glisser.

— Allô ?

Il s'interrompit.

— June, tu es là ?

— Non, c'est moi.

Le cœur battant, David se stabilisa avec une main contre le mur.

— Anna ?

— Oui.

Son souffle se bloqua dans sa gorge, et sa tête commença à bourdonner. Il avait laissé la porte ouverte dans le matin brumeux pour avoir un peu d'air à l'intérieur, et il cligna des yeux en regardant le sol humide tandis que la pluie formait une flaque.

— David ? Es-tu là ?

Sa voix devint distante.

— June, est-ce que je fais ça bien ?

— Oui ! Anna, je suis là.

Il inspira profondément.

— Je suis là. Je suis si content d'entendre ta voix. Je suis si heureux que tu m'aies appelé ! Allez-vous bien ? Avez-vous assez de nourriture ? Qu'en est-il des frais d'hôpitaux ? Y a-t-il assez d'argent ? Je vais vous en envoyer plus, et...

— David, arrête ! Nous allons bien. Tu ne pourrais jamais croire, combien de personnes nous ont envoyé du courrier après que Madame Byler ait écrit l'article dans le journal. On nous envoie des chèques et de l'argent de l'Indiana et de l'Ohio et même du Canada. En plus, nous ne sommes pas démunis, tu sais.

Le soulagement déferla à travers lui.

— Je sais, mais... tu ne dis pas ça comme ça ?

— Depuis quand je le fais ?

Il sourit.

— Jamais.

— L'argent sera toujours difficile ici. Nous allons survivre. Tu as déjà fait bien plus que d'autres à ta place.

— Pas assez. Es-tu sûre que vous allez bien ? Quand tu n'as pas appelé…

— Je suis désolée que cela ait pris du temps. Eli m'a surpris un jour dans l'allée de June quand je lui ai rendu visite. Bien entendu, il l'a dit à Mère. Elle ne m'a pas laissé hors de sa vue depuis. Elle me fait lire la Bible chaque nuit, ou parfois, les histoires dans les anciens exemplaires de *Family Life* que nous avons toujours.

— Laisse-moi deviner… surtout ceux où les parents Amish et l'église ont toujours raison, et les enfants qui désobéissent apprennent ça à la fin et regrettent leurs erreurs.

Anna se mit à rire.

— C'est ça !

Fermant les yeux, David s'appuya contre le mur. D'entendre le rire de sa sœur le fit fondre.

— Tu me manques tellement, Anna. Comment va Mary ? Et qu'en est-il des filles ?

C'était plus sûr de demander sur elles d'abord.

— Les filles vont bien. Elles sont tristes que tu sois parti, bien sûr. Mary est… silencieuse. Au début, j'ai essayé de la faire parler, mais elle ne faisait que demander pourquoi Isaac voudrait partir, et ce qu'elle avait fait pour l'éloigner.

Cela lui faisait du mal d'entendre ça, et il essaya de penser à quelque chose à dire. Il n'y eut rien. Il était lié au cœur brisé de sa sœur.

Pendant un instant, la voix d'Anna fut remplie d'émotion.

— Je déteste la voir si triste. Elle mérite d'être heureuse. Jacob Miller meure d'envie de la conduire à la maison, après les chants, mais elle dit toujours non. Je lui ai demandé pourquoi, et elle trouve toujours des excuses. Je sais que c'est parce qu'elle espère secrètement qu'Isaac revienne.

— Oh, Mary…

— Elle n'est pas comme nous, David. La vie simple la rend heureuse. Elle sera une bonne femme Amish. Mais là maintenant, quand je lui parle de Jacob, elle veut juste savoir ce qui ne va pas avec elle pour qu'Isaac ne l'aime pas.

L'estomac de David se tordit. Il avait peur de demander.

— Que lui as-tu dit ?

— Pas la vérité. Ne t'inquiète pas, David. Je ne lui aurais jamais dit.

Anna savait-elle vraiment ? Son cœur bondit.

— Anna…

Il ouvrit la bouche puis la ferma.

— Je sais qu'Isaac et toi êtes amoureux.

Ses oreilles rougirent violemment. Isaac et June avaient eu raison.

— Comment ? Quand ? demanda-t-il.

— J'avais un soupçon, mais je l'ai su avec certitude un jour quand je suis venu remplir de l'eau et que je vous ai entendus dans l'une des stalles.

Non, non, non… La honte le brûla que sa sœur ait entendu des choses pareilles.

— Je suis tellement désolé.

— Je ne le suis pas. Tout se mettait en place *finalement*. Je n'arrivais jamais à vraiment te comprendre auparavant. Après ça, j'ai commencé à crier quand je venais à la grange, dit-elle.

Il se rappela sa voix s'élevant toujours, appelant leurs noms alors qu'elle marchait en direction de la grange.

— Je ne sais pas quoi dire.

— Tu n'as pas à dire quoi que ce soit.

— Tu n'es pas… tu ne penses pas que c'est un péché ? demanda-t-il en serrant le téléphone.

— Le penses-tu ? demanda-t-elle simplement.

— Je ne sais pas. Je veux dire, je *sais* que ça l'est, mais je n'en ai pas l'impression.

Il secoua la tête, et se rappela ensuite qu'elle ne pouvait pas le voir.

— J'espère que ça ne l'est pas, du moins.

— De toute façon, tout est péché. Autant être heureux.

David dut rire. C'était typique d'Anna, toujours franche. Elle rendait tout si facile.

— Seigneur, tu me manques. Ne laisse pas Mère t'entendre parler de la sorte.

— Non, ne t'inquiète pas. Et je garde mes magazines Anglais cachés. Sarah, la fille de Jeremiah obtient les siens de son grand frère parfois, et elle me les donne. J'ai appris que les filles Anglaises s'inquiétaient beaucoup à propos de la robe de bal. Peu importe ce que cela veut dire. Un jour, je veux porter quelque chose de chic.

— Un jour, tu le feras. Je te le promets.

La vie Amish ne serait jamais celle d'Anna. Il le sentait au plus profond de lui-même.

— Bien sûr ! Comment va Isaac ?

— Il va bien. Occupé.

Isaac étudiait tellement que David l'avait à peine vu, cette semaine.

— Il va à l'école. Sais-tu que nous vivons avec son frère Aaron et sa femme ?

— June me l'a dit. Mère ne voulait pas nous laisser lire ta lettre. Ils ont l'air gentil. Je suis si heureuse que tu sois parti. Si heureux que tu aies dit non à l'église.

Puis elle se mit à rire.

— Au début, je ne pouvais en croire mes oreilles quand tu l'as dit. Mais après qu'Isaac et toi soyez partis, je me suis vraiment amusée de l'expression qu'avaient les prêcheurs. J'ai pensé que la tête du Diacre Stoltzfus allait s'enflammer ! Son visage était si rouge.

La chair de poule envahit les bras de David.

— Je peux l'imaginer. Il ne m'a jamais aimé. Pas après…

— Pas après Joshua. Tu peux le dire. Et ouais, il n'apprécie aucun membre de notre famille, maintenant. Pffff, je le déteste avec ses petits yeux méchants. Il foudroie toujours Éphraïm du regard aussi.

— Le frère d'Isaac ?

— Oui. Il me conduit à la maison après les chants maintenant qu'il a atteint l'âge.

— Attends… tu *sors* avec Éphraïm ? demanda David, tandis qu'un instinct de protection le submergeait.

Éphraïm avait intérêt à bien se conduire.

Anna se mit à rire.

— Pas vraiment. Nous parlons de toi et d'Isaac, et de toutes les choses que nous détestons à Zebulon. Je m'attendais à ce qu'il commence à sortir avec Hannah Lambright, mais elle va bientôt s'installer avec David Raber. Alors, Éphraïm et moi avons décidé qu'il me conduirait, ainsi, nous ne sommes pas obligés de nous inquiéter de sortir avec quelqu'un d'autre, puisque de toute manière, nous ne resterons pas longtemps.

— Non ?

Puis sa voix s'éleva.

— Que comptez-vous faire ? Où irez-vous ?

— Nous ne le savons pas encore, répondit Anna. Nous devrons patienter jusqu'à ce que nous ayons dix-huit ans, et Éphraïm vient d'avoir dix-sept ans. Si nous y allons avant, la police pourrait nous ramener. C'est mieux d'attendre.

— Quand vous serez prêts, nous allons vous aider. Éphraïm et toi pourrez venir ici si vous le voulez. Appelle-moi, et nous nous organiserons. Anna…

Sa gorge se serra.

— Tu sais que je veux seulement que tu sois heureuse ? Que vous soyez toutes heureuses. Peu importe ce que tu choisiras.

— Je sais. Je ne veux pas laisser Mary jusqu'à ce qu'elle se marie. J'espère qu'elle sortira bientôt avec Jacob.

— C'est le grand frère de Mervin, n'est-ce pas ?

Il semblait être un jeune homme décent. David ne lui avait jamais vraiment parlé, mais n'avait entendu rien de mal.

— Oui. Il est amoureux d'elle depuis des années. Tu n'as probablement pas remarqué puisque tu étais si occupé à rêvasser à propos d'Isaac.

Puis elle rit.

— Heureusement pour vous, les gens ici ne semblent même pas penser qu'une telle chose puisse exister à Zebulon.

Une pensée traversa l'esprit de David.

— As-tu dit à Éphraïm ? À propos d'Isaac et moi ?

Il ne savait pas comment Isaac le prendrait.

— Non. Je ne peux pas promettre que je ne vais pas le faire, à un certain moment, mais ça ne lui ait pas venu à l'esprit encore. Je ne sais pas comment il va réagir. Il a été très en colère qu'Isaac ne lui ait pas écrit.

— Il l'a fait ! Plus d'une fois. Éphraïm n'a pas reçu les lettres ?

Elle renifla dédaigneusement.

— J'aurais dû le savoir ! Je le lui dirais, le prochain dimanche, bien que les choses soient tendues pour lui, à la maison. Les Byler ne sont pas très heureux qu'il me fasse la cour. Non pas que Mère soit plus heureuse, elle non plus. Cette ville ne peut pas se décider lequel de vous deux est le plus à blâmer pour avoir déserté Zebulon et tout. Tellement de murmures. Mère est certaine qu'Isaac t'a détourné du droit chemin, et bien sûr, les Byles, certains du contraire. S'ils savaient la vérité, je pense vraiment qu'ils perdraient l'esprit.

— Ils ne doivent jamais savoir. *Jamais.* Anna, tu sais combien ça leur ferait du mal. Je ne peux pas faire ça à Mère. Et si Mary savait à propos d'Isaac et moi…

Il commença à faire les cent pas.

— Je sais, dit doucement Anna. Je ne le dirais pas. Je te le promets. Je le dirais seulement à Éphraïm si je le dois… et seulement si je lui fais complètement confiance.

— Très bien.

— À propos de Mère… il y a quelque chose que je dois te révéler.

La panique l'envahit.

— Est-elle malade ? Quelque chose s'est passé ?

Et si sa jambe ne s'est pas remise ? Et s'il s'était passé quelque chose avec elle après l'accident et les médecins l'avaient manqué ? Et si…

— Non, il ne s'agit pas de ça. Elle va mieux maintenant. Honnêtement, David. Elle marche un peu plus, chaque jour. Elle se fatigue vite, mais elle va bien, je te le promets.

Il respira plus facilement, faisant courir ses doigts sur la table de travail, et à travers la sciure de bois.

— D'accord.

— C'est à propos d'elle et Eli. Ils ont publié dimanche. Le mariage est pour mercredi prochain.

— Oh.

C'était ce qu'il avait espéré, n'est-ce pas ?

— Je… est-elle heureuse ? Est-ce qu'elle veut ?

— Oui. Tu te souviens avant qu'elle l'aimait bien ? Après ton départ, il a presque emménagé ici. C'est un homme bon, et elle a besoin de lui. Je pense qu'il a besoin d'elle aussi. Il se sentait vraiment seul, dans cette ferme, puisque ses enfants sont tous grands et que sa femme est morte. Il allait s'installer dans une *Dawdy Haus*, près de la maison de son fils, mais maintenant il va rester. Nous allons déménager dans sa maison, après le mariage. Mère va vendre notre ferme à Joseph Yoder. Il vient juste de se marier avec Naomi, la fille de Josiah, alors ils vont partir de la maison de ses parents.

Il était étrange de penser qu'une autre famille allait vivre là-bas et travaillerait dans sa grange.

— Vas-tu prendre Kaffi ?

— Bien sûr. Tu lui manques, en fait. Je m'assure à chaque fois de lui donner plein de sucres.

David sourit doucement.

— Merci. Comment te sens-tu à l'idée de déménager ?

— Je n'ai pas vraiment le choix, alors il est inutile d'être en colère. Sa maison est assez belle. Pratiquement la même que la nôtre. Mary et moi allons avoir nos propres chambres. Plus de partages avec les petites du moins.

— J'ai pensé qu'après mon départ, que Mary allait prendre ma chambre, elle est la plus âgée.

Anna ricana.

— Tu veux rire ? Mère la garde comme un sanctuaire pour toi, et elle met ton assiette tous les jours à ta place. Elle est convaincue que, si elle prie beaucoup, tu lui reviendras et tu lui diras à quel point elle avait raison. Nous avons dû la persuader de donner la chambre à Eli, mais heureusement, il était de notre côté. Elle voulait garder une chambre vide pour toi.

La gorge de David se serra à la culpabilité qui l'envahissait.

— J'aurais voulu qu'elle comprenne, murmura-t-il. J'aurais voulu.

— Vouloir ne va rien changer. Tu devrais continuer à lui écrire. Cela la rend heureuse de savoir que tu vas bien, même si sa réponse n'en a pas l'air.

— Je le ferai.

— J'essaierai de te rappeler bientôt. Je dois retourner à la maison. Salue Isaac de ma part, et Éphraïm aussi. Eh bien, comme je l'ai dit, Éphraïm est un peu en colère contre lui, mais ne le dis pas à Isaac. Je vais lui expliquer que son frère lui a écrit. Ça va aider.

— Merci d'avoir appelé.

Il hésita.

— Je sais qu'ils ne disent pas ces choses souvent, mais je t'aime. Je vous aime toutes.

Elle renifla.

— Moi aussi. Au revoir.

— Au revoir, dit-il en appuyant sur le bouton rouge.

Il ne sut pas combien de temps il resta debout là, regardant l'écran noir avant qu'il n'appelle Isaac. Il retint son souffle alors que ça sonnait, suppliant intérieurement son amant de décrocher.

— Allô…

— Isaac ! Tu ne vas pas croire qui a appelé !

— … je ne peux pas répondre maintenant, alors s'il vous plaît, laissez un message après le bip. Merci.

Beep.

Après un moment, David réalisa qu'il devait dire quelque chose.

— C'est juste moi. Ce n'est rien… je suis désolé de te déranger à l'école. Je te parle plus tard.

Il éteignit son portable.

Il était inutile d'être en colère qu'Isaac ne réponde pas. Il était occupé à l'école, et il avait dit à David qu'il enlevait la sonnerie durant la journée. Ils avaient tous les deux des responsabilités. Et il ne pouvait pas s'attendre à ce qu'Isaac réponde toujours, même pour lui.

Secouant la tête, David alluma la scie et retourna au travail, le bruit de la machine emplissant ses oreilles. Avec chaque coupure de bois, la tension diminuait. Tandis qu'il prenait un autre morceau de bois à former et à cajoler pour avoir quelque chose de nouveau, il aurait voulu que le reste du monde puisse être aussi facile à manœuvrer.

CHAPITRE Quinze

— JING-JING, POURQUOI la porte n'est-elle pas verrouillée ? Ça pourrait être n'importe qui !

Près du comptoir de la cuisine, Jen soupira.

— Salut, m'man ! lança-t-elle.

Puis elle regarda David et Isaac.

— Nous y voilà. Rappelez-vous ce que je vous ai dit… soyez vous-mêmes. Oui, toute ma famille est une républicaine religieuse, mais ils acceptent Clark, et ils vont vous accepter. Soyez prêts à recevoir des câlins.

Ils suivirent Jen à la porte d'entrée où sa mère attendait, portant une grande boîte en plastique qui sentait absolument bon. Elle la donna à Jen.

— Y'a-t-il du riz ?

— Oui, m'man. Toute une marmite. Et géante. Ça, j'en suis capable.

Elle embrassa sa mère sur les lèvres et la tira afin qu'un homme entre.

— Maman, papa, je vous présente le frère d'Aaron, Isaac, et son petit ami David. Les gars, je vous présente Gloria et Estoy. Salut, papa.

Elle l'embrassa également.

David n'avait jamais vu quelqu'un embrasser leurs parents comme ça, et il sourit rapidement pour couvrir sa surprise alors qu'Isaac et lui hochaient la tête. Les parents de Jen étaient tous les deux petits, avec des coupes presqu'aussi courtes, du gris brillant dans leurs cheveux. Gloria portait une chemise à fleurs, un pantalon, ainsi que des baskets blanches.

Elle observa Isaac.

— Oui, oui, je vois que tu es le frère d'Aaron ! Tellement beau.

Elle jeta les bras autour de lui.

Estoy tendit la main vers David.

— Bienvenu dans la famille.

— Merci, monsieur.

— Oncle Vic et tante Baby viennent juste d'arriver, dit Jen, jetant un coup d'œil par la fenêtre. Oh, et voilà Aaron. Il est allé à l'épicerie.

Gloria étreignit David et il dut s'abaisser.

— Un si bon mari ! Pensez-vous que mon mari va au supermarché ? Sans parler de *cuisiner* ?

Elle ricana.

— Il serait perdu sans moi. Mais vous, les garçons, êtes différents de nos jours.

Elle recula et fixa David et Isaac d'un air critique.

— Alors, qui fait la femme ?

Les sourcils d'Estoy se haussèrent, et il regarda entre David et Isaac.

— *Maman* ! s'exclama Jen en lui lançant un regard noir. Ce n'est pas comme ça que ça marche.

— Quoi ? C'est une question logique. Je ne voulais rien dire de mal. Était-ce mal ?

David sourit.

— Pas de problème.

— Nous ne sommes pas offensés, ajouta Isaac.

— Tu vois ? dit Gloria à Jen avant qu'elle ne fronce les sourcils. Que portes-tu là ?

Jen regarda son jean, tee-shirt et ses habituelles pantoufles bleues.

— C'est ce que je porte à la maison, répondit-elle en adressant un clin d'œil à David et Isaac, qui portaient tous les deux des jeans et tee-shirts, mais pas de pantoufles.

Son tee-shirt violet disait : *L'équipe San Dimas de football du lycée.*

— J'aime être confortable, maman.

— Nous aussi ! Mais au moins, nos chemises ont des boutons, dit

Gloria.

Puis elle ajouta vers David et Isaac.

— Elle porte des blouses tout le temps… on aurait pu imaginer qu'elle voudrait faire un effort pour s'habiller de temps en temps !

Elle délaça ses chaussures.

— Pacs, donne-moi mes *tsinelas*.

Le père de Jen alla vers le placard du hall et sortit deux paires de pantoufles fines du coin. David s'était demandé à propos des chaussons auparavant, mais avait oublié de demander à Aaron pourquoi ils se trouvaient là.

— Je suis désolé… je croyais que vous vous appeliez Estoy ? demanda Isaac.

Jen se mit à rire, tenant toujours la grande boîte de nourriture.

— Nous, les Philippins, sommes de grands fans de surnoms ! Pacs est le diminutif de notre nom. Je sais… c'est bizarre.

Gloria dit quelque chose à son mari dans une autre langue, et Jen fit un bruit de langue.

— Pas de tagal, vous vous rappelez ? De l'anglais afin que tout le monde comprenne.

— Oui, oui, désolée ! dit Gloria en soupirant lourdement. Je fais toujours quelque chose de mal aux yeux de ma fille.

Riant, Jen se dirigea vers la cuisine.

— Pauvre maman… si lésée !

L'instant d'après fut un tourbillon de nouveaux arrivants, portant tous de grandes boîtes de nourriture. Il y eut des présentations et beaucoup de câlins, ce qui mettait toujours David mal à l'aise. Et aussi beaucoup de questions.

— Pas d'électricité du tout ?

— J'ai vu à la télé qu'il parlait d'une mafia Amish, racontez-nous un peu ! Vous les connaissez ?

— Allez-vous revoir votre famille, un jour ?

— Pourquoi les Amish portent-ils des barbes comme ça ?

David s'enfuit à l'extérieur pour prendre un petit d'air frais sur le patio sombre. Le soleil apparut à travers les nuages, et il inspira profondément. Puisque la famille de Jen ne buvait pas, il n'y avait rien à cette fête, et il aurait voulu avoir quelque chose pour calmer ses nerfs. Il n'avait pas eu de crise, mais sa poitrine était serrée.

Isaac semblait bien plus à l'aise pour rencontrer de nouvelles personnes et répondre à leurs questions. À Zebulon, David s'était débrouillé avec les employés qui travaillaient dans le drive-in, mais quand il y avait de grands groupes, sa langue devenait lourde et il voulait déguerpir au plus vite.

— Le voilà ! s'écria Clark en fermant la porte derrière lui. Les Paculbas peuvent être un peu écrasants, hein ?

David soupira de soulagement quand il vit que ce n'était que Clark, et qu'il ne serait pas obligé à répondre à plus de questions.

— Ils sont tous très gentils. Je ne pense pas avoir jamais eu autant de câlins dans toute ma vie.

Clark se mit à rire.

— En effet. C'est drôle… tous les Adventistes blancs que j'ai connus en grandissant, en incluant ma famille, n'étaient pas exactement ce que tu aurais appelé démonstratifs. Mais les Philippins n'ont pas eu le mémo.

— Les Amish ne le sont pas non plus. Surtout les adultes. C'est comme si plus tu grandis, plus tu deviens plus… je ne sais pas. Sérieux, je suppose. Ce n'est pas parce qu'ils sont méchants, ou ne se soucient pas de nous. Ils sont juste…

— Réprimés ?

David se mit à rire.

— Je le suppose.

Il montra la porte en verre et les gens qui s'entassaient dans le rez-de-chaussée.

— C'est agréable, cependant. Que Jen ait une si grande famille. Ses parents semblent vraiment apprécier Aaron.

— Parfois. Nous ne savions pas comment ça allait se passer, pour être honnête. Je veux dire, Jen a déjà un meilleur ami gay, et amener à la maison un petit ami aurait pu ne pas être beau à voir. Le truc, c'est qu'elle a attendu tellement longtemps pour leur présenter un homme. Ils étaient si soulagés qu'elle ne soit pas lesbienne qu'ils se fichaient bien de savoir de qui il s'agissait. En plus, il est fantastique, donc c'est un bonus.

Clark arrangea le col de sa chemise en soie rouge.

— Tu n'es pas assez...

David agita la main vers le costume de Clark, constitué d'un tee-shirt et d'un pantalon décontracté.

— ... brillant.

Clark se mit à rire.

— J'ai un peu modéré pour la famille. Mais je suis gay et fier de l'être ! Toutefois, il y a un temps et un endroit pour porter du transparent.

Il sortit un petit tube de sa poche et le fit courir sur ses lèvres avant de les serrer l'une contre l'autre. Il le tendit à David.

— Du gloss ?

— Non, merci.

— Tu pourrais aimer, on ne sait jamais.

David se mit à rire.

— Ça ne me ressemblerait pas.

— C'est vrai. Tu es si viril, avec tes outils et tes silences. Grand, sombre, et si intelligent.

Il se redressa.

— Oh ! J'ai presque oublié... j'ai pris une photo de la table dans mon appartement.

Il sortit son téléphone, et tapota dessus.

— Regarde à quel point elle est belle !

La table du dîner avait l'air magnifique dans la photo... grande et imposante, et pourtant simple, avec quatre chaises autour d'elle.

— Je suis désolé que le reste des chaises prenne quelques semaines de retard.

— Pas de souci. Ce n'est pas ta faute si le bois est en rupture de stock. J'ai un goût exquis pour les choses rares et belles, clairement. Tu devrais venir pour un dîner et essayer ton œuvre dans sa nouvelle maison.

— Bien sûr. Ce serait agréable.

— Quoi ?

David pivota pour trouver Isaac dans l'entrée du patio avec une expression étrange.

— Clark nous invitait à diner.

— Oui, une fois que j'aurais toutes les chaises, je vais organiser une fête ! Avec beaucoup de vin, promis !

Il regarda à l'intérieur de la maison par-dessus Isaac et baissa la voix.

— Ce n'est pas que la famille de Jen ignore qu'Aaron et elle boivent, mais elle trouve plus facile d'en rester au soda quand ils sont là.

Isaac haussa les épaules.

— Ça ne me dérange pas. Je n'aime pas trop le goût de l'alcool, de toute façon.

Clark inclina la tête sur le côté.

— Comme c'est mignon ! Je veux juste te mettre dans ma pochette.

— Venez et mangez ! lança Gloria.

— Je viens ! s'écria Clark. Essayez surtout l'adobo poulet.

Il leva les doigts vers ses lèvres et les embrassa.

— Une perfection !

Il dépassa Isaac et disparut à l'intérieur.

Ce dernier le regarda, et il se retourna à nouveau vers David, ses lèvres formaient une ligne serrée.

— Que se passe-t-il ? demanda David.

Il prit la main de son amant, l'inquiétude l'envahissant.

Isaac ouvrit puis referma la bouche avant de soupirer.

— Rien, c'est stupide. Allons-y, nous devrions rentrer.

— Attends. Dis-moi, dit David en serrant les doigts d'Isaac.

— C'est juste que…

Isaac s'interrompit en regardant à l'intérieur.

— Parfois, j'ai l'impression que…

Aaron apparut à l'entrée.

— Vous n'avez pas faim, les gars ?

— Nous venons, dit Isaac en relâchant la main de David. Ce n'est rien. Allons manger.

— Tu en es certain ?

— Absolument.

Isaac semblait repousser ce qui le dérangeait.

— Mon estomac gronde. Allons-y.

La nourriture était étalée sur la table du dîner, des pots et des plats de viande exotique et de soupes, et des choses que David ne savait pas comment identifier. Gloria s'occupait personnellement de les poser à table, versant de généreuses portions dans leurs assiettes.

— Cet adobo poulet, et ce *pandit*. Vous devez essayer le *kare-kare*. Et la *Lumpia* et la *caldereta*.

L'assiette de David devenait si lourde qu'il dut la porter avec deux mains.

— Je pense que j'en ai assez pour commencer. J'ai peur de tout déverser.

— Je veux m'assurer que vous mangez assez, les garçons. Je sais que Jing-Jing ne vous nourrit certainement pas.

De l'autre côté de la table où elle remplissait son assiette de riz, Jen leva les yeux au ciel.

— Ce n'est pas comme si je suis occupé à l'hôpital ou quelque chose comme ça.

Gloria versa quelque chose d'autre sur l'assiette d'Isaac.

— J'étais infirmière, mais bien entendu, ma fille a voulu faire mieux et être médecin. Tellement d'intelligence. Mes petits enfants vont guérir le cancer. Bon, si jamais j'en ai, cela dit.

— Je m'en vais, maman, dit Jen.

Il y avait une douzaine de personnes qui leur rendaient visite, et ils se trouvaient tous dans le rez-de-chaussée… dans la salle de bain, et près du comptoir de la cuisine, et partout où il y avait une chaise. Clark était assis sur l'un des tabourets, mais quand David commença à se diriger vers lui, Isaac le tira vers la salle à manger, et ils s'assirent près d'Aaron et d'Estoy sur le canapé, posant leurs assiettes sur leurs cuisses.

David prit une bouchée avant de se rappeler qu'il n'avait pas prié. Isaac mangeait déjà également. Plus le temps passait, plus ils oubliaient, et il se demanda si cela avait même de l'importance. Juste au cas où, il posa sa fourchette et récita silencieusement les mots. Il savait que ce n'était pas assez, mais au moins, c'était quelque chose.

Aaron avala un morceau et pointa l'un des ragoûts.

— Ce serait peut-être un peu épicé. Eh bien, pas exactement *épicé*, mais les saveurs sont fortes. On doit s'y habituer après toute la nourriture qu'on a eue en grandissant.

La tante de Jen, Erlinda, parla de chaise tout près.

— Quel genre de nourriture mangiez-vous ?

— Beaucoup de poulets, répondit Aaron. Des patates. Des tartes. Du genre copieux. Assez terne. Et également, beaucoup de sucre.

Jen vint s'accouder sur l'accoudoir du canapé près d'Aaron.

— Oh, mon Dieu, il y a cette tarte de molasses qu'Aaron m'a faite une fois. C'était *succulent* !

Isaac se mit à rire.

— Tu as fait une tarte ?

— Oui. Je sais… Maman serait horrifiée de voir un homme faisant de la tarte, dit Aaron en riant.

— La tarte de ma sœur Mary est incroyable, déclara David.

Il sentit Isaac se tendre à côté de lui, et aurait souhaité avoir gardé sa grande bouche fermée.

— Aaron, pourquoi ne nous as-tu pas fait cette tarte depuis tout ce temps ? lança Gloria de la table du dîner, où elle servait toujours.

— Je ne savais pas si vous aimeriez.

— C'est du sucre, dit Jen. Qui n'aimerait pas du sucre ?

— Eh bien, tu sais que ton Oncle Junior est diabétique, Jing.

— Parce qu'il aime trop le sucre, oui, marmonna Jen.

— Peut-être que tu pourrais la faire pour Easter, dit Estoy.

Aaron sourit.

— Bien sûr.

— Vous devriez amener tous vos plats favoris, les garçons. Ainsi, vous vous sentirez à l'aise à la maison. Comment trouves-tu le kare-kare, David ? demanda Estoy.

Il avala sa bouchée, savourant le bœuf et la sauce courant son riz.

— Je l'aime beaucoup. Merci. Ça a le goût des… cacahuètes ?

— Oui ! Exactement. Bien, bien. Vous en aurez bien assez dans les années à venir, dit Estoy en hochant la tête, souriant gentiment.

Lui souriant en retour, David mangea une autre bouchée. Alors qu'ils mangeaient, Isaac parla à Estoy de ce qu'il apprenait dans sa classe d'histoire, et les pensées de David convergèrent vers la tarte à la mélasse de Mary et la maison.

La vague de nostalgie qui l'envahit aurait pu le faire tomber s'il avait été debout. Entouré par la famille de Jen, il se demanda ce que la sienne faisait. C'était le jour de l'église, et les chants commenceraient bientôt. Il se demanda à nouveau quelle maison accueillerait le service. Ce serait au tour des Lantz maintenant. Peut-être que les jeunes prenaient leurs sièges à la longue table, Anna et Mary parmi eux. Grace aussi. Il espérait qu'elle trouverait quelqu'un de nouveau… quelqu'un de bien mieux que lui.

— Quoi ? murmura Isaac.

Il y avait une conversation qui dominait la salle à manger à propos de quelque chose que David ne comprit pas, mais qui était un quelconque sport.

Il haussa les épaules.

— Rien. Je réfléchissais.

Un doux sourire courba les lèvres d'Isaac.

— Nous savons tous que ça ne finit jamais bien.

Il donna un petit de coude à Isaac.

— Non.

— Dis-moi.

David garda sa voix basse.

— C'est étrange de penser que nous ne sommes pas allés à l'église une fois depuis que nous sommes partis.

Ils avaient parlé d'essayer les différentes églises Anglaises une fois de temps en temps, mais chaque dimanche matin, ils restaient au lit.

— Je sais. Nous pourrions aller à une autre église, ici, mais cela paraît mal pour une quelconque raison. Déloyal. Ce qui n'a pas de sens.

— Cela en a pour moi.

Il jeta un coup d'œil autour de lui, regardant la famille de Jen. Des rires emplissaient l'air, et les gens parlaient un mélange de tagal et d'anglais.

— C'est comme la construction d'une grange, mais sans le travail.

Isaac se mit à rire.

— Oui.

— Jennifer nous a dit que vous étiez tous les deux des menuisiers, dit Estoy.

David tenta d'ignorer la douleur qui surgissait toujours quand il pensait au temps où cela était vrai. À chaque jour qui passait, Isaac devenait plus occupé avec l'école, et David insistait sur le fait qu'il ne s'inquiète pas quand il ne pouvait pas aider à l'atelier. C'était mieux pour son compagnon de se concentrer sur ses études. Pourtant, il manquait atrocement à David.

— David est si doué. Il m'a tellement appris. J'ai toujours aimé travailler avec le bois, mais pour l'instant, je vais à l'école.

L'école rendait Isaac si heureux, et c'était ce qui importait. *Même s'il ne veut plus devenir charpentier, il me veut toujours.*

— D'accord, les gars, vous devez régler ce différend puisque vous n'êtes pas intéressés par les équipes, annonça Jen.

David se concentra sur elle.

— Euh… D'accord.

— Voilà le souci. Il y a l'équipe Oakland A's, et les San Francisco Giants. L'un des joueurs pour l'A' s…

— Tu influences le témoin ! lança quelqu'un.

— Ce sont des juges, pas des témoins, dit Gloria.

— Alors, tu influences les juges !

Aaron se pencha.

— Contente-toi de continuer.

La nourriture était lourde, et la pièce vibrait de rire et de discussion.

C'était agréable, mais David sentait une migraine se former dans sa tempe. Il hocha la tête et sourit, prudent à ne pas dire une bêtise.

IL SE FAISAIT tard quand David retourna au patio. Dans l'obscurité, il écouta le murmure des voitures et de la ville, souhaitant pouvoir voir les étoiles. Tellement de nuits qu'il avait passées à regarder le ciel à Zebulon, imaginant à quel point le monde était vaste, mais n'ayant aucune idée.

La nostalgie d'être de retour dans la campagne l'emplit comme l'air dans une roue en caoutchouc, s'étirant à l'intérieur de lui. Pas à Zebulon, mais un nouvel endroit. Un endroit paisible qui leur appartiendrait à Isaac et à lui, où il pourrait voir les champs et écouter les criquets chanter, inspirant l'odeur de chêne et de terre.

La fenêtre de la cuisine près du lavabo était ouverte, et des voix s'entendirent… Jen et sa mère.

— Mais combien de temps ils vont rester ?

— Aussi longtemps qu'ils le voudront, Maman. Je te l'ai dit… Je ne vais pas tomber enceinte, maintenant. Cela n'a rien à avoir avec Isaac et David. Ce n'est pas le bon timing. Alors, s'il te plaît, laisse tomber.

David était appuyé contre le mur, près de la fenêtre, les briques dures contre son tee-shirt. Les poils sur ses bras nus se redressèrent dans la nuit glaciale. Il savait qu'il ne devrait pas écouter, mais il n'arrivait pas à bouger.

— Je m'inquiète, Jing-Jing. Tu n'es plus toute jeune.

Jen éclata de rire.

— J'en ai bien conscience.

Après quelques instants de silence, Gloria demanda :

— Penses-tu que ces garçons soient vraiment… tu sais.

— *Gay* ? Oui, maman. Ils sont gays.

— Mais peut-être qu'ils sont juste confus.

Jen soupira lourdement.

— Ils ne sont pas confus. Pas plus que Clark, comme tu le sais si bien maintenant.

— Cela me rend triste, Jing-Jing. Tu sais qu'ils n'iront pas au paradis.

Un claquement fit sursauter David, et il retint son souffle, le cœur battant.

— Je n'en *sais* rien du tout !

— OK, OK, ne jette pas des choses.

Gloria parla en tagal, et David arrêta d'écouter. Même après leur départ, il frissonnait toujours contre le mur. Il entendait les mots encore et encore, la voix de Mère se joignant à celle de Gloria. Puis l'évêque Yoder et le Diacre Stoltzfus également, jusqu'à ce soit une cacophonie dans sa tête.

Ils n'iront pas au paradis.

Ils n'iront pas au paradis.

Ils n'iront pas au paradis.

— David ?

Isaac fut là, prenant son visage dans ses mains.

— Es-tu malade ?

— Non, dit David en essayant de sourire.

Son cœur battit rapidement, et il se sentit étourdi. *Mon Dieu, s'il vous plaît, pas maintenant.*

Il se força à prendre une profonde inspiration. Il ne pouvait pas laisser Isaac le voir effondré.

— Juste un peu. J'ai trop mangé.

Isaac caressa sa joue.

— Tu en es certain ?

Regardant le joli visage d'Isaac, plissé d'inquiétude, David voulait juste se laisser tomber contre lui comme un enfant, et lui confier sa terrible faiblesse.

Non.

Il ne pouvait pas accabler Isaac avec ses craintes. Cela le blesserait seulement d'entendre ce que Gloria avait dit.

— J'en suis certain.

— Tout le monde est rentré, dit Isaac en parcourant les cheveux de David de sa main. Viens, tu devrais t'allonger.

— D'accord. Je suis juste derrière toi. Va réchauffer le lit, dit-il en embrassant légèrement Isaac.

À l'intérieur, David écouta les pas d'Isaac devenir faible, et s'assura de fermer la porte coulissante. Le rez-de-chaussée était silencieux, avec seulement la petite lumière allumée dans la cuisine. Pendant un moment, David pouvait presque croire que c'était une lampe à pétrole, humer le kérosène et imaginer sa chaleur s'il touchait le verre de ses doigts.

Ils n'iront pas au paradis.

Ses pieds nus silencieux, David alla vers l'armoire à alcools.

Non.

— Je n'en ai pas besoin, se dit-il. Je vais bien. Tout va bien.

David ne savait pas s'il le croyait, mais il arriva à monter l'escalier, et à se mettre sous les couvertures qu'Isaac souleva pour lui.

CHAPITRE
Seize

LE BRUIT DE son marteau retentit alors que David finissait le dernier tiroir d'un placard de cuisine pour un client à New York. Au moins, Alan et sa musique avaient été absents toute la journée.

Il sortit du papier de sous la table de travail pour envelopper les tiroirs. Cela lui semblait étrange de payer afin de transporter quelque chose à travers tout le pays, mais le client pouvait apparemment se le permettre, et qui était-il pour protester ? Cela lui faisait de l'argent, et David pourrait ainsi le donner à Aaron et Jen plus rapidement puis leur parler du gîte et du couvert.

Il essuya son front humide. La semaine avait été chaude, en cette fin de mois d'avril. Le bus était plus bondé et sentait la sueur plus que d'habitude, et David serrait les dents à chaque fois qu'il remémorait la foule – des coudes et des sacs et l'haleine tandis que le véhicule démarrait, la sonnerie retentissant à chaque arrêt. Il redoutait déjà le voyage de retour à la maison.

— Bonjour.

David sursauta, sa main sur poitrine alors qu'il se retournait pour trouver Isaac dans l'entrée. Il y avait un peu de vent doux qui n'entrait pas, mais il laissait la porte ouverte dans un vain espoir. Le bonheur le consomma.

— Salut !

— Désolé de te surprendre, dit Isaac en laissant tomber son cartable près de la porte.

Il n'avait mis aucun gel dans ses cheveux, et sa mèche tombait sur son front, comme il en avait l'habitude.

— Ce n'est pas grave. C'est une bonne surprise.

Ils se jetèrent sur les bras de l'un de l'autre, et Isaac soupira bruyamment.

— Mmm. L'odeur de la sciure de bois me manque. J'aime le fait que je peux la sentir sur toi quand tu viens à la maison, mais ça fait du bien d'être là. Je veux que nous travaillions ensemble aujourd'hui comme nous en avions l'habitude. Le temps semble passer vraiment trop vite. Tu sais ce que je veux dire ?

David hocha la tête, se sentant léger.

— Mais tu es certain que tu ne dois pas aller à l'école ?

— Je suis sûr. J'y suis allé et j'ai tout arrangé avec professeurs. Ils sont vraiment flexibles, répondit Isaac en se penchant en arrière et essuyant quelque chose sur l'épaule de David. Tu dormais quand je suis rentré à la maison hier, et tu étais parti ce matin quand je me suis réveillé. J'ai l'impression que nous ne nous voyons pas souvent, ces derniers temps.

C'était vrai, et David ne savait pas comment c'était arrivé.

— Je sais. Comment était le jeu ?

— C'était amusant. Le baseball est confus, je trouve, mais Derek et Chris m'ont appris les règles du jeu. J'aurais voulu que tu sois là.

David sourit tristement, levant son marteau.

— Moi aussi, mais…

Il prit une autre planche. Il avait presque fini un meuble de rangement à temps pour le dernier chargement de la compagnie de livraison. Non qu'il soit trop bouleversé de manquer l'opportunité de dire plus de choses idiotes aux amis d'Isaac. Il était allé au Flanagan pour un dîner tardif et deux verres. C'était bon de parler à Gary toutes les semaines. Pour une quelconque raison, David ne se sentait pas intimidé par lui.

— Veux-tu commencer ou rester debout là ? demanda-t-il en montant du menton une pile de bois brut.

— D'accord.

Isaac fit rouler ses manches et brancha la prise électrique de la scie avant de mettre ses lunettes de protection.

— Cette chose rend tout ça plus facile, dit Isaac.

Le son de la scie était si bruyant qu'ils ne purent pas parler beaucoup, mais David se sentait paisible avec Isaac travaillant à ses côtés.

— Ça me manque, dit Isaac en éteignant la scie et en prenant une autre planche de bois.

— Vraiment ? demanda David en souriant timidement.

— Bien sûr ! L'école est super, mais parfois, ça devient trop. C'est… je ne sais pas. Réconfortant, je suppose. Et ça me manque d'être avec toi.

Il ralluma la scie.

David se rappelait vaguement le souffle d'Isaac sur sa nuque, la nuit dernière, ses lèvres tendres alors qu'il glissait dans le lit et attirait David contre lui. Regardant son amant maintenant, penché sur son travail, une vague d'affection et de *désir* l'envahit. Il posa son marteau et fit le tour de la table, faisant signe à Isaac d'éteindre la scie.

Isaac enleva ses lunettes.

— Quoi ? demanda-t-il en jetant un coup d'œil au bois sur lequel il travaillait. Est-ce que je le fais mal ?

— Non, non. Tu le fais bien.

David l'attira à lui.

— Je voulais juste te dire bonjour.

Il embrassa Isaac doucement, et ce dernier fondit contre lui, ses bras s'enroulant autour de sa poitrine. Ils approfondirent le baiser, leurs langues s'explorant. Avec leurs mains et leurs bouches, ils se dirent tout à la perfection. David glissa ses doigts sous l'ourlet du tee-shirt d'Isaac et sa veste, caressant sa peau et taquinant le petit grain de beauté près de la base de sa colonne vertébrale.

Quand ils rompirent le baiser pour respirer, un sourire illumina le visage d'Isaac.

— Bonjour, dit celui-ci en frottant son nez contre celui de David. Tu m'as manqué.

— Tu m'as manqué aussi.

David ravala un gémissement alors qu'Isaac embrassait l'endroit sensible derrière son oreille. Il parcourut le dos de son compagnon de ses mains.

Ce dernier colla sa cuisse entre celles de David et ondula des hanches. Son souffle état chaud contre son cou alors qu'il embrassait et suçait sa peau.

— Parfois, je souhaite que nous soyons de retour dans ta grange. Juste toi et moi pendant des heures en journée. J'ai l'impression qu'ici dans le monde extérieur, il y a tellement d'autres choses sur lesquelles s'inquiéter.

Il ricana, levant la tête.

— Non pas que nous n'avions pas d'inquiétudes à Zebulon.

David fit courir son pouce sur les lèvres d'Isaac.

— Je te désire tellement, mon Isaac.

— Veux-tu me baiser ? murmura Isaac, en ondulant les hanches à nouveau.

Ils devenaient tous les deux durs dans leurs jeans, et David gémit. Agrippant les cheveux d'Isaac dans sa main, il l'embrassa violemment. Celui-ci utilisait parfois des mots Anglais vulgaires dans des moments comme celui-là, et ça excitait David de les entendre.

— C'est ce que tu veux ? demanda-t-il.

Il glissa son autre main vers le boxer d'Isaac et effleura la raie de ses fesses et son entrée.

Isaac grogna.

— Oui. Toi en moi.

David fit courir son doigt autour de son ouverture, l'enfonçant juste un peu.

— Tu veux ça ?

— Hé ! s'exclama Isaac en donnant un coup à l'épaule de David. Va fermer la porte.

Riant, David l'embrassa encore.

— Si autoritaire.

Il se précipita vers la porte et la verrouilla. Quand il se retourna, Isaac enlevait son tee-shirt et ses chaussures. David se lécha les lèvres.

— Veux-tu… sur le canapé ?

Mais Isaac secoua la tête alors qu'il faisait descendre son jean près de la table.

— Ici. Comme on en avait l'habitude.

David se força à ne pas tout laisser tomber par terre avec un seul bras, mais il réussit à vider la table, sans casser quoi que ce soit. Il déploya une bâche de protection. Isaac était nu à présent, et il se pencha sur son sac à dos, cherchant quelque chose. Quand il se redressa, il sourit.

— Tu aimes la vue ?

La gorge sèche, comme s'il avait avalé de la sciure, David hocha la tête et déchira presque ses propres vêtements en les retirant. Le béton était dur, et il se défit de son jean avec ses pieds avant de se mettre debout sur eux tandis qu'Isaac montait sur la table avec ses fesses au bord. Isaac écarta les jambes, soulevant ses genoux à ses épaules. Son sexe rougi pointa vers son ventre.

— Comment ça ? Comme la première fois ?

— *Oui…*

David couvrit son amant de son corps, l'embrassant profondément.

— Tu es magnifique.

Il se pencha et déposa un baiser sur le bout du membre d'Isaac, faisant courir sa langue par-dessus et autour du gland. Le goût salé des gouttes séminales envoya un éclair de désir parcourir ses veines, et il le lécha, lapant les bourses et blottissant son nez contre les poils fins. Les cuisses d'Isaac tremblèrent et il gémit bruyamment.

— Oh, *oh* ! C'est si bon ! Oh, mon David… S'il te plaît…

David aimait la sensation des doigts d'Isaac serrant ses cheveux quand il le lécha de la raie des fesses de son amant jusqu'à son entrée. Il poussa un soupir contre sa peau et Isaac sursauta.

— S'il te plaît… j'ai besoin de toi, dit Isaac en l'attrapant.

Il jeta un tube de lubrifiant dans la main de David.

Celui-ci l'ouvrit en riant.

— Tu es venu préparé.

— Oui, dit Isaac, sans honte, bien qu'il rougissait jusqu'aux oreilles. Tu m'as manqué. Je te veux.

David se pencha vers lui pour l'embrasser bruyamment. Il pressa ses doigts glissants contre son ouverture, enfonçant un seulement.

— Comment c'est ?

Il savait la sensation que lui procurait Isaac quand il était à l'intérieur de lui – brûlant, plein et *bon* –, mais cela faisait chanter son sang de l'entendre de la part d'Isaac. Il enfonça son index dans son entrée avec le premier.

Isaac ravala un halètement, ses yeux se fermant une seconde. Quand il les ouvrit, son regard était intense et sombre, et il se resserra sur le doigt de David.

— C'est… serré. Comme si rien ne peut entrer, même si je sais que ce sera le cas. Ce n'est pas assez. Et je veux plus.

Il se resserra à nouveau.

David obéit, enfonçant un autre doigt en tournant sa main, sentant Isaac se tendre puis se relâcher.

— C'est ça, Eechel.

— Je veux plus. Ça brûle comme un tisonnier chaud, mais ce n'est rien comparé à ton sexe.

Avec des mouvements saccadés, David retira ses doigts et enduisit son membre avec du lubrifiant. Il attira Isaac jusqu'au bord de la table, repoussant leurs cuisses en arrière. Il frôla l'entrée de ses fesses avec le bout de son sexe.

— Continue à parler.

Isaac rejeta la tête vers la table alors qu'il gémissait.

— C'est si gros, et ça m'étire tellement, mais…

Il s'interrompit et cria quand David s'enfonça en lui de quelques centimètres.

— Dis-moi.

Les lèvres entrouvertes, Isaac haleta doucement.

— C'est comme si je pouvais sentir tes battements de cœur à l'intérieur de moi. J'étais si vide, et maintenant, tu es là, dit il.

Il fit courir une main tremblante sur le torse de David.

— Ça fait un peu mal, mais j'aime ça. Je t'aime.

Ondulant des hanches en avant et arrière, David le prit, leurs peaux claquant ensemble, leurs gémissements forts retentissant dans le petit garage.

— Je t'aime tellement. C'est incroyable, marmonna-t-il. Si bon.

Il inspira l'odeur de leurs sueurs et du sexe, le savourant sur sa bouche alors que ses lèvres s'entrouvraient. Regardant Isaac, les jambes écartées et rougies sous lui, David ne savait pas pourquoi il s'était tellement inquiété. Tant qu'il avait Isaac, tout se passerait bien. Oublions la ville, et les nouveaux gens, et toutes les choses que David ne comprenait pas. C'était tout ce qui importait.

Ses coups de reins étaient erratiques, et il poussait de faibles grognements qui avaient l'air étrange et désespéré. Il voulait qu'Isaac jouisse le premier, mais alors qu'il plongeait son regard dans ses yeux chaleureux, le plaisir l'ébranla, le retournant comme une tornade alors qu'il sursautait et se déversait à l'intérieur de son amant. Il pensa qu'il jouissait si profondément que quelques gouttes de lui seraient là pour toujours.

— Oui, murmura Isaac, parcourant le dos de David de sa main. Donne-moi tout. Laisse-toi aller.

Tremblant, David laissa tomber sa tête sur la clavicule d'Isaac, la saveur de la sueur d'Isaac sur sa langue. Ils gémirent tous les deux quand David retira son sexe flasque, et celui-ci put sentir Isaac dur et pulsant contre son ventre.

Avec ses mains tenant les cuisses de son amant écartées, David se pencha et engloutit son membre. Il soufflait comme un cheval tandis qu'il suçait, étroitement et profondément. Les mains d'Isaac furent dans ses cheveux à nouveau, ses doigts s'enfonçant dans le crâne de David tandis que celui-ci faisait aller sa tête de haut en bas. Ses lèvres étirées autour du membre raidi d'Isaac, il fredonna.

Avec un cri, Isaac jouit, tirant sur les cheveux de David tandis que ses hanches se relevaient. David s'étrangla un peu alors qu'il essayait de tout avaler, et quand il retira sa bouche, des gouttes tombèrent du coin de ses lèvres. Isaac haleta, et un autre jet tomba sur la joue de David.

Isaac gémit, son torse se soulevant.

— David…

Il l'attira contre lui, ses mains douces sur les cheveux de David alors qu'il l'attirait contre son torse.

— Tu me manques, dit Isaac. Tout est si rapide, dernièrement. Nous devons ralentir.

Les genoux de David étaient faibles, et si ça n'avait pas été la table qui retenait leurs poids, il aurait glissé sur le sol. C'était *fantastique*. Il embrassa la peau rougie d'Isaac, et dit une prière, implorant le Seigneur que ce soit toujours aussi parfait.

— QUOI ? cria David.

— Donne-moi ta veste ! s'écria Clark à son tour en tendant une main et indiquant l'enseigne qui disait *vestiaire*.

David ouvrit son manteau et le retira. Clark ne le regardait même pas alors qu'il le prenait d'une main et envoyait un texto de l'autre. Une jeune femme à l'air ennuyé relevait à peine les yeux de son téléphone tandis qu'elle prenait leurs vestes et arrachait un bout de papier rouge pour Clark. Les mains dans les poches de son jean, David jeta un coup d'œil autour de lui. Ils se trouvaient encore dans l'entrée, et au-delà des rideaux lourds au bout du couloir, il put apercevoir des lumières brillantes et des mouvements.

Il pouvait certainement entendre la musique. Il avait pensé que c'était bruyant au Beacon, mais Volume faisait honneur à son nom. *Pourquoi suis-je venu ici* ? Il voulait déjà rentrer à la maison. Une main se posa sur son épaule et il pivota, se détendant quand il vit Dylan.

— Salut.

— Hey ! David, je te présente Tim.

Le bras de Dylan entourait les épaules étroites d'un jeune homme qui avait les cheveux rouges et qui hocha la tête vers lui. Ils portaient tous les deux des débardeurs et des jeans serrés.

— Ça s'est bien passé avec le videur ? demanda Dylan.

— Oui, répondit David en sortant sa nouvelle pièce d'identité, qu'il avait enfouie prudemment dans sa poche arrière. Nous avons nos certificats de naissance, et Aaron pensait que ce serait plus facile d'avoir nos identités que d'attendre d'avoir le permis.

Ça, et l'idée de conduire dans la ville rendait toujours ses mains moites.

— Donc, tu as grandi avec des chevaux et des chariots et tout le reste ? demanda Tim.

— Oui, dit David en se préparant pour les questions qui n'allaient pas tarder.

Mais Tim sourit seulement.

— Cool.

— Et que fait Isaac ce soir ? demanda Dylan. Dommage qu'il soit trop jeune pour entrer.

— Il est allé voir des films avec ses amis de l'école. Je voulais aller avec eux, mais Isaac a insisté pour que je vienne ici et lui dise tout sur le club.

Clark apparut.

— Salut, mes chéris !

Les bracelets de métal qui s'alignaient sur son avant-bras cliquetèrent alors qu'il tendait la main à Tim.

— Ça doit être Tim. J'ai tellement entendu parler de toi. Et tu as rencontré David ?

Il se tourna vers ce dernier, en plissant les yeux.

— Que portes-tu là ?

David se regarda.

— Ce que j'ai porté au Beacon ?

Il rougit, content de la faible lumière tandis qu'il faisait courir une main sur le devant de son tee-shirt sombre et boutonné.

— Ça ne va pas ?

Secouant la tête, Clark prit le coude de David et le dirigea vers le coin. Dylan et Tim les suivirent.

— Il est bien, Clark. Il a l'air super.

— Bien sûr qu'il est super… vise un peu ce visage ! s'exclama Clark en prenant le menton de David dans sa main. J'aime cette barbe, en passant.

Il fit un petit grognement.

David était certain qu'il devait être rouge jusqu'aux oreilles. Parfois, il se rasait tous les jours, mais d'autres fois, il laissait la barbe assombrir son visage jusqu'à ce qu'elle commence presque à devenir un léger chaume. Même si c'était différent du style Amish, la pensée d'en avoir une seulement lui rappellerait trop comment il était lorsqu'il allait rejoindre l'église.

— Mon cœur, ceux-ci sont des vêtements de bar, et ceux-là, des vêtements de club.

David cilla en regardant Clark, parcourant son tee-shirt rose qui arrivait à peine au ventre, et ce n'était pas du tout un tee-shirt. Son pantalon était doré et brillant, et si serré que David ne savait pas comme son sang circulait toujours dans son corps. Son maquillage était plus étincelant que d'habitude.

— Ce n'est pas grave… nous allons arranger ça. J'aurais dû te l'expliquer auparavant, dit Clark en reculant et en le regardant de haut en bas. Portes-tu un tricot de peau ?

David hocha la tête, et avant qu'il ne le sache, les doigts de Clark commençaient à déboutonner sa chemise. Il retira les manches de ses bras et roula le tee-shirt en boule.

— Nous allons le mettre dans la poche de ton manteau. Et voilà ! Simple et élégant, mais sexy !

Il tapota ensuite le torse de David.

— Les camisoles ont toujours du style !

— Quoi ? demanda David.

Il pouvait sentir la chaleur de la main de Clark à travers son tricot de peau fin.

— Que veux-tu dire ?

Une camisole ? Il n'était pas *fou*.

— C'est juste un surnom qu'on donne pour ce genre de tee-shirt, expliqua Dylan. Pas du tout conservateur, mais depuis quand Clark l'est ?

— Oh ! Je… tu es sûr que ça va ? demanda David en croisant les bras sur son torse, frissonnant quand la porte d'entrée s'ouvrit pour laisser passer un autre groupe d'hommes.

— Suis-je sûr ?

Clark se tourna vers Dylan et Tim.

— Pourriez-vous m'aider, les gars ?

Tim siffla.

— Très sexy !

Puis il tira sur le bras de Dylan.

— Allons danser !

— Je vais vous retrouver là-bas.

Clark fit rouler le tee-shirt de David en boule et se précipita vers les vestiaires.

Suivant Dylan et Tim à travers les lourds rideaux, David pouvait à peine croire ses yeux. Partout où il regardait, il y avait des hommes… la plupart d'entre eux habillés dans des vêtements serrés qui les couvraient à peine, et d'autres n'en avaient pas du tout. Il y avait un deuxième étage, et un escalier menait vers un balcon qui dominait la piste de danse de tous les coins, des hommes se penchant contre lui et regardant les corps bouger au-dessous. David avait l'impression que la musique pulsait à *travers* son corps et se répercutant sur lui jusqu'aux os avec chaque battement.

En dépit du bruit et de la foule, un éclair d'excitation le traversa en voyant tellement d'hommes ensemble. Tellement d'hommes *gays*. Tous présents dans un seul endroit ! C'était différent du Beacon. Plus… il essaya de penser au mot juste. *Sexuel,* dit une voix du fond de son esprit.

Le désir noua son estomac, et il aurait voulu qu'Isaac soit là.

Des bras s'entourèrent autour de sa taille par derrière, et pendant un moment, le contact fut agréable, mais bien sûr, ce n'était pas Isaac. Il se raidit.

Clark le serra une fois avant de prendre sa main.

— Allez, viens !

Dylan et Tim avaient déjà disparu dans la foule de danseurs, et David suivit Clark d'un air reconnaissant. Les lumières flashaient des couleurs partout – roses, verts et bleues. Tout le monde avaient l'air étranger, et David pouvait à peine croire qu'il était réveillé et non, en train de rêver. Il regarda Clark se retourner, ses bras au-dessus de la tête. Après quelques instants, ce dernier fronça les sourcils et se pencha vers lui.

— Tu vas bien ? cria-t-il.

— Je ne sais pas vraiment comment danser.

Avec un sourire, Clark poussa les hanches de David.

— Contente-toi de bouger !

Bien sûr, Isaac et lui avaient dansé ensemble au Beacon, mais les hommes ici – et quelques femmes – dansaient avec abandon. *Hédoniste*, diraient les prêcheurs. David essaya de se détendre, mais les hommes le bousculaient, et de la sueur commença à tremper son front. L'air était lourd, et il se demanda s'il pouvait avoir un verre pour ne pas paniquer.

Clark était soudain pressé contre lui, son souffle chaud dans l'oreille de David.

— Si tu veux te détendre, je pourrai nous trouver de la coke.

— Je ne… quoi ?

David pesa ces mots dans sa tête.

— De la coke. Une petite stimulation chimique.

— Tu veux dire… de la drogue ?

Il cilla. *De la drogue ?*

— Oui, si tu préfères l'appeler comme ça. Je préfère penser à eux comme des cadeaux de fête, sourit Clark.

David n'y pensa même pas.

— Non.

Le souvenir de Joshua envahit son esprit – sortant de la fenêtre, cette nuit-là avec son sourire arrogant.

— Je n'en consomme pas, dit-il, son pouls pulsant fortement, et les battements de son cœur irréguliers.

Clark leva les mains.

— D'accord ! Pas de pression. Tu veux un verre ? Je suis assoiffé !

— Vodka tonique. S'il te plaît, ajouta-t-il alors qu'il glissait la main dans sa poche pour l'argent.

Mais Clark s'éloignait déjà en agitant la main, englouti par la foule en quelques secondes. David réalisa qu'il n'avait aucune idée où se trouvaient Dylan et Tim, et il fut soudain très seul. Aussi seul qu'il pouvait l'être dans une pièce remplie d'une centaine de personnes en sueur.

Un éclair de peur le traversa, et il inspira profondément. *Ça va aller. Je vais bien. Tout va bien. Je peux respirer.*

David croisa le regard affamé d'un homme qui avait l'air assez âgé pour être son père, et il détourna rapidement la tête pour regarder ses baskets noires. Il essaya de se concentrer sur la musique et de régler sa respiration sur elle. *Inspirer et expirer. Inspirer et expirer. Régulièrement.*

Quand Clark revint, David avala sa boisson, reconnaissant. Ils dansèrent, mais le jeune homme se sentait à la dérive, et remarqué. Il était certain que tout le monde le fixait. Il ne pouvait pas entendre des murmures au-dessus de la musique, mais partout où il regardait il était certain que des personnes parlaient de lui et disaient à quel point il était lamentable et bizarre. Il voulait rentrer à la maison.

Il avait l'impression que la foule s'agrandissait à chaque battement de musique, se refermant sur lui. Même dans les constructions des granges, il n'avait pas été avec autant de personnes dans un seul endroit. Et là-bas, il pouvait avoir de l'air frais pour respirer, et il s'adapterait sans essayer. Même quand il avait su qu'il était différent, il avait pu le feindre.

Clark ne se rendait compte de rien, dansant en ondulant les hanches, qui étaient gracieuses d'une manière qu'il ne serait jamais capable de le faire. De la sueur tomba dans les yeux de David, et son débardeur collait à son corps. Il bousculait des gens constamment, mais au moins, après quelques verres, la brûlure qui le calmait dans sa poitrine l'aida.

Dylan et Tim apparurent comme par magie de la foule.

— Tu as un don ! cria Dylan, levant le pouce dans sa direction.

Un don. David répéta le mot dans sa tête alors qu'il regardait autour de lui. Il imagina ce que l'évêque Yoder et le Diacre Stoltzfus diraient. Des hommes se tripotaient et se collaient les uns contre les autres avec un abandon complet. Volume était l'endroit le plus vaniteux que David n'avait jamais vu dans le monde Anglais, et cela voulait dire quelque chose. Une grande boule en métal au-dessus de la piste envoyait des éclairs de lumières sur la foule humide et haletante.

Quelqu'un se frotta contre lui, et David s'éloigna rapidement. Il tira sur son débardeur trempé. Il aurait besoin d'une douche quand il rentrerait. Pensant à Isaac, l'attendant dans leur lit, il respira un peu plus facilement. Peut-être qu'il pourrait trouver une excuse bientôt et partir.

— Enlève-le !

Il regarda Clark en clignant les yeux.

— Hein ?

— Vis un peu ! s'écria Clark en relevant son tee-shirt du bord et en tirant sur lui.

Sans réfléchir, David leva les bras. L'air était rafraichissant sur sa peau nue. Il prit le débardeur de Clark, qui lui fit signe de l'accrocher sur l'un des anneaux.

— C'est mieux ?

Il hocha la tête. C'était beaucoup mieux. Il avait encore chaud, et peut-être qu'il avait bu un verre de trop, parce que sa tête était si légère.

Puis Clark se colla directement contre lui, son souffle sur le visage de David.

— Ça peut aller mieux encore, dit-il, ses mains posées sur son torse, ses doigts taquinant ses tétons.

Quoi ?

David trébucha en arrière, mais la piste de danse était trop bondée et il se heurta à un mur de peaux. Il n'y avait nulle part où aller, et Clark le touchait encore, ses bracelets cliquetant.

— Laisse-moi te monter à quel point ça peut être bon, bébé …

Le maquillage de Clark était flou, son gloss brillant toujours sur ses lèvres alors qu'il rapprochait son visage. Puis la bouche de Clark le *touchait,* et son autre main prenait en coupe son sexe à travers son jean.

Les sensations envahirent David, sa tête tournant alors qu'il essayait de donner un sens à ce qu'il se passait. Clark avait le goût des cerises, et ce qu'il faisait avec ses mains était bon…

Non !

David tourna la tête sur le côté, mais il ne pouvait toujours pas bouger. Il attrapa les mains de Clark et les éloigna de lui. Il se détourna et se traça un chemin à travers la foule sur la piste de danse, ses poumons brûlants.

Clark agrippa un de ses poignets, disant quelque chose que David ne put entendre. Celui-ci essaya de dépasser rapidement la masse de corps tandis que Clark s'accrochait obstinément à lui. Il aperçut l'enseigne des toilettes, et il ouvrit la porte. Il avait des gémissements qui sortaient des cabines, et quelqu'un était sur ses genoux près des lavabos avec le sexe d'un autre homme dans sa bouche.

David arracha sa main de l'emprise étonnamment forte de Clark.

— Pourquoi as-tu fait ça ?

— Parce que tu es magnifique, et que je te veux. Ça va aller, répondit Clark en l'attirant vers lui. Personne n'est obligé de savoir. Nous pouvons juste nous amuser un peu.

— Non !

David plaqua sa main contre le torse de Clark, le tenant à bout de bras. Le tee-shirt rose était humide.

— Je suis avec Isaac. Je ne veux personne d'autre.

Clark leva les yeux au ciel.

— *Allez* ! C'est mignon et tout, mais il est temps de grandir. Ce n'est pas bien grave !

— Ça l'est pour moi. Je pensais que nous étions amis.

— Nous le sommes, mon sucre. Je veux juste être un *meilleur* ami. Je veux te faire sentir bien. Te montrer des choses que vous, les garçons Amish, n'avez jamais rêvé. Allez, laisse-moi te corrompre, dit-il en souriant d'un air coquin. Tu sais que tu le veux.

David secoua la tête.

— Je ne veux pas de ça ! Je ne veux pas de toi. J'aime Isaac. Peut-être que nous sommes stupides et naïfs, mais il est le seul avec qui je veux être.

Clark ricana.

— Très bien. Tant pis pour toi. Va à la maison rejoindre ton petit ami, et ta maladresse bizarre. Tu m'ennuies, de toute façon.

Moqueur, il tourna les talons et sortit.

De la bile remonta dans sa gorge, et David trébucha vers le lavabo le plus éloigné. Il se nettoya les mains et éclaboussa de l'eau froide sur son visage. Le miroir était strié et tacheté, et quand il se regarda à travers ce désordre – sans tee-shirt, et en sueur, ses yeux trop brillants – il était un inconnu. Ses poumons se contractèrent. *De l'air. Besoin d'air.* Il réussit à forcer ses pieds à courir.

Quand il sortit dehors, il s'effondra contre le mur en briques, haletant. Cela se produisait encore… des aiguilles le piquaient partout, et tout devint flou. Il était seul, et il mourrait. Son cœur explosait, et il n'y avait pas assez d'air. Il gratta ses mains à travers la brique.

— Hé là. Ça va aller, mon garçon.

C'était la voix d'une femme et David sentit de fortes mains frottant ses épaules.

— Respire. Voilà.

La femme continuait à parler, et David se concentra sur sa voix jusqu'à ce que le danger disparaisse, et qu'il soit capable de se redresser et de tourner. Il tremblait.

— Je…

Sa langue ne pouvait plus former des mots. *Il y a quelque chose qui ne va pas avec moi.* La crainte l'envahit à nouveau alors qu'il s'autorisait finalement à penser à aller voir un médecin pour trouver ce qu'il avait. *Et si je suis malade ? Et si je meurs ? Et si je ne peux plus prendre soin d'Isaac ?*

Il s'appuya contre le mur alors qu'il vomissait sur le trottoir, éclaboussant le bout de ses chaussures. Son estomac se contracta et il ne lutta pas. Quand ce fut fini, il cracha et s'essuya la bouche avec une main tremblante. Peut-être qu'il devrait parler à Jen à propos de ce qui n'allait pas avec lui, mais la pensée lui donnait envie de se recroqueviller et de mourir. Il devait être fort. Mieux. Il cracha fortement. *Père aurait honte s'il voyait à quel point je suis devenu faible.*

— C'est ça. Sors tout ce que tu as.

La femme portait un très court tee-shirt, et était exceptionnellement grande avec de larges épaules. Ses cheveux blonds et bouclés étaient longs sur son dos, et elle sourit, ses lèvres rouges brillantes.

— Ça va aller, chéri. Dure nuit, hein ?

Elle lui tendit un mouchoir.

— Tu as abusé de l'alcool ? demanda-t-elle, puis elle haussa un sourcil. Ou autre chose ?

Il secoua la tête, et cracha sur le sol à nouveau. Grimaçant, il réalisa que l'homme qu'on appelait videur s'avançait vers eux. David s'essuya la bouche, et regarda gauchement ses chaussures.

— Ça va aller, Ricardo, dit la femme en faisant un geste de main. Allez, ouste !

Celui-ci haussa un sourcil.

— Je ne veux pas que les flics rappliquent ici, ce soir, Shonda.

— Tout est sous contrôle, dit-elle en levant deux doigts. Parole de scout.

Alors que Ricardo retournait à la porte, Shonda glissa la main dans son tee-shirt court et retira un paquet de cigarettes qui devait être caché dans son soutien-gorge. Elle lui en offrit une, mais il secoua la tête. David tira son débardeur, réalisant que Clark avait le ticket pour sa veste et son tee-shirt. Tremblant, il entoura ses bras autour de lui. L'horrible arrière-goût dans sa bouche lui donnait à nouveau la nausée.

— Tu as de l'argent pour rentrer ?

David hocha la tête. Dieu merci il avait gardé son argent dans sa poche.

— Merci, dit-il, la voix cassée.

— Tu sais où tu vas ?

Il hocha à nouveau la tête. Il avait mémorisé l'arrêt de bus, et malgré sa tête troublée, les noms et les numéros étaient toujours là.

— D'accord. Sois prudent, chéri. Ne laisse pas des connards te décourager.

Shonda inspira profondément sur sa cigarette avant de l'écraser du bout de ses grandes chaussures. Elle disparut à l'intérieur du Volume.

Quand David arriva enfin au bus, il était gelé, et il se recroquevilla sur lui-même. À nouveau, il avait l'impression que tous les yeux étaient rivés sur lui, habillé ainsi, et la honte lui noua le ventre. *Qu'ai-je fait* ? Il passa la main sur sa bouche, souhaitant pouvoir cracher le goût de cerise qu'il jurerait avoir toujours dans la bouche, parmi les restes acides de son vomit. Sa peau ayant la chair de poule là où Clark l'avait touché.

Peut-être que c'était ce que les hommes gays faisaient, mais David ne le voulait pas. Il ne pouvait nier que pendant un moment, cela avait été bon, et il ne s'était jamais détesté comme ça… pas même quand il avait réalisé qu'il désirait d'autres hommes de la même manière qu'il aurait dû désirer une femme. Qu'il voulait s'accoupler avec d'autres hommes de la même manière que les animaux le faisait dans la grange.

Mais être touché par Clark n'avait pas fait chanter son cœur comme le contact des doigts d'Isaac le faisait. Ou le fait d'apercevoir le sourire d'Isaac qui faisait disparaitre ses inquiétudes. La manière dont Isaac prononçait son nom quand ils étaient à l'intérieur de l'un l'autre. C'était plus que des corps s'accouplant ensemble. Cela pouvait être bon à ce moment-là avec d'autres hommes, mais ce qu'il avait avec Isaac représentait bien plus. Si cela signifiait qu'il ne s'adapterait jamais dans la ville, alors, il s'en fichait complètement.

David courut de l'arrêt de bus, désespéré de voir Isaac. Il était tard, et il entra sur la pointe des pieds dans la maison silencieuse, retirant ses chaussures et se précipitant dans l'escalier. Mais quand il ouvrit la porte de leur chambre, le lit était vide. David prit son téléphone de sa poche, mais il n'y avait pas de messages. Le film avait dû durer plus tard, ou peut-être qu'ils étaient allés manger après.

Il aurait tellement voulu y être allé avec eux. Il serait avec Isaac, maintenant, et Clark ne l'aurait jamais touché. Il tira sur ses vêtements, les jetant dans la corbeille blanche dans la salle de bain. Il se brossa les dents et gargarisa quatre fois avec un bain de bouche avant d'entrer dans la cabine de douche.

Il ne sut pas combien de temps il resta ainsi sous le jet chaud, mais cela avait dû durer un moment, parce qu'Isaac était dans le lit, avec les lumières éteintes quand il émergea enfin. Les épaules de David se détendirent à sa vue. Isaac était à la maison. Tout allait bien.

Doucement, il se glissa sous les couvertures sur son côté. Les volets étaient fermés, et il pouvait seulement voir l'ombre du corps d'Isaac. Il lui tournait le dos, immobile. Pendant un long moment, David écouta sa respiration.

— Isaac ? murmura-t-il.

Il tendit la main vers lui, mais la retira à la dernière seconde. Il n'y eut aucune réponse, donc Isaac devait dormir après tout. Même s'il mourait d'envie de le sentir contre lui, il ne voulait pas le réveiller.

Avec un soupir, il regarda la silhouette de son compagnon, souhaitant pouvoir voir son visage... ses lèvres certainement entrouvertes, ses cils ombrant ses joues, et ses belles taches de rousseur sur son nez.

Les larmes emplirent les yeux de David. Une partie de lui voulait réveiller Isaac et tout lui avouer. Supplier pour son pardon d'avoir laissé Clark le toucher, même pendant une seconde. Il n'aurait pas dû boire autant. Il n'aurait pas dû aller au club du tout. À quoi avait-il pensé ? Tout était de sa faute.

Finalement, David descendit dans le salon et se versa un peu de vodka. Une voix dans son esprit l'avertissait que c'était mal... quelque chose en lui devenait hors de contrôle. Il résolut de régler ça demain. Mais ce soir, il avait besoin de dormir, et il finit le verre. Quand il retourna au lit, il le fit prudemment pour ne pas bousculer son amant, qui était toujours recroquevillé sur son côté, sans bouger.

David écouta, et un éclair de certitude qu'Isaac ne dormait pas le traversa. *Peut-être que je devrais lui dire maintenant.* Le silence dans la chambre était insupportablement lourd, et David écouta une voiture passer tout près. Il ouvrit et ferma la bouche plusieurs fois alors qu'il essayait de penser aux mots justes.

Finalement, il roula sur le côté et laissa la vodka faire son effet.

CHAPITRE Dix-sept

— TOC TOC.

David releva les yeux pour trouver la dernière personne qu'il voulait voir à la porte de son garage. Il l'avait laissée ouverte pour éviter de s'étouffer avec la sciure de bois, même s'il frissonnait dans ce froid.

Il regarda Clark avec ce qu'il espérait une expression froide, et ne l'accueillit pas. C'était encore très tôt, mais quand il s'était réveillé, Isaac était étonnamment parti et la maison était vide. Il avait pensé à retourner au lit, mais avait aimé l'idée de trouver refuge dans son travail et ses bois. Isaac et lui passaient habituellement leurs samedis ensemble, mais apparemment, son petit ami avait d'autres plans... des plans qu'il n'avait pas partagés.

Clark entra. Ses cheveux étaient humides et plats, et des gouttes de pluie s'accrochaient à son long manteau. Son visage était tiré, ses joues boursouflées, et il ne semblait porter aucun maquillage. David ne lui avait jamais vu l'air si âgé auparavant.

— Je t'ai ramené ta veste, et je fais nettoyer son tee-shirt, dit Clark en accrochant la veste sur le crochet de la porte avant de soulever un plateau en carton. Café ?

— Non. Si tu es venu pour les chaises, la livraison est pour ce soir.

Il hocha la tête vers le tas de meubles empilés et couverts de papier, entreposés dans le coin.

David regarda son téléphone, qui restait silencieux et noir sur la table. Ce n'était pas dans les habitudes d'Isaac de ne pas répondre à ses messages, ce qui lui avait pris du temps en tapant avec ses doigts maladroits. Mais il essayait de ne pas s'inquiéter… pas encore, en tout cas. Isaac et Aaron étaient probablement sortis pour passer du temps ensemble. Pourquoi cela dérangerait-il David ? Pourtant, il aurait voulu qu'Isaac réponde.

Avec un soupir, Clark posa le plateau sur la table, avec un sac papier qui sentait les viennoiseries.

— Je suis venu pour m'excuser, dit-il en enfonçant ses mains dans ses poches. J'ai été un vrai connard, la nuit dernière. Comme tu le sais.

David ne savait pas quoi dire, alors il attendit.

— J'ai agi de manière inappropriée, et j'en suis désolé. Je sais pourtant qu'il ne faut pas faire des choses comme ça. Je veux dire, merde… tu es le petit ami du frère du mari de ma meilleure amie !

Il grimaça.

— J'aime Jen et Aaron. Et Isaac et toi êtes comme de la famille, et vous êtes tous les deux super. Je suis allé tellement loin que je ne pouvais même pas voir les limites. Cela ne va plus arriver.

David avait besoin de dire quelque chose.

— Je pensais que tu étais mon ami. Je pensais que tu étais *notre* ami.

Clark cilla.

— Je sais. Je n'ai pas excuse. Aucune.

— Pourquoi as-tu fait ça ?

— Pourquoi je fais la moitié des choses que je fais ? ricana Clark, tristement. La vérité est, même si je flirte avec tout le monde, je suis sincèrement attiré par toi.

David ne savait pas où poser les yeux ou ce qu'il devait faire. Il croisa les bras sur son torse et fixa une pile de bois.

— Je ne… je suis flatté, mais…

— Ce n'est pas grave. Je sais que tu ne ressens pas la même chose. Je l'ai toujours su, dit-il en souriant durement. Le problème, c'est que je n'aime pas ne pas avoir ce que je veux. Surtout après beaucoup de cocktails. Je n'aurais pas dû te séduire comme ça. Tu es juste un enfant, et je suis…

Ses lèvres se recourbèrent.

— Je suis assez âgé pour comprendre.

David ne savait pas quoi répondre à cette version sombre de Clark. Il détestait ce que ce dernier avait fait, mais il semblait sincèrement contrit.

— Quand j'avais ton âge, je couchais avec chaque mec qui me regardait deux fois. Et c'était amusant, comprends-moi bien. Et ça l'est toujours.

Clark prit le sac en papier et déroula le dessus avant de le faire rouler à nouveau.

— Mais Isaac et toi êtes différents. Seigneur, vous êtes des bébés, mais tout le monde peut voir à quel point vous tenez l'un à l'autre. Vous avez tous les deux des petits cœurs dans les yeux, et je n'aurais jamais dû interférer entre vous. Je voulais juste du sexe, et c'était égoïste. Vous êtes des garçons adorables, et vous méritez mieux. J'espère… eh bien, j'espère que tu me donneras une autre chance d'être un bon ami.

David réfléchit à tout ce qu'il avait dit, et après quelques instants, il hocha la tête.

— D'accord.

La bouche de Clark s'ouvrit et se ferma, puis il haleta.

— *Vraiment* ?

— Oui. Je te pardonne.

Clignant des yeux rapidement, Clark se redressa de toute sa hauteur.

— Juste comme ça ?

— Oui, dit David en haussant les épaules. Tu es désolé pour ce que tu as fait, et tu veux te racheter. Alors, je te pardonne.

— Est-ce un truc Amish ?

David sourit doucement.

— Je suppose que ça l'est.

— Parce que, si tu ne veux plus me parler à nouveau, je comprendrai. Ou Isaac. Je devrais lui demander des excuses aussi. Pfff, j'ai été un connard condescendant plus d'une fois envers lui !

— Non… ne le fais pas. Je veux dire, pour ça, oui, mais ne lui dis pas à propos de la nuit dernière.

La pensée d'Isaac sachant que Clark l'avait touché lui donnait la nausée.

— Je ne veux pas le bouleverser, continua-t-il.

Il prit son téléphone et pressa un bouton. Il n'y avait aucun nouveau message, juste la photo d'Isaac et lui sur le quai, le jour où ils avaient vu les otaries. Isaac l'avait en quelque sorte mis en fond d'écran.

— Tout ce que tu veux… à toi de voir. Cela ne se produira plus. Je te le promets, dit Clark, puis il posa sa paume sur son torse. Promis, juré ! La manière dont je me suis conduit était totalement vulgaire, et j'ai appris une leçon très importante. L'émission de One to Grow On de NBC pourrait me contacter sur ça… Mais ne t'inquiète pas. Mes lèvres sont scellées.

David regarda leurs sourires dans la photo de son téléphone. Il n'avait aucune idée de ce que voulait dire Clark, mais cela n'avait pas d'importance. Le nœud dans son estomac le faisait souffrir, grandissant avec chaque souffle.

— Non, je dois lui dire la vérité. Je dois le lui dire. Je n'aurais jamais dû aller au club sans Isaac. J'aurais dû le savoir.

Clark fronça les sourcils.

— Ne sois pas si dur envers toi-même. C'était ma faute, tu n'as rien fait de mal.

— Tu ne comprends pas. Je n'ai pas pris soin de ma famille quand j'étais supposé le faire, et je me suis promis que je ne laisserai rien arriver à Isaac. Maintenant, regarde ce que j'ai fait.

Clark fronçait toujours les sourcils.

— David, personne n'est parfait ! Tu fais de ton mieux.

— Ce n'est pas assez ! cria-t-il.

Prenant une profonde inspiration, David essaya de calmer ses battements de cœur. Il ne devait pas perdre le contrôle à nouveau. Il baissa la voix et déglutit difficilement.

— Si j'avais fait quelque chose, mon frère n'aurait pas pris de drogues et ne serait pas mort, et nous n'aurions pas été obligés de déménager à Zebulon. Tout était plus dur et plus strict là-bas. Puis mon père a eu une attaque cardiaque, et je n'ai pas pu le sauver. J'étais l'homme de la famille, et il était de mon devoir de protéger ma mère et mes sœurs. Mais j'ai été égoïste, et je suis me enfui.

— David…, murmura Clark en secouant la tête. Je suis sûr que ce n'est pas vrai.

— Ça l'est ! Mère et Mary ont presque failli mourir parce que je voulais filer en douce et avoir des relations sexuelles avec Isaac. Puis je les ai toutes abandonnées. Quel genre d'homme je suis ? Maintenant, j'ai déçu Isaac aussi.

Clark tendit la main, mais la laissa tomber à la dernière minute.

— Tu ne peux pas te blâmer pour la merde qui arrive dans ce monde ! C'est un horrible poids que tu portes sur tes épaules. Je ne sais pas exactement ce qui s'est passé avec ton frère, mais je sais que tu n'es pas responsable de ses choix. Tu n'es pas responsable des autres accidents non plus, ou de l'arrêt cardiaque de ton père.

— Mais j'aurais dû faire plus.

— Tu as fait de ton mieux. Tu fais de ton mieux, maintenant. Et Isaac n'est pas une fleur délicate que tu dois protéger de l'ouragan. Tu ne peux pas être parfait pour lui. Aucun d'entre nous n'est parfait. Tu te mets trop de pression.

David voulait croire que Clark avait raison. Mais les doutes persistaient toujours dans son esprit, murmurant que Clark était Anglais et qu'il ne pourrait jamais comprendre.

— Parfois, je suis une salope égoïste, et je ne peux pas me supporter. David, tu es pratiquement un sain. Tu te mets dans cet état pour être humain.

Se pourrait-il qu'il ait raison ?

David voulait tellement le croire.

— Je vais lui dire la vérité et peut-être qu'il comprendra.

— Eh bien, le pardon Amish devrait marcher pour toi aussi, n'est-ce pas ? Il t'aime. Il va probablement être un peu en colère, mais il va s'en remettre.

Clark ouvrit le sac en papier et sortit un donut qu'il engouffra dans sa bouche. Il tendit le sachet.

— Allez, mange un peu de sucre. Ne me laisse pas manger toutes ces calories seul.

David prit une boule de chocolat.

— Merci.

— Au fait, mon ami Patrick a vu ma table et veut une rencontre. Je lui ai donné ton numéro. Il a une galerie dans le Castro, et il fait des installations. Ça pourrait être une belle opportunité.

— D'accord. Merci.

— Bien sûr, bien sûr. Ton travail est magnifique.

David baissa la tête. Il faisait toujours de son mieux, mais c'était agréable de l'entendre.

— Et merci d'être passé. Je me sentais mal à propos de ça.

— Je sais que ça n'aide pas, mais je me sentais mal aussi. Ne me laisse pas ou une autre personne essayer de te changer, d'accord ?

Il secoua le sac en papier.

— Maintenant, mange ! Je peux déjà sentir ma roue de secours gonfler !

Essayant de sourire, David mordit dans un autre donut, et sirota le café que Clark lui avait apporté. Il regarda son écran noir, souhaitant qu'Isaac se dépêche et l'appelle. Il devait dire à son petit ami ce qui s'était passé, et plus il attendait, plus malade il se sentait.

— Il y a quelqu'un ? lança David.

Il dénoua ses lacets, et secoua son manteau avant de l'accrocher dans le placard, s'assurant qu'il ne touchait aucun des autres pendant qu'il séchait.

— Ici.

La réponse d'Isaac semblait venir de si loin.

David soupira en entendant la voix de son amant. Il avait quitté l'atelier l'après-midi, anxieux à l'idée de découvrir où se cachait Isaac et pourquoi il n'avait pas appelé. Il se précipita vers la cuisine, qui était pratiquement sombre, étant donné cette journée morose.

Isaac se tenait près du lavabo avec les bras croisés. Il vibrait pratiquement de tension, son regard sur le sol. Le cœur de David rata un battement.

— Isaac ? dit-il en tendant la main.

Mais celui-ci se rejeta en arrière, cognant contre le comptoir.

— Non.

Figé sur place, David déglutit difficilement, l'angoisse nouant son estomac.

— Qu'y a-t-il ?

— Tu sais quoi, dit calmement Isaac.

Il ne regardait toujours pas David.

— Je ne sais pas. Que se passe-t-il ? demanda ce dernier, la bouche sèche.

— Ne me mens pas, dit Isaac en secouant la tête. Je sais ce que tu as fait.

L'effroi envahit David, et son pouls battit rapidement. Clark lui avait-il tout dit après tout ? Il devait l'avoir fait.

— Je suis désolé ! Je peux t'expliquer.

La honte brûlait sa peau.

Isaac eut un rire amer alors qu'il agitait les mains.

— Vraiment ? Parce que je ne comprends pas, dit-il en prenant une inspiration tremblante.

— Isaac…

David se rapprocha de lui.

— Je suis tellement désolé.

— Je ne comprends pas. Je pensais…

Isaac s'interrompit en essuyant ses yeux.

— Je pensais que tu m'aimais, continua-t-il. Je m'étais dit que tout le monde avait tort. Que nous n'avions pas besoin de voir d'autres personnes. Que nous savions déjà que nous étions faits l'un pour l'autre.

Il haleta avant qu'il ne commence à sangloter.

— Nous le savons ! Nous le sommes ! s'écria David en essayant d'attraper la main de son amant, mais celui-ci se déroba.

Reniflant, Isaac essuya durement ses joues à nouveau.

— Tu sais, cette première nuit, quand nous sommes allés au Beacon, j'ai entendu Clark parler à quelqu'un dans les toilettes. J'étais dans une cabine, parce que j'étais trop timide pour me soulager devant les Anglais. Idiot, je sais. Il était au téléphone, disant qu'il y avait un charpentier Amish sexy qu'il allait…

Les narines d'Isaac frémirent.

— Qu'il allait *baiser*. Il disait que c'était son nouveau projet.

David avait l'impression qu'il se trouvait sous l'eau, luttant pour remonter à la surface.

— Je ne savais pas.

— Je m'étais dit de ne pas être jaloux parce que rien n'arriverait. Parce que je savais que je pouvais te faire confiance.

Sa voix devint rauque.

— Comment as-tu pu me faire ça ?

— Isaac, attends !

David était certain qu'il allait vomir, cette fois-ci, dans la cuisine.

— Je ne sais pas ce que Clark t'a dit, mais…

— Je t'ai *vu* ! Il n'avait pas à me dire quoi que ce soit ! cria Isaac en serrant les poings. Chris m'a procuré une fausse pièce d'identité. Je ne pensais pas que ça allait marcher, mais ils m'ont laissé entrer. J'allais te faire la surprise. Je t'ai cherché partout, et j'ai monté l'escalier afin de te repérer. Ensuite, je t'ai aperçu.

Les battements du cœur de David étaient si bruyants qu'il les imaginait comme un tambour.

— Isaac, s'il te plaît. Laisse-moi t'expliquer.

— Je t'ai vu avec lui.

Les épaules d'Isaac tremblèrent, et puis il se raidit, la douleur plissant son visage.

— Tu l'as embrassé, et il te touchait partout.

Seigneur, non !

— Isaac, *il* m'a embrassé ! Je ne voulais pas qu'il le fasse. Je lui ai dit d'arrêter !

— Tu n'avais même pas un *tee-shirt* sur toi. Devant tous ces hommes ! Je t'ai vu l'emmener dans les toilettes. Je sais ce qui se passe là-bas, David, je l'ai vu à la télé dans cette série Queer machin chose ! Je voulais entrer là-dedans et te crier dessus, mais… je ne pouvais pas. Je me suis enfui à la place. Je ne pouvais pas supporter la pensée de te voir avec quelqu'un d'autre !

— *Il* m'a suivi ! J'essayais de m'éloigner de lui, mais il ne voulait pas me lâcher. Dans les toilettes, je le lui ai dit non. Je lui ai dit d'arrêter. Je suis avec toi, et je ne veux personne d'autre. Rien ne s'est passé. Je le jure ! S'il te plaît…

Isaac fut silencieux pendant quelques secondes.

— Je veux te croire. Je veux tellement te croire, mais…

Il secoua la tête.

— Je suppose que nous nous mentions à nous-mêmes de penser que nous ne voudrions jamais quelqu'un d'autre.

C'était comme un coup de poing dans le visage.

— Veux-*tu* quelqu'un d'autre ? Y'a-t-il… ? demanda David, la voix cassée.

Derek et Chris traversèrent son esprit. Peut-être qu'ils n'étaient pas hétéros, après tout, ou peut-être qu'il y avait quelqu'un d'autre à l'école, ou peut-être…

— Non. Je ne veux personne. Je ne pensais pas que tu le voulais non plus.

Le soulagement fut de courte durée.

— Isaac, penses-tu vraiment que je pourrais te tromper ?

La douleur l'emplit comme de l'eau dans ses poumons.

— Je ne l'ai pas fait. Je n'ai jamais voulu que Clark m'embrasse ou me touche. Je ne veux pas de lui. Ni lui ni personne d'autre. Rien ne s'est passé dans les toilettes.

— Vraiment ? murmura Isaac.

Les larmes firent briller les yeux de David.

— Tu penses *vraiment* que je voudrais être avec quelqu'un d'autre ? Que je te mens maintenant ?

Isaac entoura ses bras autour de lui, de nouvelles larmes roulant le long de ses joues.

— Je ne veux pas penser ça. Mais Derek dit…

— *Derek* ? Qu'est-ce que Derek a à voir avec ça ? demanda-t-il, la colère surpassant la douleur et la honte.

— Rien. Il est venu me chercher au club et nous avons parlé.

— Tu as parlé de moi avec lui ? Lola et Chris aussi, je parie.

— Ce sont mes amis. Ils voulaient m'aider.

David s'efforça de ne pas crier.

— Ils ne me connaissent même pas. Pour qui se prennent-ils de…

— Tu as raison ! Ils ne te connaissent pas. Parce qu'à chaque fois que je te demande de venir avec nous, tu dis non. Tu les as rencontrés qu'une fois seulement, et là, parce que je ne t'avais pas laissé le choix. À chaque fois, tu as une excuse.

— Le travail n'est pas une excuse !

Ou peut-être que si.

David secoua la tête.

— L'argent est…

— L'argent, l'argent, l'argent ! J'ai l'impression que tu ne penses qu'à ça ! Il y a d'autres choses, David. Oui, bien sûr, tu dois gagner de l'argent. Mais tu te caches derrière.

— Peut-être que oui. Mais c'est parce que je ne m'adapte pas ici. C'est facile pour toi.

— Facile ? *Facile* ?

Isaac se mit à rire d'un air incrédule.

— Rien n'est facile, David. Mais *j'essaie*. J'ai appris comment utiliser l'internet. Je passe du temps avec les Anglais, et parfois, j'ai impression que je n'ai aucune idée de ce que je fais, mais si tu demandes de l'aide, les gens te la donneront. Mais tu te caches dans ton atelier – sauf en ce qui concerne Clark, bien sûr. Là, tu sors !

— Dylan était là aussi ! Tu m'as dit d'y aller ! Je ne le voulais même pas. Et je ne me *cache* pas ! J'ai des responsabilités. Je dois gagner ma vie. Et ma famille…

— Non. Arrête de les utiliser comme excuse. Ta mère s'est mariée avec Eli Helmuth maintenant. Les filles et elles ne sont plus sous ta responsabilité.

C'était vrai, mais David secoua la tête.

— Je leur dois toujours après la manière dont je me suis enfui. Et je ne peux vivre dans la maison de ton frère et ne pas payer ma part.

— Je le comprends. Je ressens la même chose. Je sais que je suis chanceux qu'Aaron et Jen veulent que j'aille à l'école pendant un moment avant de m'inquiéter pour le travail. Mais ils veulent nous aider *tous les deux.*

Isaac passa une main sur ses cheveux, qu'il avait coupés récemment.

— Je ne dis pas que c'est mal de travailler dur. Mais ça ne devrait pas être une sorte de pénitence ! C'est comme si tu ne te laissais pas profiter du monde parce que tu penses que tu ne le mérites pas.

— Je…

Il voulait protester, mais les mots ne voulaient pas sortir ?

— Je savais que tu me cachais quelque chose. Je n'ai jamais pensé…

Isaac essuya ses joues humides.

— Je ne peux pas me sortir cette image de la tête… te voir avec lui.

David ferma les yeux pendant un moment, essayant de calmer le chaos dans son esprit. Il déglutit difficilement.

— Ce n'était pas ça que je cachais. Je le jure sur la Bible que rien ne s'est jamais passé entre Clark et moi, jusqu'à ce qu'il m'embrasse, la nuit dernière. Et que rien ne s'est passé dans les toilettes.

Isaac renifla bruyamment.

— Quoi d'autre alors ?

— Parfois… parfois, je deviens vraiment bouleversé, et je bois.

Ses paumes devinrent moites alors que ses mots pesaient lourd dans l'air entre eux.

— Tu bois ? dit Isaac en le regardant sans comprendre. Mais tu es autorisé à le faire.

— Je sais, dit David en baissant les yeux. Mais parfois, je prends des bouteilles de l'armoire à alcools.

Il fit un signe de tête vers la salle à manger.

Isaac secoua la tête.

— Je ne comprends pas.

— Parfois, c'est comme si je ne peux arrêter de m'inquiéter, et j'ai l'impression de mourir.

— Quoi ? s'exclama Isaac en s'approchant de lui, son visage plissé d'inquiétude. *Mourir* ? Que veux-tu dire ? Qu'est-ce qui t'inquiète ?

— La maison. Ma famille. L'argent. Prendre soin de toi. Tout, je suppose. Quand ça devient trop, je bois et tout devient silencieux. Tout disparaît.

Isaac assimila ce que disait son amant.

— C'est ce que tu as fait quand tu t'es levé, la nuit dernière, n'est-ce pas ? Je voulais hurler et te crier dessus. J'étais allongé là, attendant, mais je… je ne sais pas. J'avais peur. Si je t'avais dit que je t'avais vu, cela aurait rendu tout ça réel. J'avais peur de ce que tu aurais dit.

— Je voulais te dire ce qu'il s'était passé. Mais j'avais peur aussi. J'ai bu à la place.

— Pourquoi ne me l'as-tu pas dit auparavant ? demanda Isaac d'une petite voix.

— Je ne voulais pas t'inquiéter. Je voulais que tu sois heureux. Tu es si brillant à l'école. Ce n'était pas juste de t'accabler…

— *M'accabler* ? dit Isaac alors que sa voix montait d'un cran. Je ne suis pas un enfant, David ! Je pensais que tu me faisais confiance de la même manière que je te faisais confiance. Je pensais que nous *nous faisions confiance.*

— Bien sûr que je te fais confiance ! s'exclama David en prenant la main d'Isaac. S'il te plaît…

Isaac arracha sa main.

— Je ne peux pas.

C'était comme si les vagues glacées du Pacifique s'abattaient sur lui, et David déglutit difficilement la bile acerbe.

— Je veux te croire à propos de Clark, mais je te vois toujours avec lui dans ma tête. Je ne sais pas quoi penser de tout ça….

De nouvelles larmes firent briller ses yeux.

— Je pense que j'ai besoin d'être seul, maintenant.

Les paroles d'Isaac furent des coups de couteau. Reculant, David hocha la tête faiblement. Il posa un pied devant l'autre, et les enfonça dans ses chaussures. Il ferma la porte derrière lui et marcha vers la ville, espérant qu'elle l'avale entièrement.

CHAPITRE

LA BOUTEILLE ETAIT vide.

Vautré sur le petit canapé, David la regarda dans sa main. Il avait bu toute la bouteille, mais ce n'était clairement pas suffisant puisqu'il était réveillé et pensait encore. Après avoir laissé Isaac, il n'était pas arrivé jusqu'à l'arrêt de bus que déjà la terreur l'avait consumé, et avait dû se cacher entre deux voitures sur le trottoir, sur ses genoux pendant un long moment avant que sa vision ne s'éclaire et qu'il titube dans un coin.

Il y avait quelque chose qui n'allait vraiment pas avec lui. Son père était mort d'un arrêt cardiaque, et peut-être que ce serait son tour bientôt. Mais la pensée seulement l'avait amené à plus de panique, alors il s'était forcé à se sortir cette idée de la tête.

Maintenant, ses joues étaient tendues avec des larmes séchées et ses yeux étaient gonflés et probablement rouges. Il renifla bruyamment et passa sa manche sur son nez. Il faisait noir dans le garage, avec pour seule lumière, celle de la salle de bain, et il n'avait aucune idée de l'heure qu'il était.

Il inclina la bouteille vers sa bouche, mourant d'envie d'une autre gorgée, mais il n'y avait rien. Avec un cri étranglé qui étira sa gorge, il la jeta contre le mur. Vaguement, David remarqua quelque chose, et il cilla quand il vit les gouttes de sang briller sur ses mains et ses avant-bras.

Avec des mains tremblantes, il retira les éclats de verre, ne ressentant qu'un pincement. Du sang s'écoulait de l'une des coupures sur le coussin du canapé, et quand il essaya de la nettoyer, il ne réussit qu'à étaler plus de sang.

Je dois parler à Isaac. Je dois lui expliquer. Je dois…

Il ferma les yeux, tremblant. Il avait tout gâché. Il n'avait pas voulu décevoir Isaac, mais il l'avait fait. Le fait qu'Isaac ait vu Clark l'embrasser et le toucher rendait David malade de honte.

Puis il fut vraiment malade, trébuchant vers la salle de bain afin qu'il puisse vomir aux toilettes. Du sang gouttait de son poignet alors qu'il creusait les mains sous le robinet pour boire un peu d'eau. Il savait qu'il devrait rentrer à la maison, mais la pensée seulement faisait contracter son estomac.

David prit son téléphone de sa poche, et pressa un bouton, mais l'écran resta noir. La batterie était morte encore une fois. La culpabilité l'envahit. Isaac était-il inquiet à propos de lui ? Quelle heure était-il ? Aaron et Jen seraient-ils aussi inquiets ? *Je suis égoïste et faible. Comme je l'ai toujours été.* Ou peut-être qu'Isaac se fichait bien qu'il rentre à la maison ou pas. Après tout, il avait dit qu'il voulait être seul. David ne le blâmerait pas si son amant ne lui parlait plus jamais.

Assez ! Arrête de t'apitoyer sur ton sort !

Quand David ouvrit la porte du garage, il cligna des yeux face à la lumière du soleil. Ça ressemblait au matin. Il descendit la rue principale, étirant son cou, qui était douloureux après avoir passé la nuit effondré sur le canapé. Il avait besoin d'une douche, et de nouveaux vêtements. Il devait parler à Isaac et arranger les choses. Mais à cette pensée, la panique le prenait. Il devait se ressaisir avant qu'il ne rentre à la maison.

C'était dimanche, bien qu'il ne sache pas si c'était un dimanche d'église à Zebulon ou non. Il avait perdu le compte, et il réalisa qu'il ne pouvait pas se rappeler non plus quand il avait crié pour la dernière fois. La dernière fois, il avait été si éloigné du Seigneur.

Il ne savait pas où il allait maintenant, mais il se retrouva devant la porte du Flanagan. L'intérieur était chaleureux et accueillant, et l'odeur des oignons parfumait l'air. David se laissa tomber lourdement sur l'un des tabourets de l'autre côté du bar. Il y avait plusieurs autres clients dans les banquettes, mais c'était une matinée calme. Il vérifia l'heure et vit qu'il n'était pas midi encore.

— Hey, David ! dit Gary en lui en jetant un coup d'œil par-dessus son épaule.

Quand il se retourna pour poser un dessous de verre, son sourire disparut.

— Tu n'as pas l'air d'aller bien, mon gars.

David réussit à s'asseoir sans tomber.

— Vodka tonique. S'il te plaît.

Gary le regarda avec un regard compatissant.

— Que dirais-tu d'un peu d'eau en premier, hein ?

Il remplit un verre et le posa sur le comptoir.

— Bois ça, et je reviens dans une minute, dit-il en tapotant l'épaule de David.

L'eau était fraîche et rafraîchissante, et David n'avait pas réalisé à quel point il avait soif. Mais ce n'était pas assez. S'il ne faisait pas attention, l'horrible crainte et douleur le frapperaient. Il avait besoin de remplir le gouffre dans son torse avant que cela n'arrive. Il repensa aux mots qu'il avait entendus aux informations. *Une attaque préventive.*

— Tu n'as pas l'air en forme, dit Gary.

David cilla. Il ne l'avait pas entendu revenir.

— Je vais bien.

Gary ricana.

— Mmm.

Il avait un chiffon humide dans sa main, et une petite boîte de premiers secours était posée de l'autre côté du bar.

— Allons te nettoyer, dit-il en prenant une des mains de David dans la sienne, et tapotant les coupures.

Pour un grand homme, Gary était étonnement doux alors qu'il soignait ses blessures. C'était agréable de sentir qu'on prenait soin de lui, et David n'avait pas l'énergie pour se battre.

— Je suis désolé, marmonna-t-il.

— Ne le sois pas, dit Gary.

Celui-ci posa un pansement humide sur la pire des coupures, et tapota son bras.

— Et voilà. Tout est réparé. Alors, qu'est-ce qui s'est passé ? T'es-tu battu ? Ton visage n'a rien.

— J'ai brisé une bouteille. En parlant de ça, j'ai besoin d'un verre.

— Bien sûr, dans une minute. Dis-moi juste ce qui s'est passé avant, dit-il en remplissant son verre à nouveau.

David but automatiquement un peu plus d'eau et essuya sa bouche.

— C'était ma faute.

— D'accord. Quelque chose est-il arrivé entre toi et Isaac ?

David était surpris.

— Tu te rappelles son nom ?

— Bien sûr ! Le même nom que mon fils. En plus, les quelques fois où tu es venu ici, tu l'as beaucoup mentionné.

— Vraiment ?

Gary sourit.

— Ouais. Tu es très dingue de lui. Juste au cas où tu ne le saurais pas.

Pendant un moment, David sourit, puis il se rappela.

— J'ai tout ruiné. Il veut être seul.

— Seul pour de bon ? Ou temporairement ?

— Je ne sais pas.

Gary haussa un sourcil.

— Isaac et toi m'avez l'air d'avoir besoin de parler. Sur quel sujet vous êtes-vous disputés ?

Son estomac se contacta de honte. David ne pensait pas qu'il pourrait le dire à haute voix.

— Je...

Il secoua la tête.

— Ce n'est pas grave. Bois un peu d'eau. T'ai-je dit que Julie est une élève brillante à Stanford ? Et elle a un super projet qu'elle fait pour sa classe de biologie. J'ai des photos.

Il prit son téléphone de sa poche.

David essaya de se concentrer sur les photos, hochant la tête alors que Gary parlait. C'était agréable d'écouter seulement, et il respira plus facilement. Quand Gary alla servir des clients, David regarda ses mains, traçant le contour du pansement.

— Désolé, dit Gary alors qu'il revenait. Comment te sens-tu ?

— Peut-être qu'ils avaient raison, dit David.

Il n'avait pas voulu le dire à haute voix.

— Qui ? demanda Gary.

— Je ne sais pas. Tout le monde. Les gens. Ils disaient que nous étions comme des amoureux de lycée. Même si nous ne sommes pas allés au lycée. Ils disaient que nous étions trop jeunes pour être ensemble. Que notre histoire ne durerait pas.

— Hmm. *Tout le monde* l'a dit ?

— Eh bien, non. Mais quelques personnes, et ils ne l'ont pas dit exactement, mais c'est ce qu'ils voulaient dire. Mais peut-être qu'ils ont raison. Parfois, je me sens si perdu ici. Au moins, à Zebulon, je connaissais toutes les règles, même si je les brisais. Dans le monde extérieur, c'est si différent.

Gary semblait réfléchir à ça.

— C'est vrai que le monde peut être un endroit déroutant. Maintenant, en ce qui vous concerne Isaac et toi… qu'en *penses-tu* ? Parce que les opinions sont comme les trous de balle… nous en avons tous un. Merde, j'ai rencontré Karen à notre première année d'université. Nous étions des bébés, mais je savais qu'elle était la seule pour moi. Et ouais, nous avons rompu quand nous étions en troisième année, et nos proches disaient que nous avions besoin d'explorer et de faire des folies. Mais tu sais quoi ? J'étais malheureux. Je suis sorti avec toutes les filles qui m'entouraient, et aucune d'elles ne pouvait se comparer à Karen. Je l'ai supplié ensuite de me reprendre, et nous sommes restés ensemble depuis lors.

David absorba tout ce que Gary venait de lui dire.

— Tu ne penses pas que c'est mal pour Isaac et moi de vouloir être l'un avec l'autre seulement ?

— Bien sûr que non ! Et si quelqu'un dit le contraire, c'est un idiot qui n'y connait rien. Veux-*tu* sortir avec d'autres hommes ?

David n'y pensa même pas.

— Non.

— Alors, voilà ta réponse. Pour qui se prennent ces personnes qui te disent quoi faire et quoi ressentir ?

— Mais Isaac n'a même pas dix-neuf ans. Et si… ne devrait-il pas avoir la chance d'explorer ? Peut-être qu'il ira même à l'université. Je ne veux pas qu'il soit coincé avec moi. Il mérite bien mieux.

Gary se pencha sur ses avant-bras sur le comptoir.

— A-t-il dit qu'il se sentait coincé avec moi ?

David repensa aux paroles d'Isaac.

— Non. Mais il me regardait à peine.

Il se passa la main sur le visage. Comment tout s'était-il mal déroulé ?

— Que dirais-tu de manger quelque chose ? Un burger et des frites, hein ?

— Je n'ai pas très faim.

Son estomac se contacta juste à cette pensée.

— Fais-moi plaisir et mange quelques bouchées. C'est sur la maison. Je vais juste commander. En attendant…

Il remplit à nouveau le verre de David d'eau.

— À la tienne.

David but docilement.

— Je suis désolé de te déranger. Tu as sûrement du travail à faire.

Gary agita la main autour de lui.

— Et comme tu peux le voir, l'endroit n'est pas encore bondé en ce moment. Le jeu ne commence qu'à deux heures. En plus, je connais le boss. Il n'y a rien d'autre dont je dois faire, mais reste là, et parle à ton ami, d'accord ?

— Suis-je vraiment ton ami ? lâcha David, grimaçant en constatant à quel point il avait l'air pathétique.

— Bien sûr que tu l'es. Bon sang, pas beaucoup de personnes m'écoutent brailler à propos de mes enfants comme tu le fais. Les barmans sont supposés être bons pour écouter, mais avec toi, ça marche dans les deux sens. Je suis toujours impatient de te voir.

Il ne savait pas quoi dire.

— Merci.

Ne pleure pas. Ne pleure pas.

— C'est un grand changement, de partir d'un endroit si différent et venir à la ville. C'est beaucoup à gérer pour n'importe qui, et ce n'est pas grave si tu es à bout. Ce n'est pas grave si tu as besoin d'aide, David. Tu n'es pas obligé d'avoir toutes les réponses.

Alors que Gary apportait le menu à de nouveaux clients, David laissa les mots l'envelopper. Il repensa à la fois il avait été assis sur le porche de June tandis qu'elle appelait l'ambulance, sachant déjà que sa vie avait changé. Sachant qu'il était le seul à prendre soin de sa famille. Sachant qu'il ne pourrait jamais les laisser voir sa véritable personne. Sachant qu'il ne pourrait jamais *être* qui il était vraiment.

Pourtant, il était là, grâce à Isaac. Quand Gary revint, David commença à parler.

— J'aurais dû lui dire ce que je pensais. Je craignais que s'il sache à quel point j'avais peur…

David chercha au fond de lui-même l'endroit qu'il avait essayé de fermer.

— Il s'adapte si bien, et j'avais peur qu'il me laisse derrière.

Les mots pesaient lourd dans l'air avec le son bas de la télévision et le cliquètement des couteaux et les fourchettes à la table. Des voitures vrombirent dans la rue alors que la porte du Flanagan s'ouvrait et se fermait.

— Beaucoup de personnes penseraient comme ça, David. Tu veux être sur la même page, mais parfois des gens passent devant ou tombe derrière sans le vouloir. Mais ça reste le même livre.

En quelque sorte, David se sentit plus léger, comme si les mots avaient été gravés à l'intérieur de lui.

— Je dois lui parler.

— Je pense que tu as raison.

Une sonnerie retentit, et Gary disparut. Regardant droit devant lui,

David s'aperçut dans le miroir près des bouteilles. Ses yeux étaient rouges, son visage pâle et tiré, et ses cheveux partaient dans tous les sens. Il puait sûrement.

— Et voilà. Mange un petit quelque chose, dit Gary en posant devant lui le burger et les frites. Du ketchup ?

David hocha la tête, inspirant l'odeur de la graisse. Maintenant que la nourriture était devant lui, il se sentait affamé. Il prit une grande bouchée de son burger.

— Comment c'est ? demanda Gary en remplissant son verre d'eau, et en mettant quelques cubes de glace avec une petite cuillère.

— Bon, murmura à travers sa bouchée.

Pendant une minute, il mangea seulement. Puis il essuya sa bouche avec une serviette.

— Merci pour tout.

— Tu veux toujours ce verre ?

David réfléchit avant de sourire.

— Non, je n'en ai pas besoin. Je peux le faire.

Gary sourit.

— Bonne réponse. Ça va bien se passer.

Pour la première fois, depuis un long moment, David le crut.

LA MAISON ETAIT silencieuse. David ferma la porte derrière lui et enleva ses baskets. Il avait peut-être l'air affreux, mais il se sentait bien, comme si un brouillard s'était levé de son esprit comme ça avait été le cas en ville, durant les jours d'été.

Une toute petite partie de lui avait espéré qu'Isaac l'ait attendu, anéanti. *À quoi je m'attendais ?* Il secoua la tête. Il s'était suffisamment apitoyé sur son sort. Il était temps de parler à Isaac et d'arranger les choses. Résolu, il tourna et cogna le porte-parapluie, le faisant tomber alors que les parapluies roulaient vers l'escalier. Il arrangea la boîte avec un soupir. Au moins, ce n'était pas cassé.

— Clark ? appela Jen de l'étage.

David sursauta, et il se racla la gorge.

— C'est David ! lança-t-il.

Il espérait qu'il ne l'avait pas réveillée avec sa maladresse. Il se demanda pourquoi elle s'attendait à voir Clark, et il grimaça, souhaitant que si ce dernier venait, cela n'empirerait pas les choses avec Isaac.

Après un moment de silence, il put entendre le bruit de ses pas. Quand elle tourna au coin du premier étage pour descendre, il fut surpris de voir qu'elle ne portait pas ses pantoufles. Ses pieds nus claquaient sur le bois, sa robe de chambre tournoyant autour d'elle, alors que ses cheveux s'envolaient derrière elle. Elle se jeta sur lui quand elle arriva enfin au rez-de-chaussée.

— David ! Dieu merci !

Elle l'étreignit, l'étouffant presque.

Il resta immobile pendant un moment, les bras ballants, avant de l'enlacer timidement à son tour. C'était si bon d'être tenu ainsi, et il ferma les yeux, laissant tomber son front sur son épaule.

Elle frotta son dos.

— Nous étions si inquiets ! Tu vas bien ?

David leva sa tête et recula.

— Je suis désolé. Je ne voulais pas vous inquiéter.

Isaac est-il inquiet aussi ?

— Tu n'es pas revenu à la maison, la nuit dernière ! s'écria-t-elle en serrant les bras de David et en le secouant. Pourquoi n'as-tu pas répondu au téléphone ?

— La batterie est morte, dit-il en grimaçant. Je suis désolé. J'ai été égoïste de partir toute la nuit, sans appeler.

— Ouais, en effet. Clark et Dylan et quelques-uns de leurs amis te cherchent partout maintenant. Clark a appelé il y a un moment, pour me dire qu'il a trouvé du sang et une bouteille brisée dans l'atelier. La porte était grande ouverte. J'ai appelé tous les hôpitaux, et j'allais appeler la police.

N'avait-il pas fermé la porte ?

— Je me suis juste coupé. Je vais bien.

La pensée que tellement de personnes s'inquiètent pour lui le réchauffait de l'intérieur en dépit de sa culpabilité.

— Nous étions morts d'inquiétude. Et puis avec tout le reste…

Elle passa une main sur son visage.

— Oh, David ! Quand il pleut, ça déborde. Isaac…

Une horrible sensation de peur s'étendit dans tous les pores de sa peau.

— Quoi, Isaac ? Il va bien ?

Il avait l'impression que son cœur se trouvait dans un étau.

— Il va bien, mais David… il est retourné à Zebulon.

Les mots étaient comme un véritable coup physique, et ses genoux lâchèrent presque.

— Non. Il ne peut pas… il ne pourrait pas. Pas après tout ce qui s'est passé.

La pensée qu'Isaac retourne à la maison le déchirait. David était juste parti une nuit. Ce n'était pas possible.

Jen agrippa ses épaules.

— Respire ! Ça va aller. Ce n'est pas ce que tu penses. Allez, viens, assieds-toi.

Elle le fit avancer jusqu'aux marches de l'escalier, et s'agenouilla devant lui, ses mains sur les genoux.

— Une infirmière a appelé, hier soir, de l'hôpital près de Zebulon. C'est Nathan. Il est malade.

David essaya de comprendre ce qu'elle disait.

— Nathan ? Le frère d'Isaac ?

— Oui. Il a quelque chose qu'on appelle cancer du nasopharynx.

Il la fixa, son esprit tournant à toute vitesse.

Ce n'est pas en train d'arriver. Je vais me réveiller, et Isaac sera là, et ce ne sera qu'un terrible cauchemar.

— Cancer ?

— Oui, dit Jen calmement. Les cellules cancéreuses se sont propagées dans la cavité nasale et dans sa gorge. Il n'a pas vu de médecin depuis des années, et c'est devenu métastatique. C'est rare, mais quand ce type de cancer n'est pas détecté, il peut s'étendre jusqu'aux ganglions lymphatiques, et parfois jusqu'aux poumons et les autres organes, même les os.

Il absorba l'information.

— Comment l'ont-ils découvert ?

— Nathan s'est effondré sur le chemin de l'école, la semaine dernière.

— La semaine dernière ?

Ils ne l'avaient même su. Pourquoi Anna n'avait-elle pas appelé ?

— Il est stable, ce qui est bien. Mais il est en CHD – désolé, chimiothérapie à hautes doses – et ça va prendre le dessus. Les médecins ne pensent pas qu'il va survivre sans une transplantation de cellules souches. La moelle osseuse.

Ce n'est pas en train d'arriver.

— Des cellules souches ? Moelle osseuse ?

Jen fit des signes de ses mains.

— En gros, il y a des cellules qui peuvent grandir dans d'autres sortes de cellules différentes. Ils peuvent aider les gens malades à aller mieux. La chimiothérapie va rendre Nathan très, très faible. Avec l'état avancé du cancer, elles doivent être agressives. Ils doivent savoir s'il y a un donneur compatible dans sa famille.

— Tu veux dire que les cellules d'Isaac et d'Aaron peuvent être compatibles avec celles de Nathan ?

Jen lui serra le genou.

— Exactement. Je t'expliquerai tout, plus tard.

— Ils sont déjà partis à Zebulon ?

— Isaac était bouleversé. Il t'a laissé des dizaines de messages, mais Aaron et lui devaient aller à l'aéroport, sinon ils auraient manqué le dernier vol. Leurs parents ne voulaient pas leur parler au téléphone, et tu peux imaginer à quel point Isaac et Aaron se sentaient impuissants. Ils vont faire des tests là-bas pour voir si leurs cellules sont compatibles. C'est super que Nathan ait beaucoup de frères et sœurs. Ça augmente ses chances.

— Ses chances, répéta David.

Elle passa une main sur la tête du jeune homme.

— Tu as une sale tête. Je sais qu'Isaac et toi avez eu une dispute, mais n'y a-t-il pas autre chose ?

Pas la peine de cacher ce qui s'était passé.

— Il pense que Clark et moi… que nous…

— Que quoi ? demanda-t-elle en le regardant durement. Que s'est-il passé ?

— Quand nous étions à ce club, Clark m'a embrassé et a essayé de…

David s'interrompit en agitant la main d'un air gêné.

Jen serra les lèvres, ses narines frémissantes.

— Je vais le tuer. Tu vas bien ? Combien de limites a-t-il dépassées ? C'est mon meilleur ami, mais parfois, il agit comme un idiot !

— Je vais bien. Il s'est arrêté quand je le lui ai demandé, et il est venu s'excuser hier matin. Il se sentait vraiment mal.

— Il ferait mieux !

— C'est vrai. Le fait est que… Isaac est venu au club pour me faire une surprise. Il nous a vus, et je ne pense pas qu'il m'ait cru quand je lui ai dit que j'essayais de m'éloigner de Clark. Que je ne voulais pas qu'il m'embrasse.

Elle jura dans sa barbe.

— Je suis désolée que ça soit arrivé.

— Ce n'est pas de ta faute.

— Ce n'est pas la tienne non plus. Tu es certain que tu vas bien ?

Le « oui » était sur ses lèvres, mais elle le regardait avec tellement de chaleur et d'inquiétude, que la vérité sortit avant qu'il ne puisse l'arrêter.

— Il y a quelque chose qui ne va pas avec moi.

Jen fronça les sourcils.

— D'accord. Comment ça ?

— Parfois, je... j'ai l'impression que je suis en train de mourir. Je ne peux pas respirer, et c'est comme si j'ai une crise cardiaque. Ça passe après un moment, mais je pense qu'il y a quelque chose qui ne va pas en moi.

— D'autres symptômes ? As-tu eu des problèmes de vision ? T'es-tu déjà évanoui ?

Tandis que Jen énonçait une liste de questions, David hochait la tête ou la secouait. Elle lui dit de rester là où il se trouvait, et elle revint avec un dispositif médical, que les Anglais appelaient stéto quelque chose, qu'elle mit dans ses oreilles pour écouter ses battements de cœur. Il leva son tee-shirt. Le métal était froid contre son torse, et il inspira et expira comme elle le lui dit. Elle le posa sur son dos et écouta aussi avant d'accrocher le stéto autour de son cou.

— Tout va bien. Je pense que tu as des crises de panique. Cela arrive à plus de personnes que tu ne le penses et à cause de toutes sortes de raisons.

— Tu veux dire... je ne suis pas en train de mourir ? Ou de devenir fou ?

Elle sourit doucement.

— Pas même un peu, mais nous allons prévoir quelques tests à l'hôpital juste pour être sûr.

— Mais ça va coûter de l'argent, n'est-ce pas ?

— Ne t'inquiète pas à propos de ça ; je vais tirer sur quelques cordes. Mais nous devons vous assurer Isaac et toi, maintenant que vous avez vos certificats de naissance.

Elle soupira.

— David, tu aurais dû dire quelque chose.

— Je sais. Je... j'avais honte. Surtout parce que... parfois, je buvais. Ça m'aide quand j'ai ces crises.

— Oh, mon chéri, dit-elle en se frottant le visage. J'aurais dû réaliser que tu te soignais seul. Je suis désolé de n'avoir pas été assez attentive.

— Mais tu n'as pas à être désolée.

— Si. Quand une personne qu'on aime a un problème, parfois nous devons le remarquer. Je sais que tu as l'impression de t'imposer ici, et que nous sommes la famille d'Isaac et non la tienne. Mais nous tenons à toi. Tu n'es pas seul. Je veux que tu le saches. Peu importe ce que tu ressens, tu dois nous en parler.

Il déglutit difficilement.

— Merci. Pour tout. Je ne le mérite pas. Vous avez…

— Hey, dit-elle en prenant son bras. Tu le *mérites*. Arrête de parler comme ça, parce que je n'écouterais rien. Isaac et toi avez eu ce qu'on appellerait des problèmes de communication. Cela arrive aux meilleurs d'entre nous, crois-moi. Avoir une relation amoureuse est difficile, peu importe l'âge que nous avons, ou l'endroit d'où nous venons. Mais tous les deux, vous vous aimez l'un l'autre.

David hocha la tête.

— Je l'aime plus que tout. Lui as-tu parlé aujourd'hui ?

— Pas encore. Je ne l'ai pas appelé ou Aaron ce matin quand j'ai réalisé que tu n'étais pas venu à la maison. Je ne voulais pas les inquiéter si ce n'était rien. Ils ont pris un vol hier soir, et ils ont quelques heures de voiture jusqu'à Zebulon. Ils devraient être arrivés maintenant. Je vais voir ça avec Aaron.

La pensée que Nathan soit terriblement malade, et qu'Isaac soit à Zebulon rendait David malade.

— Je dois y aller. Il a besoin de moi. Je dois être là-bas.

— Tu es certain que tu peux le gérer ?

— Oui.

Il inspira profondément. Il pouvait le faire. Il le *ferait*.

Elle se mit debout et posa ses mains sur ses hanches.

— D'accord. La prochaine étape est de réserver un vol. Nous devrions être capables de te trouver un vol de nuit. Heureusement que tu as ton passeport.

— Et toi ?

— Je dois travailler, et ça va probablement prendre plusieurs jours avant d'en parler avec mon chef.

Elle soupira longuement, ses joues se gonflant.

— Aaron ne sait même pas si ses parents vont lui parler, mais il doit essayer. Ça va probablement être pire si je viens, mais je m'en fous s'ils ne m'aiment pas. Aaron a besoin de moi.

Elle sourit tristement.

— Ce n'est pas vrai, en fait. Ça a beaucoup d'importance.

— Tu es l'une des personnes les plus admirables que je n'ai jamais rencontrées, dit David.

Son sourire devint chaleureux.

— Toi aussi.

Elle tendit ses mains vers lui et le redressa, puis posa un baiser sur sa joue.

— Va prendre un bain et te préparer, et je vais vérifier les vols.

Rougissant, David monta les marches. Il ne remarqua presque pas le bout de papier qui se trouvait sous son oreiller. Avec des mains tremblantes, il l'ouvrit, son pouls battant rapidement.

David, tu n'as pas répondu quand je t'ai appelé. J'aurais voulu que tu aies été là ! Nathan est malade. Je ne comprends pas grand-chose, mais ça m'a l'air très mauvais, et j'ai peur que si je n'y vais pas maintenant, il meure avant que je ne l'aie revu. Ils ne l'ont pas laissé me parler au téléphone. Je ne sais pas quoi faire.

Aaron vient avec moi. Je sais que j'ai dit beaucoup de choses, et que nous devons en parler. Je t'aime. J'espère que tu le sais.

Il plia doucement la lettre, et se concentra sur le petit canif qui se trouvait sur la table de nuit. David le prit et fit courir ses mains sur la poignée en bois usé, imaginant pouvoir sentir la chaleur du contact d'Isaac.

La valise violette de June était ouverte près du placard, et avec des mains tremblantes, il regarda à l'intérieur. Isaac avait pris ses vêtements simples, mais ceux de David étaient encore à l'intérieur. Alors qu'il passait une main sur le tissu lourd du tee-shirt, une boule se forma dans sa gorge.

Il imaginait qu'il pouvait sentir le foin et les chevaux dans la grange.

La sciure de bois et la sueur. Des échos d'une vie qu'il avait vécue. Il frotta le tissu lourd contre sa joue. Malgré sa confusion du monde extérieur, il y avait une certitude qui le consumait à l'instant présent, devenant plus solide avec chaque battement de cœur.

Zebulon ne serait jamais sa maison. Mais il allait y retourner, et il ne partirait pas sans Isaac.

Bonjour ! Je vous remercie d'avoir lu ce livre et j'espère qu'il vous a plu. Je vous en serais très reconnaissante si vous pouviez prendre quelques minutes pour laisser votre avis sur Amazon, Goodreads, BookBub, sur les réseaux sociaux, ou vous le voudrez. Juste quelques petites phrases qui pourront aider d'autres lecteurs à découvrir le livre. Je vous souhaite beaucoup de fins heureuses !

Keira
<3

Ps : Continuez l'aventure avec Isaac et David dans le prochain tome !

— DE QUOI j'ai l'air ?

Alors qu'Isaac jetait un coup d'œil à Aaron, il s'arrêta dans un tas de boue qui imprégna immédiatement sa basket. C'était la fin du mois d'avril, cependant les vestiges de l'hiver s'accrochaient encore au nord du Minnesota, et des bancs de neige boueuse recouvraient le parking de l'hôpital. Aaron s'arrêta et lissa sa veste d'une main. C'était un bel imperméable – couleur lie de vin, muni de boutons sur le devant – mais ils savaient tous deux que ce n'était pas important.

Pourtant, Isaac hocha la tête.

— Tu es superbe.

Aaron tenta de sourire.

— Merci.

Il repoussa une mèche de cheveux blonds qui s'était glissée sur son front et appuya sur un bouton pour verrouiller les portières de la berline qu'il avait louée à l'aéroport.

La vérité était qu'Aaron pouvait porter son costume le plus chic, toutefois la seule façon de plaire à leurs parents était d'enfiler à nouveau sa tenue civile – vêtements qui suivaient les règles de l'*Ordnung*, jusqu'au moindre détail. Isaac ne portait pas de vêtements Amish non plus et il réalisa que ce serait la première fois que ses parents le verraient dans un jean anglais et un sweat-shirt à capuche. Son imperméable vert était fin et il frissonna, souhaitant avoir des gants.

Peut-être qu'il aurait dû se changer et mettre une tenue Amish après tout. Mère et Père détesteraient le voir comme ça, mais il avait voulu… quoi ? Faire une déclaration, supposa-t-il. Que disait-elle réellement ? Était-ce courageux de cracher au visage de ses parents et de tourner le dos à son héritage ? Ou cruel ?

Isaac tira sur ses manches et frotta le bout de sa chaussure en caoutchouc sur le béton humide. Conduire de Minneapolis jusqu'à la ferme de June près de Zebulon avait pris plus de temps qu'il ne s'y attendait et il ferait bientôt nuit. S'il demandait à Aaron de retourner chez June maintenant afin qu'il puisse se changer, les infirmières pourraient même ne pas le laisser voir Nathan au moment où ils y retourneraient.

Ils se tenaient près de la voiture, leurs souffles opacifiant l'air humide et hivernal et Isaac regarda le bloc de béton beige et gris qu'était l'hôpital. Les portes vitrées du service des urgences s'ouvrirent tandis qu'une infirmière en blouse bleue sortait. Elle alluma une cigarette tout en s'éloignant de la porte, rejoignant un homme en fauteuil roulant avec un trépied métallique d'où pendait un sac en plastique. L'infirmière exhala un nuage de fumée et se frotta les bras.

— Je suppose que nous devrions aller à l'intérieur.

Aaron fixait les portes, les épaules voûtées.

— Ouais.

Aucun d'eux ne bougea. Ils désespéraient d'atteindre le Minnesota après l'appel de l'infirmière. Mère et Père avaient refusé de prendre le téléphone et elle avait pu leur en dire si peu. Nathan avait un cancer. Il aurait probablement besoin d'une sorte de greffe. Acceptaient-ils de se faire tester ?

Debout dans le parking plein de neige de l'hôpital, sous un ciel gris ardoise, Isaac avait l'impression d'être aussi loin que s'il avait été à San Francisco. *Nathan a un cancer.* La terreur qu'il avait ressentie à l'idée que son frère meurt avant qu'Isaac puisse le revoir l'avait conduit jusqu'ici, comme s'il était un cheval éperonné par un cavalier sans merci. Ne pas être capable de parler à Nathan ou à ses parents avait été une torture.

Pourtant, maintenant qu'Aaron et lui étaient arrivés, les entrailles d'Isaac se nouaient. La vision de sang détrempant la neige blanche et fraîche remplit son esprit et la voix de David revint à sa mémoire.

Je dois me repentir ou ma mère va mourir. Tous ceux que j'aime paie-ront pour mes péchés. Tu dois rester loin de moi.

Isaac ravala difficilement une boule d'émotion. Ils étaient allés si loin ensemble, mais, d'une certaine manière pas encore assez loin. David n'avait pas répondu à ses appels ni à ses messages à propos de Nathan. Pourquoi ne l'avait-il pas fait ? Le besoin vital d'avoir David à ses côtés creusait un trou dans la poitrine d'Isaac. Cela le démangeait de se raccrocher à la main de David et de sentir sa chaleur, sa force tranquille.

— David arrivera demain.

Isaac cligna des yeux en direction de son frère, son pouls sursautant.

Ai-je parlé à voix haute ?

— Quoi ?

Aaron brandit son téléphone.

— Jen l'emmènera à l'aéroport demain matin à la première heure. Il aura les yeux rouges, mais il sera à Minneapolis en début d'après-midi.

La vague de soulagement qu'il ressentit fut tempérée par les sombres vrilles de la déception et du tourment. Il aurait aimé pouvoir frotter son cerveau et effacer l'image de David à cet endroit. L'image de Clark le touchant. *L'embrassant.* Embrassant *son* David ! L'esprit d'Isaac tourbillonnait inutilement.

— Oh.

Aaron haussa les sourcils.

— *Oh ?* C'est tout ? D'accord, dis-moi ce qui s'est passé. Je sais que tu ne veux pas, cependant avant que nous allions là-bas pour faire face à tout... *ça*, nous devons régler ceci. Crache le morceau. Pour quoi vous disputiez-vous, les gars ?

Soupirant, Isaac coinça ses mains les poches de son manteau. Son visage rougit et il ne savait pas si c'était de colère ou d'embarras.

— Il a embrassé quelqu'un d'autre, marmonna Isaac.

Il détestait même prononcer ces mots ignobles.

— *Quoi ?*

Aaron ouvrit et referma sa bouche.

— Tu es sérieux ? Bien sûr que tu l'es... oublie ce que j'ai dit. Que s'est-il passé ?

Isaac garda les yeux fixés sur un grain de sel.

— Je les ai vus s'embrasser au night-club. David ne pensait pas que j'irais là-bas, mais j'ai une fausse carte d'identité. J'étais venu pour lui faire une surprise.

Il eut un rire sinistre.

— Ça ne s'est pas déroulé comme je m'y attendais.

— Je… wow ! Je ne peux vraiment pas y croire. Cela ne ressemble pas du tout à David. Il est tellement amoureux de toi. Je veux dire… quand il te regarde, on voit des petits cœurs de dessin animé sortir de ses yeux.

— Vraiment ? Tu crois ?

Isaac cligna rapidement des paupières pour combattre des larmes imminentes et souffla précautionneusement.

— Alors, pourquoi ? Je suppose que Clark a quelque chose que je n'ai pas, marmonna-t-il.

— *Clark ?*

Isaac acquiesça et Aaron pinça les lèvres.

— Je ne peux pas y croire. Je vais le tuer ! Tous les deux ! Qu'a dit David ?

— Que Clark l'embrassait quand je l'ai vu et qu'il tentait de s'éloigner de lui, mais que Clark l'avait suivi. Ensuite, je les ai surpris à entrer dans les toilettes ensemble. David soutient qu'il ne s'est rien passé.

Isaac inhala profondément pour refouler la vague de nausées.

— Cependant, je sais ce que les gens font là-dedans.

Les yeux d'Aaron s'étrécirent.

— Attends… David déclare qu'il ne s'est vraiment rien passé ?

— J'ai voulu le croire, mais… Je n'arrive pas à me sortir de la tête le fait de les avoir aperçus ensemble. Cela me met tellement en colère et ça me rend… malade. J'en ai mal au ventre. J'aurais dû m'en douter. J'ai entendu Clark déclarer qu'il allait mettre David dans son lit, le premier soir où nous l'avons rencontré.

Mâchoire serrée, Aaron secoua la tête.

— Eh bien, ça, je peux certainement y croire. J'aime bien Clark, toutefois il se conduit parfois comme un crétin égoïste. Cependant, David… ? Je ne sais pas. Il ne m'a pas semblé être un menteur, Isaac.

— Nous mentons à nos familles et à tous ceux que nous connaissons depuis des mois. Nous le faisons *encore*.

Il agita son doigt vers l'hôpital.

— Je vais devoir entrer là-dedans et *mentir*. Parce que c'est déjà bien assez mauvais de trahir Dieu et ma communauté en les quittant. Et s'ils découvrent qui je suis vraiment ? Ce sera terminé pour de bon. Plus de visites. Plus de lettres. Rien.

Aaron soupira.

— Isaac, à quand remonte la dernière fois que tu as eu une lettre ? Le seul moyen par lequel ils te laisseront revenir dans leurs vies, c'est en te repentant de tout ton mal, autrement dit, si tu rentres à la maison et que tu rejoins l'église. Qu'ils sachent ou non que tu es gay ne compte pas vraiment au final. Oui, tu as raison – s'ils le découvrent, ils se détourneront de toi. Pour l'instant, tu n'es pas ignoré comme je le suis, mais tu n'auras jamais de véritable relation avec eux. Non, sauf si tu reviens et que tu fais tout ce qu'ils veulent, si tu abandonnes tout ce que tu as. Tout ce que tu *es*.

C'était totalement vrai, pourtant Isaac secoua la tête.

— Je ne peux pas leur dire la vérité. Ils ne doivent jamais savoir.

— Je ne te suggérais pas d'entrer là-bas et de faire ton coming out.

Aaron serra gentiment l'épaule d'Isaac.

— Je dis juste que tu devrais penser à jusqu'où tu veux aller pour garder cette ombre d'espoir. Quelles parties de toi-même es-tu prêt à abandonner et pour quoi ? Peut-être une lettre ou deux par an si tu as de la chance ?

— C'est toujours mieux que rien, murmura Isaac.

Aaron sourit tristement.

— Peut-être. Et oui, tu as raison en disant que David et toi avez menti à propos de qui vous êtes, et sur la vérité de votre relation. Ne retiens pas cela contre lui maintenant. Ce n'est pas juste. Écoute-le. T'a-t-il déjà menti auparavant ?

— Non… Je ne sais pas. Je ne crois pas. Comment suis-je censé le savoir ?

C'était cela qui l'atteignait le plus, l'affectant et le mettant en colère – au point qu'il ne soit plus sûr de quoi que ce soit maintenant. David lui avait-il menti par le passé ? Le cœur d'Isaac disait non, peut-être qu'il se leurrait ?

— Je sais que tu es blessé et en colère et tu as tous les droits de l'être. Ne prends pas de grande décision pour l'instant. Quoi qu'il se passe en fin de compte, je te soutiendrai, mais ne mets pas un terme à ta relation avec David sans vraiment discuter avec lui. C'est quelqu'un de bien. Vous l'êtes tous les deux. Vous pouvez surmonter cela. Je sais que tu peux le faire.

Il hocha la tête. Une partie de lui voulait révéler à Aaron que David avait apparemment menti également à propos de la boisson, mais les mots ne venaient pas. Il n'avait pas la moindre idée de ce qu'il fallait penser à ce sujet. Sur tout. Il désirait tellement croire que David n'avait jamais voulu que quoi que ce soit se passe avec Clark, toutefois, il ne voulait pas être… quel était le mot que Chris avait utilisé ? Un *ballot*. C'était comme si les sensations d'Isaac se trouvaient dans une grande marmite à ragoût à l'intérieur de lui, tourbillonnant encore et encore. Ce ne serait pas long avant que tout cela déborde.

Dans sa poche, son téléphone bourdonna. Avec une boule dans la gorge, Isaac le sortit et lut les mots sur l'écran.

Je serai bientôt là. Je t'aime.

Il soupira en tremblant, les bords tranchants de sa panique s'émoussèrent lorsqu'une vague de chaleur le traversa. Aussi blessé qu'il soit, il savait que David l'aimait réellement. Si cela faisait de lui un ballot, alors ainsi soit-il. Il y avait tellement de choses qu'il voulait dire, mais cela devra attendre jusqu'à ce qu'ils soient ensemble.

— Je suppose que nous devrions vraiment entrer là-dedans.

Aaron laissa échapper un long soupir.

— C'est facile de te donner des conseils, toutefois, ce n'est pas aussi simple de les appliquer à moi-même. Je sais que je ne devrais pas avoir des espoirs aussi élevés. Ils pourraient même ne pas me regarder, encore moins me parler. Seigneur, cela fait si longtemps. Presque dix ans désormais. C'est difficile d'y croire, n'est-ce pas ? Les revoir, c'est…

terrifiant. Excitant aussi.

Isaac serra le bras d'Aaron.

— Je suis là. Nous le ferons ensemble.

À l'autre extrémité du parking, un grand camion de livraison grondait en s'éloignant, révélant un cheval et un buggy recouvert, accroché à un lampadaire. Le cœur d'Isaac rata un battement lorsqu'il reconnut tout de suite le vieux Roy. Il songea à sa chère Silver et espéra qu'il la reverrait bientôt. En regardant la carriole, il eut l'impression d'être revenu à la maison – Mère et Père étaient réellement à l'intérieur, ainsi que Nathan. Son petit frère était là, allongé sur un lit, ne sachant pas s'il allait vivre ou mourir et, ici, Isaac s'inquiétait pour lui-même.

Sans ajouter un autre mot, ils se hâtèrent de traverser le parking, courant pratiquement au moment où les portes vitrées glissèrent, les laissant affronter tout ce qui pourrait les attendre à l'intérieur.

Lisez maintenant !

La lettre d'information mensuelle de Keira vous tiendra informé de ses dernières sorties et des nouvelles sur le monde de la romance MM. Vous aurez également accès à des extraits exclusifs, des lectures gratuites et bien plus. Rejoignez sa liste aujourd'hui et vous serez automatiquement inscrit pour l'un de ses concours mensuels.

Inscrivez-vous ici !
www.subscribepage.com/KAnewsletter

Site web:
www.keiraandrews.com

Facebook:
facebook.com/keira.andrews.author

Groupe de lecture Facebook:
bit.ly/2gpTQpc

Instagram:
instagram.com/keiraandrewsauthor/

Goodreads:
bit.ly/2k7kMj0

Page Amazon:
amzn.to/2jWUfCL

Twitter:
twitter.com/keiraandrews

BookBub:
bookbub.com/authors/keira-andrews

Également par Keira Andrews

En Français

Rumspringa Interdit
Un Nouveau Départ
Trouver son Chez-soi
Le Vœu de Noël

Par-delà l'océan
Si ce n'est qu'en rêve
Passion en Arctique
Vaincre les Ténèbres
Combattre la Marée
Au Pied du Sapin
Transfert à Ottawa

En Anglais

Gay Amish Romance Series
A Forbidden Rumspringa
A Clean Break
A Way Home
A Very English Christmas

Contemporary
Merry Cherry Christmas
The Christmas Deal
Ends of the Earth
Flash Rip
Swept Away (free read!)
Santa Daddy
Honeymoon for One
Valor on the Move
Test of Valor
Cold War
In Case of Emergency

Eight Nights in December
The Next Competitor
Arctic Fire
Reading the Signs
Beyond the Sea
If Only in My Dreams
Where the Lovelight Gleams
The Chimera Affair
Love Match
Synchronicity (free read!)

Historical
Kidnapped by the Pirate
The Station
Semper Fi
Voyageurs (free read!)

Paranormal
Kick at the Darkness
Fight the Tide
Taste of Midnight (free read!)

Fairy Tales (with Leta Blake)
Levity
Rise
Flight

À propos de l'auteur

Après avoir écrit pendant des années, et n'avoir jamais vraiment trouvé la juste inspiration, Keira a découvert sa voie dans la romance gay, qui est devenue une passion. Elle écrit du contemporain, de l'historique, du paranormal et de la fiction fantasy, et – bien qu'elle aime angoisser ses lecteurs tout au long du roman – Keira croit fermement aux fins heureuses. Comme Oscar Wilde l'a dit une fois : « Le bien finit bien, et le mal finit mal. C'est ce que veut dire la fiction ». Vous pouvez trouver Keira et ses livres sur son Site, sur Facebook et sur Twitter.